高等学校计算机基础课规划教材

信息技术应用基础实验教程

吴长海　陈　达　主编

U0141003

科学出版社

北　京

内 容 简 介

　　本书是配合《信息技术应用基础教程》一书编写的信息技术基础实践操作指导和习题集。全书由三部分组成:第一部分为信息技术应用基础上机实验及指导;第二部分是针对与之配套的教材内容编写的习题汇编;第三部分是习题参考答案。

　　本书是一本实用性很强的,供读者学习掌握计算机信息技术基础知识及基本操作知识的学习辅导教材。

图书在版编目(CIP)数据

信息技术应用基础实验教程/吴长海,陈达主编. —北京:科学出版社,2011.2
高等学校计算机基础课规划教材
ISBN 978-7-03-030135-2

Ⅰ.信…　Ⅱ.①吴…②陈…　Ⅲ.电子计算机—高等学校—教材　Ⅳ.TP3

中国版本图书馆 CIP 数据核字(2011)第 014661 号

责任编辑:张颖兵/责任校对:梅　莹
责任印制:彭　超/封面设计:苏　波

科 学 出 版 社 出版
北京东黄城根北街 16 号
邮政编码:100717
http://www.sciencep.com

武汉市新华印刷有限公司印刷
科学出版社发行　各地新华书店经销
*

2011 年 1 月第　一　版　　开本:787×1092　1/16
2011 年 1 月第一次印刷　　印张:14 1/4
印数:1—5 000　　　　　　字数:391 000

定价:25.00 元
(如有印装质量问题,我社负责调换)

《信息技术应用基础实验教程》编委会

前　　言

随着社会的不断发展,计算机信息机技术的应用已渗透到人类工作、生活的各个方面。为了满足计算机信息技术应用基础各种不同程度的学习者、应试者的需要,为进一步提高在校大学生计算机信息处理技术应用能力及水平,我们编写出版了《信息技术应用基础教程》一书,作为配套的实验指导及学习用书我们编写了本书。

本书由三部分组成。第一部分为 29 个上机操作实验及指导,主要包括计算机操作基础、Windows XP 操作、Word 2003 文字编辑、Excel2003 表格处理、PowerPoint2003 演示文稿编辑、多媒体实验、数据库实验、计算机网络基础实验、网页设计及信息处理工具的应用实验等几方面内容,是计算机信息应用技术基础学习中必须要掌握的一些基本操作。第二部分是各种类型的习题汇编,主要帮助读者进一步理解、巩固所学的计算机基础知识内容。每章习题都配有参考答案,以便为读者提供学习测试参考。第三部分为习题参考答案。

本书在编写中还参照了全国计算机一级、二级等级考试大纲的基本要求,因而也是计算机等级考试中相关内容知识的参考用书。

本书内容全面,实践性强,习题丰富,是读者学习掌握计算机及信息技术基础知识及基本操作知识的一本较好的学习辅导教材。

由于作者水平有限,书中如有错误和不当之处,敬请读者批评指正。

作　者

2010 年 11 月

目　　录

实验 1 键盘指法练习及鼠标操作

❋ 实验目的与要求

(1) 熟悉机房环境。

(2) 了解计算机系统配置。

(3) 了解键盘的布局及各部分的组成,学会键盘的基本使用方法。

(4) 掌握常用键及组合键、鼠标的使用。

(5) 学习并练习英文打字。英文打字输入速度要求达到 100 字符/分钟(包括标点符号及空格),正确率达到 95%以上。

❋ 实验内容与步骤

1. 机房环境

(1) 上机。第一次上机要填写机房座位登记表,以后上机时要严格按照登记表上的机号对号上机。未经教师同意,不得随意更换座位。

(2) 下机。按关机步骤关闭计算机,收拾并整理好鼠标、键盘、耳麦等设备,然后将椅子放入工作台下。

(3) 机房卫生。保持机房清洁卫生,不要在机房中丢弃废纸或杂物等,不得将食物带入机房中。

(4) 计算机系统配置。计算机一般由主机、显示器、键盘、鼠标和打印机等几部分组成,详细参数由指导教师介绍。

(5) 计算机的启动方法。打开主机的电源开关(标有 Power 字样的按钮或开关),系统开始启动,进行自检和引导操作系统,应耐心等待片刻,直到出现 Windows XP 的桌面,则启动完成。

注意 Windows XP 操作环境下,系统启动之后,不能随便按电源开关和 Reset 按钮,以防造成系统故障,如果已经关机要等 30 秒后才能再开机。在不正常的关机操作下,系统启动时将自动运行 Scandisk 以确保磁盘的正常工作状态,帮助分析修正磁盘所造成的异常错误。

2. 键盘与指法

键盘(keyboard)是向计算机输入数据的主要设备。常用的计算机键盘有 101 和 104 键。下面以 101 键盘为例介绍键盘的分布及使用。

键盘上的 101 键其盘面主要分 4 个区,如图 1.1 所示。

键盘左边是主键盘区,即打字键区,共有 58 个键,其排列顺序与英文打字机类似,也称打字键盘区。键盘上方是功能键区,包括 12 个功能键(F1~F12)及 Esc 键。它们在不同的软件中有不同的功能。键盘右边是小键盘区,也称数字键区,共有 17 个键,主要用于快速输入数字。主键盘区与小键盘区之间是编辑键区,共有 13 个键。键盘右上角还有三个指示灯。下面

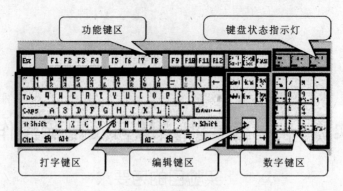

图 1.1 键盘结构

介绍一些常用键的功能。

1) 主键盘区(打字键区)

(1) 数字键。标有 **0～9** 共 10 个数字的键,叫做数字键。每按下一个数字键,屏幕上显示出相应的数字。

(2) 字母键。英文字母键有 **A～Z** 共 26 个键,叫做字母键。每按下一个字母键,屏幕上显示出相应的英文字母。

(3) 符号键。主键盘区内有 21 个符号键(～ ! % * 等),每个键帽上有上、下两种不同的符号。每按下一个符号键,屏幕上显示出下半部所标的符号。例如,按下标有 ⌗ 的键时,屏幕上显示 **3**。

(4) 空格键。键盘最下面的一个长条形状的键叫做空格键。每按一下空格键,屏幕上显示一个空格。

(5) 大写字母锁定键。标有 **Caps Lock** 的键,叫做大写字母锁定键。按下此键后,若键盘右上角的 Caps Lock 指示灯亮,则为大写字母输入状态,即此时按下键盘上的字母键时,输入的是大写字母;若按下此键指示灯灭,则为小写字母输入状态。也就是按下此键可以使键盘上字母输入在大小写字母之间转换。

(6) 换档键。主键盘区左右两侧各有一个标有 **Shift** 的键,叫做换档键。在所有键帽上标有两个符号的键叫做双字符键,上面的字符叫做上档字符,下面的字符叫做下档字符。如果要输入上档字符,需先按住 Shift 键不放,再按下相应的双字符键。如果要输入下档字符,直接按下相应的双字符键即可。例如,要输入一个"♯"号,需先按住换档键 Shift 键不放,再按一下标有 ⌗ 的键。换档键另一个功能是将键盘上的 26 个字母的大写和小写状态进行转换,即字母在小写状态下,先按住 Shift 键不放,再按下相应的字母键,这时输出的字母就是大写字母了;反之,字母在大写状态下,按住 Shift 键不放,再按下相应的字母键,这时输出的字母就是小写字母了。

(7) 回车键。标有 **Enter** 的键叫做回车键,书写时常用↙表示。从键盘上向计算机输入一个命令或一条信息结束时,一般都要按一次回车键。回车键在文档编辑中是作为换行键使用的。

(8) 退格键。标有 **←Backspace** 的键,叫做退格键。每按一次退格键时即抹去一个原光标所在位置左边的字符,并使光标左移一格。此键可用于删除光标前的字符。

(9) 跳格键。标有 **Tab** 的键,叫做跳格键,也称制表键。按下此键,屏幕光标可快速移动,该键一般用于在编辑器下编写文件或程序时,光标快速移动或对齐程序书写格式。在按下 Shift 键的同时按跳格键,光标将快速反向移动。

（10）控制键。主键盘区最下面左右各有一个标有 **Ctrl** 的键，叫做控制键，此键配合其他键一起使用，可产生多种功能。

（11）转换键。标有 **Alt** 字样的键，叫做转换键，共有两个。该键的作用与控制键类似，主要和其他键配合组成功能键。控制键 Ctrl 和 Alt 这两个键单独使用不起任何作用，它们总是与其他键同时使用以实现各种功能。这两个键可以组合使用，在不同的操作、编辑环境中可以完成特定的功能。

（12）两个特殊键。在 104 键主键盘区最下面有两个键，一个是快捷键，可以代替鼠标右击功能；另一个是窗口键，它可以打开**开始**菜单。

2）功能键区

（1）强行退出键。标有 **Esc** 的键，叫做取消键。该键是常用的功能键，用于退出正在运行的软件操作环境，在有多层菜单的软件中，通常用于返回上一层菜单。在不同的软件中，Esc 键的功能可能各不相同，需要加以注意。

（2）暂停与中断键。标有 **Pause/Break** 的键，叫做暂停与中断键，此键在键盘第一排最右边。按下该键执行 Pause 功能，即暂停正在执行的操作，再按下任意键则继续执行操作。

（3）屏幕拷贝键。标有 **Print Screen** 的键，叫做屏幕拷贝键。在 Windows 系统下按一下 Print Screen 键，就能把整个屏幕复制到剪贴板。

（4）特殊功能键。标有 **F1，F2，F3，…，F11，F12** 字样的键，共有 12 个。它们的功能由软件设计员根据需要来设定。在不同的操作系统和不同的软件系统中，功能也不相同。

（5）滚动锁定键。标有 **Scroll Lock** 的键，叫做滚动锁定键。按下该键盘后，键盘右上角标有 **Scroll Lock** 字样的指示灯发亮，这时就可用方向键控制所显示的文本；再按一次该键，指示灯熄灭。

3）数字小键盘区

数字小键盘区位于键盘的右部。该区的键起着数字键和光标控制/编辑键的双重功能。区内有 10 个键，标有上档符和下档符，也受主键盘上的 Shift 键控制。小键盘区上方标有 **Num Lock** 字样的键是一个数字/编辑转换键。当按下该键时，该键上方一个标有 **Num Lock** 字样的指示灯发亮，表明小键盘处于数字输入状态，这时使用小键盘就可方便地输入数字数据；若再按 Num Lock 键，相应的指示灯熄灭，表明小键盘又回到编辑状态，小键盘上的键变成了光标控制/编辑键。

4）编辑区

在主键盘和数字小键盘中间的是编辑区。编辑区除了 4 个标有不同方向的光标移动键外还有 6 个编辑键。

（1）Insert 键。这是一个开关键，用于插入字符和替换字符两种功能的切换，常用于文字文档的编辑。

（2）Delete 键。用于删除光标所在位置的字符。

（3）Home 键。用于把光标移动到所在行的开始位置。

（4）End 键。用于把光标移动到所在行的末尾。

（5）Page Up 键。用于翻页，把上一页的内容显示在屏幕上。

（6）Page Down 键。用于翻页，把下一页的内容显示在屏幕上。

需要说明的是，编辑区各键的功能与数字小键盘中的编辑键的功能是相同的，不同的是键上的符号，后者常使用前者的简略写法。

5) 键盘状态指示灯

键盘的右上方有 Caps Lock 指示灯、Num Lock 指示灯和 Scroll Lock 指示灯三个指示灯。当 Caps Lock 键或 Num Lock 键按下时，就分别置亮或熄灭相应的指示灯。从指示灯的亮暗情况，操作者就能清楚地看出字母的大小写状态、数字小键盘状态和滚动锁定状态。

6) 键盘操作姿势

正确的操作姿势有利于快速准确地输入且不易产生疲劳。

(1) 坐姿端正，人体正对键盘，双脚自然平放在地上。

(2) 肩部放松，上臂自然下垂，大臂和肘不要远离身体。

(3) 座位高低要适度，屏幕中心低于水平视线 10°～15°；人体与键盘的距离约为 20 cm，以两手刚好放在基本键上为准。

7) 键盘指法

(1) 基本键位与手指的对应关系。基本键位于主键盘区的中间一行，共有 8 个键，它们分别是 A,S,D,F,J,K,L,";"。各键与手指的对应关系如图 1.2 所示。

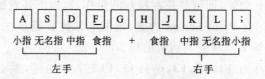

图 1.2　基本键位图

(2) 手指分工击键时要用 10 个手指，各手指的分工如图 1.3 所示。由图中可以看出每一个手指的管辖范围，具体见表 1.1。

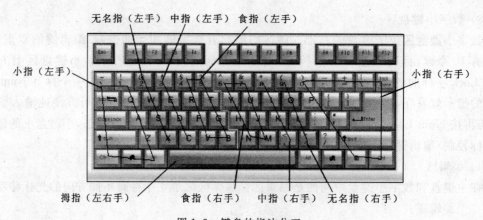

图 1.3　键盘的指法分工

表 1.1　键盘的指法分工

	左　手	右　手
食指	4,5,R,T,F,G,V,B	6,7,Y,U,H,J,N,M
中指	3,E,D,C	8,I,K,","
无名指	2,W,S,X	9,O,L,"."
小指	1,Q,A,Z 及其左边各键	0,P,";","/" 及其右边各键
拇指	空格键	空格键

（3）击键的方法：①8只手指自然弯曲，轻轻放在基本键位上，两只大拇指放在空格键上；②以指尖击键，瞬间发力并立即反弹，击键力度适当、节奏均匀；③击键后，手指立即返回基本键。

（4）指法训练的方法：①步进式练习，一只手指一只手指地练习，反复地打几个键，直到手指能准确快速地击键后，再逐渐发展到其他手指；②重复式练习，反复输入同一段文字，每次记下完成的时间，不断强化记忆，提高速度；③集中一段时间主要用于指法练习，取得显著效果后，再细水长流地练习；④盲打练习，在键位熟识后就要试着盲打，只要记住了键位、指法正确，实现盲打并不难，打文稿时眼睛大部分时间看着文稿，小部分时间看屏幕上的字，绝不能浪费时间看键盘，初学者一般都是把眼睛的时间花在找键位上，这种办法如果习惯下去的话，就永远不会有多快的打字速度，开始时慢不要紧，只要坚持尽量盲打，那练习多了后，自然就得心应手、越来越快；⑤手指必须放在基准键上，手指离开了基准位就很难练成盲打，初学者最常见的毛病是击键后忘记回到基准键的位置上，应该养成习惯击键后马上回位，这样相应手指在击打下一键时就能保持平均的最快响应。

3. 鼠标的用法

1）鼠标器

鼠标器是一种"指点"设备。通过鼠标指针在桌面上移动可以方便地在屏幕上定位光标，按压鼠标上的按钮进行操作。

常见的鼠标有机械式和光电式两种，此外还有无线鼠标。鼠标一般有三只键，左为主键，其余为辅助键。不同的软件对它们的定义不同。机械鼠标的下面有一个可以滚动的球，可在桌面上滑动。当手将鼠标在桌面上移动时，屏幕上的光标随之移动。光电式鼠标通过光的反射来确定鼠标的移动。按下鼠标左键则选中光标所指的功能，计算机会立即执行。

2）鼠标光标

在使用鼠标时会发现在不同的工作环境下，鼠标的光标形式也会随其变化。例如，在读取命令时，鼠标的光标形式会由正常的箭头形式改变为滴漏形式，滴漏形式所代表的意义就是请稍等一下，等待 Windows 将命令执行完毕。下面介绍鼠标光标形式在桌面上执行时的几种形式。

（1）箭头形式。这是鼠标在 Windows 中的基本光标形式，它可以用来选取命令、选择应用软件和移动窗口。

（2）大小形式"↕↔"。这些鼠标光标形式用来调节窗口的大小。

（3）移动形式"✛"。这种鼠标光标形式用来移动窗口的位置，让用户来安排窗口的新位置。

（4）十字形式"十"。这种鼠标光标形式经常出现在绘图软件中，例如在 Windows 的"画图"中，在选择了一个绘图工具时，就可以看到这个鼠标光标形式。

（5）手指形式"☝"。这种鼠标光标形式出现于帮助系统，在使用帮助窗口时即发现它的存在。

（6）滴漏形式"⧖"。当 Windows 在执行命令或在工作时就可看到这个形式，它的意思就是请稍等一下，Windows 正在执行命令中。

（7）防止形式"🚫"。这种形式是防止将图标乱移动于窗口群中，或是防止将图标移出桌面。

3）鼠标的操作

因为 Windows XP 是一个图形界面的操作系统，所以鼠标就成为方便操作必不可少的工具。使用鼠标可以随意地移动到桌面上的任何位置,并且可以快速地选择桌面上的任何对象,对鼠标的基本操作有单击、双击、右击及拖放(也称拖曳)。

单击指快速击打鼠标左键一下,单击操作可以选定某一对象或按下一个按钮。

双击指快速连续击打鼠标左键两下,双击操作可以执行某一命令。

右击指快速击打鼠标右键一下,右击操作的主要作用是在选定某一对象的同时,调出该对象的快捷菜单。

拖放指按住鼠标左键不放,移动到另一个地方后放开鼠标左键,此操作可以移动或复制Windows XP 的某一对象或创建一个快捷方式。

在 Windows 中使用鼠标是一件非常愉快的事情,若想选择一个命令,只需将鼠标移到命令所在的位置,然后按一下鼠标左键即可。若想执行一个命令,就将鼠标移到命令所在的位置,然后连续按两下鼠标左键即可。若是想拖动一个图标或是移动一个窗口,只需将鼠标移到图像的位置或窗口的标题行,然后按下鼠标左键(请不要松手)移动鼠标,如此就可以拖动某一图标或窗口了。

4. 英文打字基础练习

(1) A S D F J K L ; 的练习。做上述 8 个基准键练习时,按图 1.3 键位指法规定把手指放在基准键上,有规律地练习每只手指的指法和键感。如从左手小指到右手小指,再从右手小指到左手小指,每只指头连击 4 次键,此时屏幕上出现 AAAASSSSDDDD…,直到来回一遍,屏幕上将显示相应的字符:AAAASSSSDDDDFFFFJJJJKKKKLLLL;;;;;;;;LLLLKKKKJJJJFFFFDDDDSSSSAAAA。击键时,手下盲打,眼看屏幕,字字校对,直到 8 个字符正确为止。

(2) E I 的练习。E 和 I 字键的键位在第三排,根据键盘分区的规则,输入 E 键字应由原击 D 键字的左手中指去击 E 键字,其指法保持基准手法,稍偏左方,然后中指击键,输入I 键字同理。

(3) G H 的练习。G 和 H 被夹在 8 个基准键的中央,根据键盘分区的规则,输入 G 键字应由左手食指管制,H 键字应由右手食指管制。输入 G 键字时,其指法保持基准手法,稍向右移动一个键位,再用左手食指击 G 键字。输入 H 键字同理。

(4) 其余键的练习可参照上述规则。

5. 金山打字 2003 的使用

在桌面上双击金山打字 2003 的图标,就可以使用金山打字 2003 了。输入用户名后,就进入**学前测试**,如果想进行测试,可选择测试内容,然后再选择**是**即可进入相应的测试内容;如果不想测试可选择**否**,进入图 1.4 所示的界面,在界面中可以根据自己的需要选择相应的内容进行练习。

选择**英文打字**可以熟悉各键的位置,反复练习,最后实现盲打。

选择**拼音打字**能提高用拼音输入的速度,如果有方言或者对拼音不熟悉,可以对音节练习进行纠正。

选择**五笔打字**可以从字根到词组分级练习五笔,有编码和拆码两种提示,并对难拆字和常用字分别练习,可以在短期内熟悉五笔。

选择**速度测试**可以测试录入速度,有屏幕对照、书本对照和同声录入三种形式,每种形式都可以测试速度,最后以速度曲线的形式显示录入速度的变化。

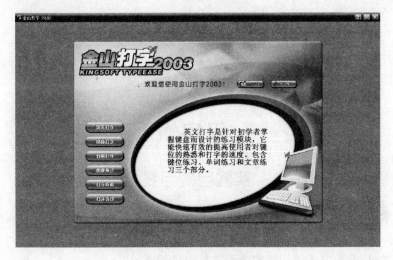

图 1.4　金山打字 2003

在**速度测试**页面中,单击右上角的 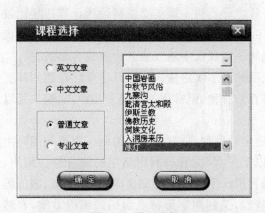 课程选择 或 设置 两个按钮可以进行相应的设置。单击**课程选择**来选择相应的课程,其界面如图 1.5 所示。

在**速度测试**页面中,单击**设置**按钮,可以设置**换行方式**、**练习方式**和**完成方式**等,如图 1.6 所示。

图 1.5　课程选择

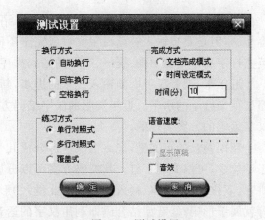

图 1.6　测试设置

选择**打字教程**可以熟悉键盘、打字姿势、打字指法和汉字输入法(五笔字型和拼音),对于初学者非常有益。

选择**打字游戏**可以让用户在轻松娱乐的过程中不知不觉地提高打字速度。

实验 2 汉字输入法练习

✳ 实验目的与要求

(1) 熟练掌握一种中文汉字输入方法，如智能 ABC 输入法或五笔字型输入法等，基本要求达到 30 汉字/分钟，正确率 95％。

(2) 掌握半角/全角方式的切换和中西文标点的输入。

(3) 掌握中西文混合输入方法。

(4) 掌握特殊符号输入方法。

✳ 实验内容与步骤

大家都知道 26 个英文字母，它们也是汉语拼音字母。将一篇英文资料输入计算机是比较容易的，但是要想输入一篇汉字文章就完全不同了。汉字的字形结构复杂，同音字多，很难像英文打字那样给出明确、统一、简单的编码排序规则。所以汉字输入法的出现成为必然。

近年来，随着汉字电脑输入技术的进步，新发明的许多汉字输入方法其速度已经达到甚至超过英文打字的水平。近年发明的汉字编码方案有数百种，但常用的不过十几种，它们均是以汉字编码的方案实现的。

利用键盘的英文键，把一个汉字拆分成几个键位的序列，这就是汉字编码。这样的编码由于键位少，可以实现盲打。其编码方案可以分成以下三类：①音码利用汉字的读音特性编码，拼音、双拼、智能 ABC 输入法就属于此类；②形码利用汉字的字形特征编码，五笔字型、表形码等就属于形码；③音型结合码即利用汉字的语音特性，又利用字形特征编码的编码方案，自然码、大众音形码等就属于此类编码方案。

常用的汉字输入法主要有全拼输入法、五笔字型输入法、智能 ABC 输入法、微软拼音输入法、双拼输入法以及目前比较流行的搜狗输入法等。总之，输入法的选择要因人而异，根据自己的应用范围和个人的情况选择一种合适的输入法进行练习，就一定会事半功倍。

大多数中文输入法中，汉字都是通过标准英文键盘用编码实现录入的。用户键入的编码显示在输入法的外码区。用户在外码区输入编码后，系统会根据用户选择的输入方法和输入码在字词候选框中显示相应的汉字或标点符号。当用户输入的编码有重码时，系统会在字词候选框中显示最多 10 个可选项。当重码汉字多于 10 个时，用户可用提示行的翻页按钮向后或向前翻页，进行查找。智能 ABC 输入法的翻页键是"["键和"]"键或"－"和"＋"键以及 Page Up 和 Page Down 键。当用户需要的汉字或符号出现在字词候选框中时，可用鼠标单击该选项或用键盘输入相应数字选择该汉字或符号。按下空格键可选择字词候选框中的第一个选项。在输入中想取消外码区已输入的编码时，按 Esc 键即可重新开始录入。

1. 全拼输入法

全拼输入法(音码)相对容易学一些,只要会说普通话就可以进行汉字输入,拼音中的 ü 是用 v 代替。它的缺点是单字重码率高,汉字的输入速度较慢,南方人用起来较困难,所以使用全拼输入法作为主要输入法的人不多,但可以作为一种辅助输入,帮助用户输入偏旁部首等。

(1)查偏旁部首。在文本编辑过程中有时需要输入汉字的偏旁部首,可以采用以下步骤:首先选择全拼输入法,接着输入 **pianpang**(其实输 **pianp** 就已经够了),就会出现一些汉字的偏旁部首,如果发现所需的偏旁不在当前的显示窗口中,还可以通过单击切换符号("+"或"-")来进行前后换页查找,直到找到需要的偏旁为止。

(2)"智能"查询。在全拼输入法中可用"?"键来实现"智能"查询,其操作过程如下:在输入拼音码时,在拿不准的拼音码的位置用"?"来代替,系统会在重码选择区显示以这个拼音码开始编码的汉字或符号序列。"?"代表一位编码,多位查询可键入多个"?"。比如输入**南宁**时,不知道宁字是 ling 还是 ning,则输入 **nan ? ing** 即可。

(3)输入标点符号。在全拼输入法中输入标点符号的步骤如下:首先右击全拼状态栏右边的"小键盘"图标,在出现的快捷菜单中选择其中的**标点符号**,在弹出的软键盘中,各种标点符号即可随手拈来,再次右击"小键盘"图标,选择**标点符号**,可将软键盘隐藏起来。

全拼输入法还有个优点是可以打字典上找不到的字,也就是一些不常用的字都可以用全拼打出来。

2. 搜狗拼音输入法

搜狗拼音输入法是利用汉字的读音特性进行编码的。搜狗拼音输入法是目前较流行的中文输入法。

(1)超强的网络词库。搜狗拼音输入法是采用了搜索引擎技术的新一代的输入法。其采用的网络词库与传统词库相比有了质的飞跃。传统的词库是封闭的、静态的,而搜狗的词库是开放的、动态的。传统的词库只能收集日常用语的一小部分,而搜狗拼音输入法的词库能够涵盖几乎所有的常用语类别。通过采用搜索引擎的热词新词发现程序,源源不断地发现几乎所有类别的常用词,并且及时更新到词库里面。无论是最新的歌手、电视剧、电影名、游戏名,还是球星、软件名、动漫、歌曲、电视节目,搜狗输入法都能够流利打出。

(2)最佳的互联网词频和智能算法。搜狗拼音输入法通过搜索引擎分析统计 Internet 中大量中文页面,获得最佳的词频排序,使它主要适用于互联网用户的习惯和词库的需要。在互联网用户常用的短句输入习惯下,搜狗智能组词算法首选词准确率领先于其他输入法,并且它还能智能调整词频,即本来不是首选词,但用了以后可以自动调整到第一个。

(3)智能组词技术。搜狗拼音输入法采用了智能组词技术,保证首选词准确率优于其他输入法。对于很多较长的词,或者常用语、口头语,即使词库里没有这些词,搜狗拼音输入法也可以自动拼出来。

(4)便利的全拼简拼混合输入。搜狗拼音输入法是基于声母和声母首字母的混合式简拼,更加高效且不易出错。例如,如果输入传统的声母简拼,只能输入 zhshjsh,而搜狗输入 zsjs 能很快得到同样的词。即使用 zhishijs,zhsjs,zsjsh,zsjings 都能得到同样的词。

(5)人性化的细节设置。搜狗拼音输入法追求易用性上的突破。搜狗拼音输入法在很多细微的地方为用户提供了便利。例如,对于有歧义的音节,fangan 有两种可能——方案或反感,这两种可能搜狗拼音输入法都能够显示,用户输入时不用加分隔符即可输入。

（6）自动升级功能。搜狗拼音输入法是第一款可以自动升级的输入法,升级程序使用户不用下载即可用到最新版,同时升级最新的词库,网络的新词热词及时地反映到输入法里。

（7）强大的输入法设置选项。首先单击输入法状态条最后的"小板手"符号,再选择**设置属性**,可以弹出输入法设置对话框。比如,**输入设置**中对于发音不准的人可以设置**模糊音**,发音不准同样可以准确打字;也可以设置热键、备份/恢复词库等。这里可以通过调整设置,使之能最好地适合自己的习惯。

3. 智能 ABC 输入法

1) 智能 ABC 输入法介绍

智能 ABC 是国家信息标准化委员会推荐的汉字输入方法,该输入法遵循国家语言文字的规范,按标准的汉语拼音、汉字笔画书写顺序并充分利用计算机的功能来处理汉字。智能 ABC 最新版支持国标大字符集,新增大量词汇,输入速度快。

智能 ABC 的输入区允许输入的字串达 40 个字符,因此可以输入很长的词语甚至短句。在输入过程中,可以使用光标键进行插入、删除、取消等操作。

智能 ABC 的输入法是一种以拼音为基础、以词输入为主的智能化的输入法。在标准输入方式下,可直接同时使用全拼、简拼、混拼、笔形、音形混合等各种输入形式,无需切换。智能 ABC 输入法的智能特色体现在自动分词、自动构词、自动记忆、自动调频等诸多方面。它是以词为主的输入方法,除了提供大量常用词库以外,还提供了自动构词手段。自动构词是在用户输入过程中不经意地自动完成的,一旦用户输入了一个新词,系统就自动进入自动分词和构词。构词完毕,系统就会自动记忆该词,下次再键入时就不再构词了。自动记忆通常用来记忆词库中没有的生词,如人名、地名等,它的特点是自动进行,或者略加人为干预。自动记忆的词都是标准的拼音词,可以和基本词汇库中的词条一样使用。

智能 ABC 输入法的强制记忆功能是指将需要经常使用的字符串强制添加到用户词库中,强制记忆允许定义的非标准词容量为 400 条,非标准词最大长度为 15 字,非标准词输入码最大长度为 9 个字符。用强制记忆的方法记忆一个既频繁使用而又较长的词条是比较有意义的,因为它可以用最简单的方式,获得所需的结果。

候选词的频度调整和记忆所谓词的频度,是指一个词使用的频繁程度。智能 ABC 标准库中的同音词的词序安排,反映了它的使用频度,即经常使用的在前,不常使用的在后;但这只是反映了一般规律,对于不同使用者来说,可能有较大的偏差。实际上,每个人有每个人的词频特色。所以,智能 ABC 设计了词频调整记忆功能。词频调整自动进行,不需要人为干预。词频调整,主要调第一个词,调整的词长范围为 1~3 个音节。对单音节词来说,需要使用两次,词频才发生变化(需要打开"调词频"设置选项,此功能才起作用)。

智能 ABC 输入法可以以词定字。当需要的字不容易找到时,尽量想一个双音节或多音节的词,然后用以词定字的方法选择,这样输入比较便捷,因为双音节或多音节的词重码率低得多。无论是标准库中的词,还是用户自己定义的词,都可以用来定字,如人名、地名用字往往需要费力挑选,这时就可以以词来定字。

2) 中文输入法的启动与切换

选择**开始→所有程序→附件→写字板**选项,打开写字板窗口。按 Ctrl＋Shift 键,轮流选择输入法,或单击任务栏最右侧的"输入法图标"按钮在弹出式菜单中选定**智能 ABC 输入法**。按 Ctrl＋Space 键启动或关闭上一次使用过的中文输入法(本例是"智能 ABC 输入法");按 Shift＋Space 键或用鼠标单击月形按钮切换半角/全角方式;按 Ctrl ＋"."(控制键＋句号)就可以切换中、英文标点符号。

3）智能 ABC 输入法标准输入方式

（1）全拼输入练习。全拼输入法即按规范的汉语拼音输入，和书写汉语拼音的过程完全一致。最好能按词连写，但不要一次性输入过多词语；另外在可能出现误解时，要用隔音符号——单引号（"'"）来分隔。输入拼音编码后按空格键确认输入完成，若有必要可按退格键"←"选择词素。在"写字板"应用程序中启动智能 ABC 输入法，确认键盘 Caps Lock 处于小写状态（在 Caps Lock 大写状态不能输入汉字）。

- 全拼输入**必须加紧步伐**（注意，拼音 ü 用 v 键）：**bixv jiajin bufa**。
- 全拼输入**创新是指将知识转化为新产品、新工艺和新服务的过程**：**chuangxin shi zhi jiang zhishi zhuanhuawei xin chanpin\xin gongyi he xin fuwu de guocheng**。
- 全拼输入**西安、公安**（注意用隔音符号）：**xi'an gong'an**。

（2）简拼输入练习。对汉语拼音把握不甚准确的操作者，可以使用词组简拼输入法。简化的规则是，取词组各个音节的第一个字母组成，对于包含 zh，ch，sh 的音节，也可以取前两个字母组成。简拼虽简短，但重码非常多，一般都要用翻页键"]"或"＋"或 Page Down 向后翻页查找，找到后根据它在字词候选框中的位置键入相应的数字键。简拼输入法特别适用于常用多字词的输入，如专用词、成语等。

- 简拼输入**湖北**：**hb**。
- 简拼输入**中医**：**zhy**。
- 简拼输入**湖北中医学院**：**hbzhyxy**。
- 简拼输入**中华人民共和国、中国人民解放军、全心全意、是不是、为什么**：**zhhrmghg\zhgrmjfj\qxqy\sbs** 或 **shbsh\wsm** 或 **wshm**。

（3）混拼输入练习。拼音输入还可采用一种开放式的"混拼"输入方式，即一个词中有的音节全拼，有的音节简拼。例如，**湖北**可键入 **hub** 或 **hbei**。在可能出现误解时，要用隔音符号"'"分隔。例如，**平安**（pingan）键入 **pa** 不正确，它是**怕**的拼音，应键入 **p'a** 或 **p'an**。

- 混拼输入**必须加紧步伐**：**bx jiaj3 buf3**。
- 混拼输入**创新是指将知识转化为新产品、新工艺和新服务的过程**：**chxin2 s zhi6 jiang zhsh zhuanh wei xin chp\xin gyi3 h xin fuw2 d gch**。
- 混拼输入**湖南、历年、宾馆、赞歌**（注意用隔音符号）：**hu'n\li'n\bin'g\zan'g**。

（4）中西文混合输入练习。当中西文夹杂时，可用 Ctrl＋Space 键退出中文输入状态切换到西文状态，也可不退出中文输入状态，直接按下 Caps Lock 键，切换到西文输入方式。智能 ABC 输入法中的 Caps Lock 键是完全切换，可以输入大写的英文字母，输入小写的英文字母时应按下 Shift 键。再次按下 Caps Lock 键，又切换到中文输入方式。除此之外，还可以在中文输入状态下按 v 键后输入英文小写字串。

- 输入**智能 ABC 输入法**：**zhineng2**（Caps Lock 键）**ABC**（Caps Lock 键）**shurufa**。
- 输入 **Windows XP 中文版**：在中文状态下，（Caps Lock 键）**W**（Shift 键＋**indows**）（空格键）**XP**（Caps Lock 键）**zhongwen ban**。
- 输入**二进制位 bit、字节 byte 和字 word**：**erjinzhi wei**（v 键＋**bit**）**zijie**（v 键＋**byte**）**h zi**（v 键＋**word**）。

4）自动构词与自动记忆

在智能 ABC"标准"简拼、全拼、混拼或其他方式下，要输入计算机文化一词，可以输入该词的拼音(如简拼)**jsjwh** 空格键,结果在提示行出现**计算机 wh**。因为没有计算机文化一词,所以先分出一个**计算机**并等待选择纠正。计算机一词不用选择,因此直接按空格键后出现**计算机文化**。同样也给予选择的机会,正巧文化一词也不用选择。如果按空格键,则分词构词过程完成,一个新的词**计算机文化**被存入暂存区。下一次再键入 **jsjwh**,按空格键后,将直接出现**计算机文化**。

显然,这也同时是自动记忆过程。刚被记忆的新词并不立即存入用户字库中,至少要使用三次后,才有资格长期保存。新词栖身于临时记忆栈中,如果栈满,而它还不具备长期保存资格时,就会被后来者挤出记忆栈。刚被记忆的词具有高于普通词语,但低于最常用词的频度。往往有这种情况,用户要求输入的内容与机器判断的结果不符合,也就是说,按照用户输入的拼音可以得到字库中的词,但不是用户需要的,这时用户就需要用回车键或者空格键来干预记忆过程,以达到自己的要求。

(1) 混拼输入**计算机病毒**、**信息技术管理**、**中央处理器**:**jsjbingdu\xinxjsgl\zhongychuliqi**。每次按空格键后自动进入分词和构词,从重码中选择构造这些新词。

(2) 再次输入**计算机病毒**、**信息技术管理**、**中央处理器**,则无需选择,直接作为一个词出现。

(3) 自动构词输入**湖北中医学院**:**hubzhongyxuey**。按空格键后自动构词和选择。

(4) 再次输入**湖北中医学院**,看系统是否已经自动记忆。

5) 强制记忆新词输入操作

对于一些中英文夹杂的常用词或含有特殊符号的专用词,无法用标准的拼音来表达时,可以直接把这类新词加到用户词库中。操作方法如下:①右击智能 ABC 输入法状态框左边的图标,弹出快捷菜单;②选择**定义新词**选项,弹出**定义新词**对话框,进入强制记忆过程;③在**新词**文本框输入所需要记忆的内容,如 **Windows XP 中文版**;④在**外码**框输入其记忆代码,代码不能是汉字字符,最大长度不得大于 9 个,实际上越简单、越容易记忆越好,如 **WinXP**;⑤单击**添加**按钮,则新词 **WinXP Windows XP 中文版**就会出现在**浏览新词**中;⑥关闭对话框。在中文输入状态下,键入 **u WinXP**(u 键为自定义新词输入键),则屏幕出现 **Windows XP 中文版**;⑦重新进入**定义新词**对话框,从**浏览新词**中选定新词 **WinXP Windows XP 中文版**选项;⑧单击**删除**按钮,则该词被删除;⑨关闭对话框。

6) 候选词的频度调整和记忆

智能 ABC 标准库中同音词的词序安排,反映了它的使用频度,即经常使用的在前,不常使用的在后。对于不同使用者,由于每个人有自己的词频特色,词序的安排可能有较大的偏差。因此,ABC 设计了词频自动调整记忆功能。打开此项功能应进行如下操作:①右击智能 ABC 状态框左边的图标,弹出快捷菜单;②选择**属性设置**选项,弹出**智能 ABC 输入法设置**对话框;③在功能框内选定**词频调整**复选框;④单击**确定**按钮,关闭对话框。

7) 以词定字输入操作

当需要输入某个单字而输入该字的汉语拼音后,很难在字词候选框中找到时,就可以使用以词定字的方法了。生活中常常会有这种说法"高兴的高"、"包庇的庇",这就是以词定字的方式。智能 ABC 中以词定字的方法是,先输入相关的词,再用"["键取前一个字,或用"]"取后一个字。

要输入高兴的"高",键入 **gaoxing** 后,用"["键取出"高"字,然后按空格键送出。

要输入包庇的"庇",键入 **baobi** 后,用"]"键取出"庇"字,然后按空格键送出。

8) 特殊字符输入操作

有些特殊字符,可在"标准"输入状态下,按字母 v 键后按数字 1~9 中的任一个,再进行选择。1~9 各种符号的类别如下:v1——标点;v2——标题数字;v3——全角英文;v4——日文平假名;v5——日文片假名;v6——希腊文;v7——俄文;v8——汉语拼音;v9——制表符。

(1) 要输入"≌","№","∈"等特殊符号,先使智能 ABC 输入法处于 🈺标准 ♪·· ▨ 状态,然后键入 **v1**,出现 ASCII 字符集 1 区的各种符号,用翻页键"]"找到相应的符号,再按数字键输入。

(2) 要输入"π","Ω","δ","∑"等希腊字母,先使智能 ABC 输入法处于 🈺标准 ♪·· ▨ 状态,然后键入 **v6**,出现 ASCII 字符集 6 区的希腊字母,用翻页键"]"找到相应的字母,再按数字键输入。

(3) 先使智能 ABC 输入法处于 🈺标准 ♪·· ▨ 状态下,然后分别键入 **v1,v2,v3,v4,v5,v6,v7,v8,v9**,查看字符集 1~9 区各种符号、外文字母和制表符。对于常用的符号,要记住它们的区位。

9) 中文数量词的简化输入

智能 ABC 还提供了阿拉伯数字和中文大小写数字的转换能力,可以对一些常用量词简化输入。"i"为输入小写中文数字的前导字符,"I"为输入大写中文数字的前导字符(要想得到大写 I,先按住 Shift 键再按 i 键)。比如,输入 **i7** 就可以得到**七**,输入 **I7** 就会得到**柒**,输入 **i2000** 就会得到**二〇〇〇**,输入 **i十**会得到**加**,同样"i—"、"i*"、"i/"对应减、乘、除。

对一些常用量词也可简化输入,输入 **ig**,按空格键,将显示**个**;输入 **ij** 得到**斤**(系统规定数字输入中字母的含义见表 2.1)。i 或 I 后面直接按空格键或回车键,则转换为一或壹;i 或 I 后面直接按中文标点符号键,则转换为"一+该标点"或"壹+该标点"。

表 2.1 字母和量词的对应

字母	量词	字母	量词	字母	量词	字母	量词
a	秒	h	时	o	度	w	万
b	百	i	毫	p	磅	x	升
c	厘	j	斤	q	千	y	月
d	第	k	克	r	日	z	兆
e	亿	l	里	s	十		
f	分	m	米	t	吨		
g	个	n	年	u	微		

10) 智能 ABC 笔形码输入法

智能 ABC 是一种在全拼输入法基础上加以改进的常用拼音类汉字输入法。智能 ABC 不仅保留了全拼输入法的主要功能特点,而且还是一种音形结合的输入方法。因此,在输入拼音的基础上如果再加上该字第一笔形状编码的笔形码,就可以快速检索到这个字。

笔形码所代替的笔形如下:1——横;2——竖;3——撇;4——捺;5——左弯钩;6——右弯钩;7——十字交叉;8——方框。

例如,要输入吴字,输入 **wu8** 即可,它减少检索时翻页的次数,检索范围大大缩小。又如,要输入思想,输入 **si8xiang7**,然后按下空格键,可以看到只有**思想**一个词组出现在备选框中。

4. 五笔字型

五笔字型是王永民发明的一种字根拼形输入方法,五笔字型将构成汉字的基本单位称为"字根"。这些字根多数取自于传统的汉字偏旁,少数是根据这套编码方案的需要而确定的。每个字根所对应于键盘上的字母称为"编码"。五笔字型方案规定以 130 个字根为字根的基本单位编码,笔画起辅助作用。在计算机上要输入某个汉字,就首先要找出构成这个字的字根,根据字根对应键盘上的字母编码,在五笔字型输入状态下输入这几个字母键。

汉字可以划分为笔画、字根和单字三个层次。汉字的笔画归纳为横、竖、撇、捺、折 5 种。字根由若干笔画符合链接,交叉形成的相对不变的结构组合就是字根,它是构成汉字的最重要、最基本的单位。将字根以一定位置关系拼合起来即构成单字。

1) 汉字 5 种笔画

汉字的 5 种基本笔画是"一、丨、丿、丶、乙",除基本笔画外,对其他笔势变形进行了归类,因为在汉字的具体形态结构中,基本笔画常因笔势和结构上的匀称关系而产生某些变形,但它们仍具有基本笔画的形态特征,见表 2.2。

表 2.2　笔画键位表

笔画名称	笔画代码	笔画走势	笔画及其变形	键位及键名代码
横	1	左→右	横、提	G(11) F(12) D(13) S(14) A(15)
竖	2	上→下	竖、竖左勾	H(21) J(22) K(23) L(24) M(25)
撇	3	右上→左下	撇	T(31) R(32) E(33) W(34) Q(35)
捺	4	左上→右下	捺、点	Y(41) U(42) I(43) O(44) P(45)
折	5	带转折	各种带转折的笔画	N(51) B(52) V(53) C(54) X(55)

2) 汉字的字型

五笔字型汉字编码是把汉字分解成构字的基本单位——字根,而字根组字又按一定的规律构成,这种组字规律就称为汉字的字型。汉字可以分为左右型、上下型、杂合型三种字型,这些字型的代号分别为 1,2,3,见表 2.3。

表 2.3　汉字字型表

	左右型(1)	上下型(2)	杂合型(3)
横 1	G (11)	F (12)	D (13)
竖 2	H (21)	J (22)	K (23)
撇 3	T (31)	R (32)	E (33)
捺 4	Y (41)	U (42)	I (43)
折 5	N (51)	B (52)	V (53)

（1）左右型汉字。如果一个汉字能分成有一定距离的左右两部分或左中右三部分,则称这个汉字为左右型汉字。有的左右型汉字的一边由一部分构成,另一边由两部分或三部分构成,如汪、哈、旧、棵、地、倍等字是左右型汉字。

（2）上下型汉字。如果一个汉字能分成有一定距离的上下两部分或上中下三部分,则这个汉字称为上下型汉字。也有一些上下型汉字的上面由一部分构成,下面由两部分构成;或者上面由一部分构成,下面由两部分或三部分构成,如字、靠、盖、复、花等字是上下型汉字。

（3）杂合型汉字。如果组成一个汉字的各部分之间没有简单明确的左右或上下型关系，则这个汉字称为杂合型汉字，即内外型汉字或单体型汉字，如团、用、才、乘、未等。

3）汉字的结构

一切汉字都是由基本字根组成的，基本字根在组成汉字时，按照它们之间的位置关系可以分成单、散、连、交 4 类基本结构。

（1）单。指基本字根本身就单独构成一个汉字，这类字在 130 个基本字根中占比例很大，有近百个，如由、雨、竹、斤、车等。

（2）散。指构成汉字不止一个字根，且字根之间保持一定的距离，不相连也不相交，如讲、肥、明、张、吴等。

（3）连。指一个基本字根连一单笔画，如"丿"下连"目"成为自，"丿"下连"十"成为千。另一种情况是指带点结构，如勺、术、太、主等。单笔画与字根之间存在连的关系，字根与字根之间不存在连的关系。这类汉字的字型应属于杂合型。

（4）交。指多个字根交叉套叠构成汉字，如申是由"日、丨"，里是由"日、土"，专是由"二、乙、丶"交叉构成的，这类汉字的字型应属于杂合型。

在各型的划分中，主要依据以下约定：①凡属字根相连（仅指单笔与字根相连或带点结构）一律视为（3）型，即杂合型；②凡键面字（本身是单个基本字根），有单独编码方法，不必利用字型信息；③主要对属于散、交两类字根结合关系，要区分字型。

汉字拆分原则是取大优先、兼顾直观、能散不连、能连不交。

4）五笔字型键盘分区

汉字由字根组成，字根由笔画构成，笔画、字根、整字是汉字结构的三个层次。五笔字型汉字编码所选字根多数是一些传统的汉字部首，少量的选用一些不是部首的笔画结构作为字根，也造出了一些"字根"来。

五笔字型的基本字根有 130 多种，加上一些基本字根的变型，共有 200 个左右。按照每个字根的起笔代号，分为 5 个"区"。它们是 1 区——横区；2 区——竖区；3 区——撇区；4 区——捺区；5 区——折区。每个区又分为 5 个"位"，区和位对应的编号就称为"区位号"。这样，就把 200 个基本字根按规律放在 25 个区位号上，分布在计算机键盘的 25 个英文字母键上。

每个区位上有一个最常用的字根称为"键名字根汉字"，键名字根汉字既是组字频度高的字根，又是很常用的汉字。首先应熟记键名字根，以帮助各键位上其他字根的理解和记忆。下面是各区位上的键名字根，每个字根右面括号里的数字代码表示这个字的区位号。

1 区（横区）：	王（11）	土（12）	大（13）	木（14）	工（15）
2 区（竖区）：	目（21）	日（22）	口（23）	田（24）	山（25）
3 区（撇区）：	禾（31）	白（32）	月（33）	人（34）	金（35）
4 区（捺区）：	言（41）	立（42）	水（43）	火（44）	之（45）
5 区（折区）：	已（51）	子（52）	女（53）	又（54）	纟（55）

5）认识汉字字根

汉字输入是通过手对键盘的操作而完成的，由于每个字根在构成汉字时的频率不同，而 10 只手指在键盘上的用力及灵活性又有很大区别。为了提高输入速度，五笔字型的字根键盘分配，将各个键位的实用频度和手指的灵活性结合起来，把字根代号从键盘中央向两侧依大小顺序排列。将使用频度高的字根排往各区的中间位置，便于灵活性强的食指和中指操作。这样做键位便于掌握，代号好记，击键效率便于提高，如图 2.1 所示。

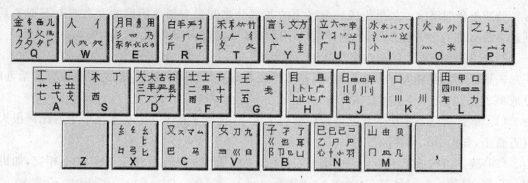

图 2.1 字根键盘

字根是组成汉字的基本单元。输入汉字的基础,就是要记住字根及它们在键盘上的排列位置,这对初学者是一大难关;但只要仔细分析字根在键盘的分布规律并掌握字根之间的联系,记住这些字根就不会太困难。首先应熟记各区位上的键名字根,然后根据键名字根及其联想,掌握其他的字根。字根在键盘上的分配规律首先考虑的是基本字根的首笔笔画代号,将所有字根分为横、竖、撇、捺、折5类,放在5个区上。各个区上有5个位,如何将同类字根分配在5个位上,这是字根键盘分配的第二个因素,这个因素既考虑各个字的组字频度,又考虑键盘的指法击键频度。这样,字根键位易于记住,击键效率便于提高。

五笔字型字根助记词如下:

11 王旁青头戋(兼)五一;　　　　　　　12 土士二干十寸雨,一二还有革字底;

13 大犬三羊石古厂,羊有直斜套去大;　　14 木丁西;

15 工戈草头右框七。

21 目具上止卜虎皮;　　　　　　　　　　22 日早两竖与虫依;

23 口与川,字根稀;　　　　　　　　　　24 田甲方框四车力;

25 山由贝,下框几。

31 禾竹一撇双人立,反文条头共三一;　　32 白手看头三二斤;

33 月(衫)乃用家衣底,爱头豹头和豹脚,舟下象身三三里;

34 人八登祭取字头;

35 金勺缺点无尾鱼,犬旁留叉,多点少点三个夕,氏无七(妻)。

41 言文方广在四一,高头一捺谁人去。　　42 立辛两点六门病。

43 水旁兴头小倒立;　　　　　　　　　　44 火业头,四点米。

45 之字宝盖建到底,摘示衣。

51 已半巳满不出己,左框折尸心和羽;　　52 子耳了也框向上,两折也在五耳里;

53 女刀九白山向西;　　　　　　　　　　54 又巴马,经有上,勇字头,丢矢矣;

55 慈母无心弓和匕,幼无力。

6) 五笔字型基本输入法则

(1) 键名汉字。共有25个,输入方法是把键名所在的键连击4下。要注意的是,由于每个汉字最多输入4个编码,输入了4个相同字母后,就不要再按空格键或回车键了。

(2) 成字字根汉字。除汉字以外本身又是字根的汉字,其输入方法为击字根所在键一下,再击该字根的第一、二、末笔单笔划,即键名(报户口)+首笔代码+次笔代码+末笔代码。如十(FGH)、刀(VNT)"报户口"后面的首、次、末笔一定是指单笔划,而不是字根;如果成字字根只有两个笔画,即三个编码,则第四码以空格键结束。在成字字根中,还有一（GGLL）、丨（HHLL）、丿（TTLL）、丶（YYLL）、乙（NNLL）5 种单笔划作为成字字根的特例。

（3）合体字。由字根组合的汉字叫合体字,它们的输入有两种:由至少 4 个字根组成的汉字依照书写顺序输入一、二、三、末字根;由不足 4 个字根组成的汉字按书写顺序依次输入字根后加末笔字型交叉识别码,如露（雨口止口 FKHK）、缩（纟宀亻日 XPWJ）。

（4）高频字。是汉语中使用频度最高的 25 个汉字。输入方法为每个字只击一下高频字所在键,再按一下空格键。

7）五笔字型简化输入

（1）一级简码。在 5 个区的 25 个位上,每键安排一个使用频度最高的汉字,成为一级简码,即前面介绍的高频字。这类字只要按一下所在的键,再按一下空格键即可输入。一级简码字见表 2.4。

表 2.4   一级简码表

一区	一 G	地 F	在 D	要 S	工 A
二区	上 H	是 J	中 K	国 L	同 M
三区	和 T	的 R	有 E	人 W	我 Q
四区	主 Y	产 U	不 I	为 O	这 P
五区	民 N	了 B	发 V	以 C	经 X

（2）二级简码。五笔字型将汉字频度表中排在前面的常用字定为二级简码汉字,共 589 个,占整个汉字频度的 60.04%。二级简码的汉字输入方法为,只打入该字的前两个字根码再加上空格键,如红（纟工 YT）、张（弓长 XT）、妈（女马 VC）、克（古儿 DQ）。

（3）三级简码。三级简码由单字的前三个字根码组成,只要一个字的前三个字根码在整个编码体系中是唯一的,一般都选作三级简码,共计有 4000 多个。此类汉字,只要输入其前三个字根代码再加空格键即可输入。虽然因为需要加打空格键,从而没有减少总的击键次数;但由于省略了最末一个字根或者"交叉识别代码"的判定,故可达到易学易用和提高编码输入速度之目的,如毅（全码 UEMC,简码 UEM）、唐（全码 YVHK,简码 YVH）。

在"五笔字型"方案中,由于具有各级简码的汉字的总数已有 5000 多个,它们已占了常用汉字中的绝大多数。因此,使得简码输入变得非常简明直观,如能熟练运用,可以大大提高输入效率。有时,同一个汉字可能有几种简码。例如"经"字,就有一级简码、二级简码、三级简码及全码 4 种输入编码,即经（一级简码 X,二级简码 XC,三级简码 XCA,全码,XCAG）,在这种情况下,应选最简捷的方法。

8）词汇输入

五笔字型将使用频度在 90% 以上的单字进行了简化输入,每个单字的码长由 4 码减少到 2.6 码。如果用简码输入,在相同的英文录入速度下,汉字录入速度可提高 50%。如只采用单字输入,极限为每分钟 120 个汉字。为进一步提高汉字输入速度,五笔字型采用了更加优化的输入方法——词汇输入。这种方法是以单字代码为基础,与单字代码相容的词汇代码,采用每一词条中汉字的前一、二个字根组成一个新的代码,来代表词汇码。这些词汇码全部来自汉字的字型,拆分方法比单字更加简单。词汇和单字的输入可以混合进行,二者之间不需要任何换档操作。

词汇分为二字词、三字词、四字词和多字词。其中词汇量最多、使用频度最高的是二字词。

所有词汇编码一律分为等长 4 码，取码规则如下。

（1）二字词的输入方法。每个字只输入前面两码，如汉语（氵又讠五 ICYG）、建设（ヨ二讠几 VFYM）、情报（忄主卩 NGRB）、热爱（扌九一 RVEP）。注意，键名及成字字根参加组字时，应从其全码中取码，如金属（金金尸丿 QQNT）、工人（工工人人 AAWW）、人民（人人已七 WWNA）。

（2）三字词的输入方法。前两个字各取其第一码，最后一个字取其前两码，如计算机（讠竹木几 YTSM）、实际上（宀阝上卜 PBHH）、解放军（夕方一车 QYPL）。

（3）四字词的输入方法。每个字各取第一码，如集成电路（亻厂日口 WDJK）、想方设法（木方讠氵 SYYI）、满腔热血（氵月扌丿 IERT）、工作人员（工亻人口 AWWK）。

9）帮助键 z 的使用

五笔字型字根键盘的 5 个区中，只使用了 26 个英文字母中的 25 个，另外一个 z 字母键在五笔字型输入方法中提供帮助作用，初学者对字根键位不太熟悉，或对某些汉字的字根拆分困难时，可以通过 z 键提供帮助。z 键作为帮助键，一切"未知"的字根都可以用 z 键来表示。在一个汉字的字根输入中，不知道是第几个字根，也可以打 z 代替，系统将检索出那些符合已知字根代码的字，将汉字及其正确代码显示在提示行里。需要哪个字，就打一下这个字前的数字，就可以将所需的字从提字行中"调"到当前的光标位置上。如果具有相同已知字根的汉字较多（多于 5 个），第一次提示行里没找到，按空格键，提示行出现后面的 5 个字，供选择。如还没有，再按空格，直到响铃，表示这类字已出现完。同时，由于提示行中的每一个字后面都显示它的正确编码，初学者也可以从这里学习到自己不会拆分的汉字的正确编码。因此 z 键既是帮助键，也是学习键。

实验  Windows 基本操作练习一

❋ 实验目的与要求

(1) 掌握鼠标的常用操作。
(2) 掌握常用桌面图标的基本操作。
(3) 掌握 Windows XP(以下简称 Windows)基本窗口、菜单和对话框的操作。

❋ 实验内容与步骤

1. 鼠标的常用操作

目前使用的鼠标以两键或三键为多,分左键和右键(及中键)。在 Windows 中鼠标主要有以下几种操作方法。

(1) 单击左键。简称单击,按下左键后立即松开,单击用于选取对象。

(2) 双击左键。简称双击,快速按两下左键再松开,双击用于打开文档或运行某个程序。

(3) 单击右键。简单右击,按下右键后立即松开,在 Windows 中,单击鼠标右键的作用是弹出所选对象的快捷菜单。从快捷菜单中可以选择相应功能,这样可使用户的操作更方便、更快捷。

(4) 拖动。也称拖曳,鼠标用鼠标指针点中对象(图标、窗口、文件等),按住左键不松手直接向某处移动,其作用主要是移动或拷贝文件(夹)。

2. 桌面常用图标操作

双击桌面上**我的电脑**图标,打开**我的电脑**窗口,如图 3.1 所示。该窗口包含计算机的所有资源,即驱动器、控制面板和打印机等,可以在其中对这些资源进行管理及操作。双击**本地磁盘(C:)**图标,浏览查看磁盘 C 上的文件和文件夹。单击**关闭**按钮关闭**我的电脑**窗口。

双击桌面上**我的文档**图标,打开**我的文档**窗口。该窗口为用户管理自己的文档提供了方便快捷的功能。

双击桌面上**回收站**图标,打开**回收站**窗口。该窗口显示已删除的文件(夹)的信息。用户可以方便地从回收站恢复已经删除的文件到文件原来的目录中,也可在回收站中清除这些文件,真正地从磁盘上删除这些文件。

任务栏通常位于屏幕的最下面,其中包括

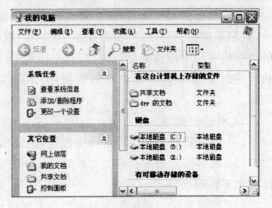

图 3.1　我的电脑窗口

开始按钮、应用程序图标区和通知栏等。

单击**开始**按钮,将显示一个**开始**菜单,可以用来启动应用程序、打开文档、完成系统设置、联机帮助、查找文件和退出系统等功能。右击**开始**按钮,在弹出的快捷菜单中选择**控制面板**选项,打开"控制面板"窗口,观察其中的内容后,单击**关闭**按钮关闭窗口。

应用程序图标区左部的**快速启动**栏中放置一些常用的应用程序图标,用户可以直接单击图标运行这些应用程序。应用程序图标区右部用于显示正在运行的应用程序图标按钮,用户可以直接单击某个程序图标按钮来切换该程序为当前窗口。

通知栏在任务栏的右端,显示一些提示信息,如当前时间、文字输入方式等。

3. 窗口、菜单与对话框的基本操作

1) 窗口操作

Windows 常见窗口如图 3.1 所示。其中,标题栏显示窗口的名称。用鼠标双击标题栏可使窗口最大化;用鼠标拖动标题栏可移动整个窗口。

单击控制图标可打开窗口的控制菜单,实现窗口的恢复、移动、大小控制、最大化、最小化和关闭等功能。

单击**最小化**按钮,窗口缩小为任务栏按钮,单击任务栏上的按钮可恢复窗口显示。单击**最大化**按钮,窗口最大化,同时该按钮变为**恢复**按钮;单击**恢复**按钮,窗口恢复成最大化前的大小,同时该按钮变为**最大化**按钮。单击**关闭**按钮将关闭窗口。

菜单栏提供了一系列的命令,用户通过使用这些命令可完成窗口的各种操作。工具栏为用户操作窗口提供了一种快捷的方法。工具栏上每个小图标对应一个菜单命令,单击这些图标可完成相应的功能。

当窗口无法显示所有内容时,可使用滚动条查看窗口的其他内容。滚动条分为水平滚动条和垂直滚动条,垂直滚动条使窗口内容上下滚动,水平滚动条使窗口内容左右滚动。以垂直滚动条为例,单击滚动条向上或向下的箭头可上下滚动一行;单击滚动条中滚动框以上或以下部分可上下滚动一屏;也可拖动滚动条到指定的位置。

此外,用户可用鼠标拖动窗口边框和窗口角来任意改变窗口的大小。

2) 菜单栏操作

(1) 使用鼠标操作菜单。单击菜单栏中的相关菜单项,显示该菜单项的下拉菜单,单击要使用的菜单命令即完成操作。

(2) 使用键盘操作菜单。主要有三种方法:①按 Alt 键或 F10 键选定菜单栏,使用左右方向键选定需要的菜单项,按回车键或向下方向键打开下拉菜单,使用上下方向键选定需要的命令,按回车键执行命令;②使用菜单中带下画线的字母,按 Alt 键或 F10 键选定菜单栏,按需要的菜单项中带下画线的字母键,打开下拉菜单,按需要的菜单命令中带下画线的字母键,选择执行该命令;③使用菜单命令的快捷键,不需要选定菜单,直接按下对应命令的快捷组合键即可。

3) 对话框操作

(1) 命令按钮。直接单击命令按钮,则完成对应的命令。

(2) 文本框。用鼠标在文本框中单击,则光标插入点显示在文本框中,此时用户可输入或修改文本框的内容。

(3) 列表框。用鼠标单击列表中需要的项,该项显示在正文框中,即完成操作。

(4) 下拉式列表框。用鼠标单击下拉式列表框右边的倒三角,出现一个列表框,单击需要的项,该项显示在正文框中,即完成操作。

(5)复选框。是可多选的一组选项,单击要选定的项,则该项前面的小方框中出现"✔",表示选定了该项;再单击该项,则前面的"✔"消失,表示已取消该项。

(6)单选按钮。是只能单选的一组选项,只要单击要选定的项即可,被选定的项前面的小圆框中会出现"·"。

(7)增量按钮。用于选定一个数值,单击正三角按钮可增加数值,单击倒三角按钮可减少数值。

4)几个应用程序的基本操作

(1)**记事本**程序的操作:①单击任务栏上**开始**按钮,打开**开始**菜单;②鼠标指向**所有程序**选项,打开**所有程序**级联菜单;③鼠标指向**附件**选项,打开**附件**级联菜单;④单击**记事本**选项,打开**记事本**窗口;⑤拖动窗口标题栏,使窗口移至屏幕右下方;⑥分别拖动窗口左边框和左上角,改变窗口的大小;⑦双击窗口标题栏,使窗口最大化;⑧单击恢复按钮使窗口恢复刚才的大小;⑨单击**文件**菜单项,打开**文件**菜单;⑩单击**页面设置**菜单命令,打开**页面设置**对话框;⑪单击**纸张**栏大小列表框右边的倒三角按钮,打开下拉列表框;⑫单击 **A5　148×210 mm** 选项;⑬单击**方向**栏**横向**单选按钮;⑭单击**确定**按钮,关闭对话框;⑮单击**记事本**窗口的**关闭**按钮,关闭该窗口。

(2)**写字板**程序的操作:①通过**开始**菜单打开**写字板**窗口;②通过**文件**菜单打开**页面设置**对话框;③通过**查看**菜单打开**选项**对话框;④通过**格式**菜单打开**字体**对话框;⑤关闭**写字板**窗口。

(3)**画图**程序的操作:①通过**开始**菜单打开**画图**窗口;②移动窗口至屏幕的左上角;③使窗口的大小约为屏幕大小的1/4;④通过**图像**菜单打开**属性**对话框;⑤通过**颜色**菜单打开**编辑颜色**对话框;⑥关闭**画图**窗口。

实验 4 Windows 基本操作练习二

❋ 实验目的与要求

（1）熟悉 Windows 的资源管理器。

（2）熟练掌握资源管理器中菜单、命令栏及属性窗口的一些基本操作方法。

（3）熟练掌握"资源管理器"中对文件或文件夹的基本操作，如文件复制、移动、删除等。

（4）熟练掌握在资源管理器窗口中浏览查看文件或文件夹。

（5）熟练对窗口中的文件或文件夹进行各种操作，如选定、移动、复制、删除和重命名等。

（6）掌握 Windows 中磁盘的基本操作。

（7）学习**画图**等 Windows 附件工具的使用方法。

❋ 实验内容与步骤

文件或文件夹的管理是操作系统的主要内容。在 Windows 中，对文件或文件夹的操作管理主要是通过资源管理器来实现的。

1. 资源管理器启动

启动 Windows"资源管理器"有两种方法：①单击**开始→所有程序 →附件 →Windows 资源管理器**命令，进入资源管理器；②右击**开始**按钮，在打开的快捷菜单中单击**资源管理器**命令。

2. 资源管理器窗口

在资源管理器窗口中，用户能非常方便地建立和删除文件或文件夹；可以用多种方式将文件或文件夹在不同的磁盘驱动器、不同的文件夹之间复制或移动；利用工具栏按钮能方便快捷地在文件夹树状层次结构中进退自如；利用 Windows 自带的文件压缩/解压缩功能，可以很容易地将单个或多个文件或文件夹进行压缩和解压缩操作，其方便程度远高于众多的专用压缩软件。

资源管理器分为左右两个窗格。左窗格中用树型目录结构形式显示当前计算机中的磁盘驱动器及文件夹的层次结构。磁盘驱动器及文件夹名称前有图标"＋"号或"－"号时表示该磁盘或文件夹含有子文件夹。"＋"号表示含有的子文件夹结构未展开；"－"号表示含有的子文件夹结构已经展开。可以通过单击"＋"号或"－"号展开或折叠子文件夹。右窗格中则显示当前磁盘驱动器或文件夹中的文件或子文件夹等内容。"当前磁盘驱动器或文件夹"是指在左窗格中被选定的磁盘或文件夹。

当前被选定的磁盘或文件夹呈高亮度蓝色背景显示。右窗口中显示的文件或子文件夹等内容有多种列表显示方式，各类文件都具有各不相同的图标形式以示区别。

3. 资源管理器窗口基本操作

1) 展开和折叠文件夹

在左窗格的文件夹结构中，单击 C 盘图标左边的"＋"号(小方格)，方格内的"＋"号变为"－"号，同时，C 盘所属的下一级文件夹被展开；再次单击图标左边的"－"号，方格内的"－"号变为"＋"号，同时，C 盘图标下方的文件夹折叠收缩。

反复单击某些文件夹图标左边的"＋"或"－"号，观察该文件夹中的子文件夹在其下方展开和折叠收缩的情况，展开的内容中是否有文件对象；并观察右窗格中的内容有无变化、右窗格中的内容是哪个盘哪个文件夹中的内容。

首先展开 C 盘第一级文件夹(如果 C 盘图标左边的方格中已是"－"号，则表示已展开)，移动左窗口的垂直滚动条，直到看见 **Program Files** 文件夹，单击 **Program Files** 文件夹图标，该图标变成展开状，同时，右窗格中显示出该文件夹中的子文件夹和文件(一般情况下，该文件夹中只包含子文件夹)。

移动左窗格的垂直滚动条，直到看见 **Windows** 文件夹，将其展开，移动垂直滚动条，直到看见 **Help** 文件夹，单击该文件夹图标，右窗格中显示出该文件夹中的子文件夹和文件。

2) 查看文件夹内容

单击工具栏中的**查看**按钮，打开一个下拉菜单。其中列出了略缩图、平铺、图标、列表和详细信息 5 种文件的排列方法。如果设置了文件夹属性为**图片**显示方式，还将出现幻灯片浏览排列方法。

使用**详细信息**方式查看文件对象时，在右窗格可以显示文件对象的详细信息，包括文件的名称、大小、类型和修改时间等内容。对于驱动器则显示其类型、大小和可用空间。用户还可根据自己的需要设定文件显示的信息内容，方法是右击信息列标题，在出现的菜单中选择需显示的信息项即可。

用户有时为了便于查看，可以调节各信息列的宽度。操作方法是将鼠标指向列标题，并移动到列分界线上，直到鼠标指针变成双箭头，按住鼠标左键不放并左右拖动即可调节列的宽度。

当窗口中的图标太多时，用户可以利用**查看**菜单**排列图标**级联菜单中的命令，按名称、类型、大小、修改时间或自动排列、按组排列等将图标排序，以便于查找所需的文件。

设置**幻灯片浏览**方式查看文件及文件夹的操作方法如下：①在资源管理器窗口中查找选定一个包含有图片文件的文件夹，如 **C:\Windows\ Web\ Wallpaper** 文件夹；②单击**文件**菜单中的**属性**命令，打开文件夹**属性**对话框；③在**属性**对话框单击**自定义**选项卡，在**用此文件夹类型作为模板**下拉列表框中选择**图片**或**相册**选项，单击**确定**按钮完成设置；④在**查看**菜单中选择**幻灯片方式**命令，即可以用幻灯片方式查看图片文件。

3) 选定文件或文件夹

选定单个文件或文件夹，有以下几种方法：①单击要选定的文件或文件夹；②按 End 键或 Home 键，可选定当前文件夹末尾或开头的文件或文件夹；③按字母键，可选定第一个以该字符为文件名或文件夹名首字母的文件或文件夹。例如，按字母 a 键，将选定第一个字母为 a 开头的文件或文件夹。对以中文命名的文件或文件夹也有效。

要连续选定文件或文件夹，可先设置为**图标**查看方式，再将鼠标指向右窗格待选文件(夹)区域的左上角(但千万不要压着图标，否则随后的操作有可能造成文件混乱)，按下左键向右下角方向移动鼠标，在移动鼠标时，会出现一个矩形虚线框随着鼠标变化，矩形框内的名称和图标全部变为深色显示，在适当的地方放开左键，即完成选定操作。选定的文件或文件夹可以被复制、移动、发送、删除等，但此处只练习选定操作。将鼠标移到其他空白处，单击左键，即取消选定操作。

上述操作过程中，若按下右键拖出虚线矩形框，矩形框内的名称和图标全部变为深色显示，在适当的地方放开右键时，会立即显示出一个快捷菜单，菜单上列出了可对已选定文件或文件夹的操作。

首先选定矩形区域左上角的对象，按住 Shift 键不放，再选定矩形区域右下角的对象，此时，矩形区域内文件或文件夹的名称和图标全部变为深色显示，这也是连续选定的一种方法。

按住 Ctrl 键不放，用鼠标逐一单击选定对象，称为任意选定。任意选定所选定的对象可以是相邻的，也可以是不相邻的。

在略缩图、平铺或列表显示方式下，选定操作与上述方法基本相同。

4. 资源管理器窗口实验内容

认真阅读教材第 3 章中有关资源管理器、Windows 附件等内容，在实验指导人员的指导下，完成以下实验内容。

（1）在"资源管理器"窗口定义**标准按钮**工具栏，使工具栏中显示剪切、复制、粘贴、删除、撤销、文件夹选项及属性工具按钮。

（2）在"资源管理器"窗口设置文件的显示方式为显示所有文件类型的扩展名。

（3）在**我的文档**中新建一个文件夹，文件夹的名称为用户自己姓名，例如**李刚**（以下将使用**李刚**为文件夹名称）。

（4）在**李刚**文件夹中新建两个文件夹，文件夹名称分别为**学习**、**生活**。

（5）在**学习**文件夹中建立一个**文本文档**文件，文件名为**文字练习. txt**。

注意　该文件是空文件（没有内容）。

（6）在建立的**文字练习. txt** 文件中输入下面两段文字内容并保存。

资源管理一般是指对计算机中的文件、文件夹和磁盘驱动器的管理。在 Windows XP 中，我们使用"我的电脑"或"资源管理器"这两个工具来进行资源的管理。两个工具的管理操作方法基本一样。下面我们将主要介绍在"资源管理器"中是如何进行资源管理的。

"资源管理器"是 Windows XP 一个重要的文件、文件夹管理工具。它将计算机中的文件、文件夹对象图标化，使得对它们的查找、复制、删除、移动等操作管理变得非常容易、非常方便。

（7）在"资源管理器"窗口中，将系统盘 C 盘中的桌面图片文件 **bliss. bmp** 复制到**生活**文件夹中。该文件的原始位置为 **C：\ Windows \ Web \ Wallpaper\Bliss. bmp**。要求使用的操作方法是，使用鼠标左键拖动完成复制操作。说明：如在 **C：\ Windows \ Web \ Wallpaper** 文件夹中没有 **bliss. bmp** 文件，可用 Windows 搜索工具查找该文件位置；或用其他的 bmp 格式文件替代。

（8）在**文件夹选项**对话框中选定**在地址栏中显示完整路径**复选框，如图 4.1 所示。

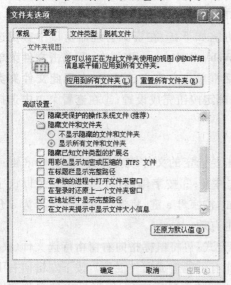

图 4.1　**文件夹选项**对话框

（9）在"资源管理器"窗口中,将系统盘 C 盘中的声音媒体文件 **Windows XP 启动.wav**复制到**生活**文件夹中。该文件的原始位置为 **C：\Windows\Media\Windows XP 启动.wav**。要求使用的操作方法是,使用工具栏按钮中的**复制**、**粘贴**工具完成复制。

（10）将文件**文字练习.txt** 复制到**李刚**文件夹中,并改名为**文字练习.bmp**,即改变文件的类型为 bmp 图片格式文件。注意:在改变文件类型过程中会出现图 4.2 所示的**重命名**提示框,单击是按钮即可。

（11）在**学习**文件夹中建立**文字练习.txt** 文件的复件文件。文件名为**文字练习复件.txt**。

（12）在**李刚**及其下属文件夹中用鼠标依次打开文件**文字练习.txt,bliss.bmp,Windows XP 启动.wav**。打开文件的方法为,在窗口中用鼠标双击该文件。文件打开后再依次关闭三个文件。

图 4.2　**重命名**提示框

（13）在**李刚**文件夹中执行打开**文字练习.bmp** 文件的操作。结果是什么? 请仔细观察后思考其原因。

（14）将**生活**文件夹中的 **bliss.bmp** 文件移动到**学习**文件夹中。要求采用的操作方法是,使用鼠标右键拖动完成移动操作。

（15）将**学习**文件夹移动到**生活**文件夹中,形成如下文件夹结构:我的文档→李刚→生活→**学习**。再将**李刚**文件夹移动到 C 盘根文件夹中,形成如下文件夹结构:**C：→李刚→生活→学习**。要求采用的操作方法是,使用右击快捷菜单完成移动操作。

（16）将**文字练习.bmp** 文件和**文字练习复件.txt** 文件删除到**回收站**中。要求采用的操作方法是,使用**文件**菜单中的**删除**命令完成删除操作。

（17）在**回收站**中将**文字练习复件.txt** 文件恢复到删除前位置;将**文字练习.bmp** 文件彻底删除。

（18）在**回收站 属性**对话框中设置回收站具有**删除时不将文件移入回收站,而是彻底删除**属性,如图 4.3 所示。再次删除文件夹中的**文字练习复件.txt** 文件。观察还能否恢复该文件,思考结果并说明原因。要求采用的操作方法是,使用工具按钮中的**删除**命令完成删除操作。

（19）设置**李刚**文件夹具有**隐藏**属性,在出现的**确认属性更改**提示框中选定默认选项**将更改应用于该文件夹、子文件夹和文件**单选按钮,如图 4.4 所示。在"文件夹选项"对话框中设置

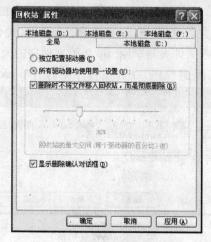

图 4.3　**回收站 属性**对话框

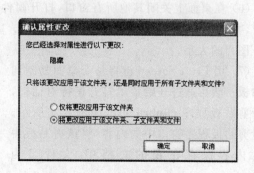

图 4.4　**确认属性更改**提示框

不显示隐藏的文件和文件夹属性，再返回"资源管理器"窗口，观察此时能否在左右窗格看到**李刚**、**学习**及**生活**三个文件夹和**文字练习.txt**，**bliss.bmp** 及 **Windows XP 启动.wav** 三个文件，并说明原因。关闭"资源管理器"窗口后再启动"资源管理器"，观察显示状况有否改变，并说明原因。

（20）使用**搜索助理**工具搜索**文字练习.txt** 文件。观察能否搜索到该文件，并说明原因。

（21）取消**李刚**文件夹的隐藏属性，再使用**搜索助理**工具搜索**文字练习.txt** 文件。观察能否搜索到。

（22）在所有的软、硬盘上查找扩展名是 avi 的视频剪辑文件，找到之后，选定其中的一个进行播放，再将其复制到**生活**文件夹中。

（23）通过**开始**菜单中**附件**级联菜单运行写字板程序文件 **Wordpad.exe**。

（24）在"资源管理器"窗口中打开写字板程序文件 **Wordpad.exe**。如不知道文件位置，可以通过**搜索助理**工具搜索查找文件的路径位置。

（25）使用向导法在桌面上创建一个**写字板**的快捷方式。

（26）使用拖放法在桌面上创建一个打开**李刚**文件夹的快捷方式图标，并使用快捷方式启动该文件夹。

（27）在 **Windows XP 启动.wav** 声音文件所在的文件夹中创建一个该文件的快捷方式图标，并将该快捷方式图标用**发送**方式发送到桌面上。使用桌面上的快捷方式启动该声音文件。

5. 使用 Windows 附件工具

（1）用 Windows 附件工具**画图**程序，打开**生活**文件夹中的 **bliss.bmp** 图片文件，并在图片左上方画一个"红太阳"，如图 4.5 所示。

图 4.5　加工"bliss.bmp"图片

（2）调整图片大小为 300×200 像素（画布的尺寸同图片）。

（3）将修改后的文件用 **sun_bliss.bmp** 文件名保存在**生活**文件夹中。查看文件的大小应在 180 KB 以下。否则再打开文件，调整图片及画布大小使文件小于 180 KB。

（4）将 **sun_bliss.bmp** 从**生活**文件夹中移动到**学生**文件夹中。

（5）利用 Windows 压缩文件和文件夹的功能将**李刚**文件夹压缩，建立**李刚.zip** 压缩文件夹。比较**李刚**文件夹与**李刚.zip** 压缩文件夹的大小。

（6）在桌面上关闭其他所有窗口，打开**附件**中的**画图**程序，在画图程序中打开 **bliss.bmp** 图片，并调整画图窗口大小及位置和 **bliss.bmp** 图片的大小。

（7）用 Print Screen 键将整个桌面复制到**剪贴板**。然后通过**开始**菜单打开**运行**对话框，运行剪贴板程序 **clipbrd.exe**，如图 4.6 所示。查看剪贴板程序窗口中的内容，将该剪贴板中图片内容保存在**我的文档**中，文件名为 **bliss.clp**。

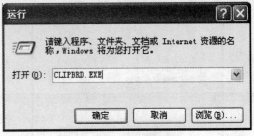

图 4.6　**运行**对话框

✳ 实验测试与练习

1. 测试要求

(1) 掌握文件(夹)的创建、复制、移动、重命名、删除、属性及查找。

(2) 掌握快捷方式的创建、快捷键、常用的文件类型及打开方式。

(3) 掌握 Windows 中附件及控制面板的操作。

2. 测试时间及分数

90 分钟;100 分。

3. 测试内容

(1) 在 D 盘建立一个文件夹命名为**练习**,在**练习**文件夹中创建二级文件夹(以下简称"学生文件夹"),命名为学号后四位加姓名,如 **4538 张媛媛**。注意,中间不要空格(5 分)。

(2) 通过搜索功能查找图片文件(＊.jpg),并且文件的大小不要大于 3 KB,然后将其中的 10 个文件复制到学生文件夹中,并将这里 10 个文件重新命名为 **1.jpg,2.jpg……9.jpg, 10.jpg**(15 分)。

说明:注意搜索查找到的 jpg 格式图片文件,如果没有 10 个不大于 3 KB 的,则可以利用 Windows **画图**程序将文件大小缩小到 3 KB 以下再使用;或者请求实验辅导老师给予帮助。

(3) 在学生文件夹中再创建两个三级文件夹,分别命名为 bak 和 move,将前面 10 个命名好的图形文件复制到三级文件夹 bak 中(10 分)。

(4) 先将学生文件夹中的 1～5 号 jpg 文件移动到三级文件夹 **move** 中,再将 **6.jpg** 改名为**图片.jpg**,将 **7.jpg** 删除(15 分)。

(5) 打开 Windows **画图**程序,利用画图工具制作一幅图形,保存到学生文件夹中,并命名为**桌面背景图形.jpg**(10 分)。

(6) 打开**显示 属性**对话框,并将**桌面背景图形.jpg** 设置为桌面背景(10 分)。

(7) 通过**开始**菜单的**运行**命令打开 Windows 记事本程序 **Notepad.exe**,新建一个记事本文件,输入常用快捷键功能说明(至少 6 个以上,如 **Ctrl＋C** 的功能是复制……),并将文件命名为**常用快捷键.txt**,保存到学生文件夹中(10 分)。

(8) 对三级文件夹 **bak** 及其中内容,使用 Winrar 压缩软件创建自解压格式的压缩文件,命名为**自解压缩文件.exe**,存放在学生文件夹中(10 分)。

(9) 创建学生文件夹桌面快捷方式,命名规则为"自己的姓名＋文件夹",如**张媛媛文件夹**。注意,文件夹要放置在桌面屏幕的中间位置(5 分)。

(10) 将自己电脑桌面屏幕画面拷贝下来建立画图程序文件,注意桌面屏幕上要有上题(9)建立的学生文件夹桌面快捷方式,并将屏幕画面缩小至原图的 90％,用"自己的姓名＋屏幕"(如张媛媛屏幕.jpg)作为文件名保存在学生文件夹中(10 分)。

(11) 图 4.7 至 4.10 是测试练习完成后,各个创建的文件夹及文件的分布情况。请大家在完成自己的测试练习后,比较下面各图,特别注意各个文件夹的相对位置是否正确。

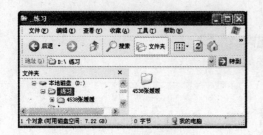

图 4.7　练习文件夹

图 4.8　学生文件夹

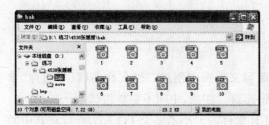

图 4.9　bak 文件夹

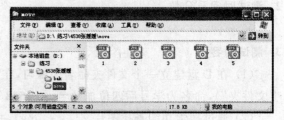

图 4.10　move 文件夹

实验 5　Word 的基本编辑操作

※ 实验目的与要求

(1) 学习并掌握 Word 2003(以下简称 Word)的启动和退出。

(2) 熟悉 Word 的窗口界面。

(3) 学会使用 Word 建立一个简单文档,保存在磁盘上。

(4) 学会在 Word 中打开一个 Word 文档。

(5) 掌握在 Word 中编辑文本的方法。

(6) 了解文档的显示方式。

(7) 掌握 Word 文档的字符格式的编排。

(8) 掌握 Word 文档的段落格式的编排。

(9) 学会给文本加上边框、底纹、项目符号。

(10) 掌握 Word 文档的分栏技术。

(11) 学会为 Word 文档加上页眉和页脚。

※ 实验内容与步骤

1. 启动 Word 建立一个简单的 Word 文档

启动 Windows XP,单击**开始**按钮,打开**开始**菜单,选择**所有程序**级联菜单中的 **Microsoft Word** 命令,进入 Microsoft Word 应用程序窗口。

在任务栏的输入法指示器上单击鼠标左键,选择一种中文输入法,在**格式**工具栏**字体**下拉列表框中选定五号宋体字,输入下列文本。

中药保护品种的范围和等级划分

(一)中药保护品种的范围

《条例》规定了中药保护品种的范围:

1. 必须是国家药品标准收载的品种;

2. 国家药品监督管理部门批准的新药,若符合《条例》规定的,在新药保护期限届满前
六个月,可以依照本《条例》的规定申请保护。

输入结果如图 5.1 所示。

2. 保存关闭文档并退出 Word

选择**文件**菜单中的**保存**命令,打开**另存为**对话框,在**保存位置**下拉列表框中选定**本地磁盘**(**C:**),在**文件名**下拉列表框中输入**中药保护**,保存类型为 Word 文档,如图 5.2 所示。单击**保存**按钮,当前文档即以文件名**中药保护**保存在 C 盘上。

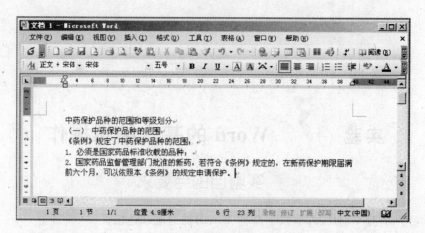

图 5.1　输入文本

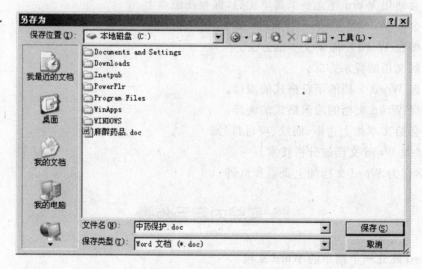

图 5.2　**另存为**对话框

选择**文件**菜单中的**关闭**命令,关闭当前文档。

选择**文件**菜单中的**退出**命令,退出 Word 应用程序,返回 Windows XP 桌面。

3. 打开已建立的 Word 文档

再次启动 Word,选择**文件**菜单中的**打开**命令,弹出**打开**对话框,在**查找范围**下拉列表框中选定**本地磁盘(C:)**,在**文件类型**下拉列表框中选定 **Word 文档**(∗.doc),这时文件列表中会显示**中药保护.doc**文件,单击选定它,然后单击**打开**按钮,该文档被打开。

4. 熟悉 Word 的窗口界面

逐个单击菜单栏的各个菜单项,查看其下拉菜单;将鼠标驻留在各个工具按钮上,查看它们的帮助说明。

单击菜单栏的视图,分别选定**普通**视图、**大纲**视图,**页面**视图,**Web 版式**视图,观察各种视图状态下的文档的显示。

5. 编辑操作

(1) 修改。选择字符**六个月**,使它反色显示,然后输入 **6 个月**以替代它。

(2) 插入新文本。将插入点放置到段落末尾,从键盘输入如下文本。

(二)中药保护品种的等级划分

《条例》对受保护的中药品种划分为 1 级和 2 级进行管理。中药 1 级保护品种的保护期限分别为 30 年、20 年、10 年,中药 2 级保护品种的保护期限为 7 年。

1. 对中药 1 级保护品种应具备的条件符合下列条件之一的中药品种,可以申请 1 级保护。

2. 对特定疾病有特殊疗效的;相当于国家 1 级保护野生药材物种的人工制成品;用于预防和治疗特殊疾病的。申请中药 2 级保护品种应具备的条件符合下列条件之一的中药品种,可以申请 2 级保护。符合 1 级保护的品种或者已经解除 1 级保护的品种;对特定疾病有显著疗效的;从天然药物中提取的有效物质及特殊制剂。

(3)删除文本。在文本末行左方选定区双击鼠标,这个自然段的字符全部反色显示,按下 Delete 键,删去这个文本。

(4)操作撤销。紧接上一步操作,按下工具栏的**撤销按钮**,恢复被删去的自然段。

(5)查找和替换。将全文本中的 **2 级**更换为**二级**,选择**编辑**菜单中的**替换**命令,进入**查找和替换**对话框,选定**查找**选项卡,在**查找内容**编辑框内输入 **2 级**,选定**替换**选项卡,在**替换为**编辑框中输入**二级**,再单击**全部替换**按钮。

(6)段落合并。在"符合下列条件之一的中药品种,可以申请 1 级保护。"末字符后单击鼠标放置插入点,按下 Del 键,它便与"对特定疾病有特殊疗效的;相当于国家一级保护野生药材物种的人工制成品……"这一自然段落合成为一个段落。

(7)段落拆分。在"2.申请中药二级保护品种应具备的条件……"前单击鼠标放置插入点,按下回车键。"2.申请中药二级保护品种应具备的条件……"将另生成一个自然段。

(8)插入符号。单击"对特定疾病有特殊疗效的;"首字符左侧放置插入点,选择**插入**菜单中的**符号**命令,打开**符号**对话框,在列表中选定符号"①",单击"插入"按钮即可在"对特定疾病有特殊疗效的;"和"符合 1 级保护的品种或者已经解除 1 级保护的品种;"前插入符号"①"。用同样的方法在"相当于国家 1 级保护野生药材物种的人工制成品;"和"对特定疾病有显著疗效的;"前插入符号"②";在"用于预防和治疗特殊疾病的。"前插入符号"③"。

插入完成后的结果如图 5.3 所示。选择**文件**菜单中的**保存**命令,将修改后的文档保存。

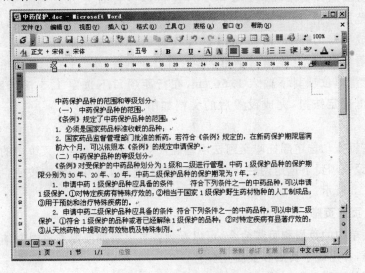

图 5.3　编辑过的文档

6. 新建文档

选择**文件**菜单中的**新建**命令,新建一个 Word 文档,并输入如下文本内容。

麻醉药品品种

麻醉药品的品种范围包括:阿片类、可卡因类、大麻类、合成药类及国务院药品监督管理部门指定其他易成瘾癖的药品、药用原植物及其制剂。具体品种如下:

麻醉药品品种目录

(1996 年 1 月公布)

醋托啡

乙酰阿法基芬太尼

醋美沙朵

阿芬太尼

烯丙罗定

阿法美罗定

阿醋美沙朵

阿法甲基芬太尼

阿法甲基硫代芬太尼

7. 加上项目符号

选定上述文本的 6~14 行,选择**格式**菜单中的**项目符号和编号**命令,打开**项目符号和编号**对话框,选定一种项目符号。

8. 设置正文格式、字体

选定**麻醉药品品种**,在**格式**工具栏选定**黑体**字,字号为**小四**,单击**加粗**按钮,再单击**字体颜色**列表按钮,选定红色。然后选择**格式**菜单中的**边框和底纹**命令,打开**边框和底纹**对话框,在**边框**选项卡的**设置**中选定**方框**,在**底纹**选项卡的**填充**中选定黑色。选定**麻醉药品品种目录**和**(1996 年 1 月公布)**,在**格式**工具栏选定**楷体**字,字号为**四号**。

9. 设置段落格式

选定**麻醉药品品种目录**和**(1996 年 1 月公布)**,设置对齐方式为居中对齐。选定"麻醉药品的品种范围包括:阿片类、可卡因类、大麻类、合成药类及国务院药品监督管理部门指定其他易成瘾癖的药品、药用原植物及其制剂。具体品种如下":这一段落,选择**格式**菜单中的**段落**命令,打开**段落**对话框,选定**缩进和间距**选项卡,在**特殊格式**项目下选定**首行缩进**,在**度量单位**项目下输入 **1.56 cm**,在**行距**项目下选定 **1.5 倍行距**,**段前**中设置为 **0.5 行**。单击**确定**铵扭,完成设置后的文档如图 5.4 所示。

10. 段落分栏

按住鼠标左键拖动选定**醋托啡**至**阿法甲基硫代芬太尼**,选择**格式**菜单中的**分栏**命令,打开**分栏**对话框,在**预设**项目下选定**两栏**,选定**栏宽相等**复选框,再单击**确定**按钮。

结果如图 5.5 所示。

11. 给文档加上页眉页脚

选择**视图**菜单中的**页眉和页脚**命令,可以看到各页上端都增加了页眉文本框,各页底端增加了页脚文本框,并出现了**页眉和页脚**工具栏。

单击第一页的页眉文本框放置插入点,输入文本**麻醉药品品种目录**。单击**页眉和页脚**工

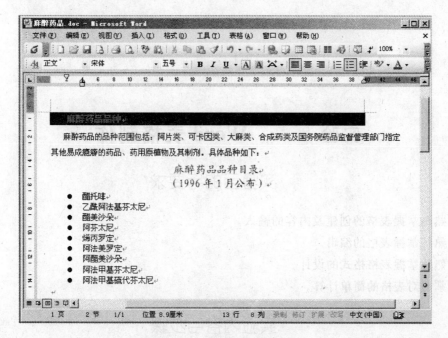

图 5.4　设置格式后的文档

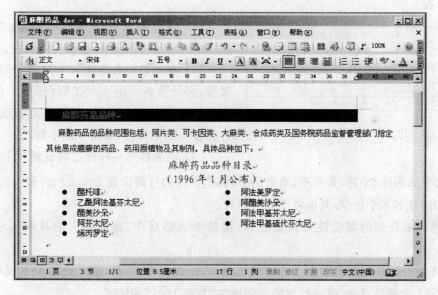

图 5.5　设置了分栏的文档

具栏上的**在页眉和页脚间切换**按钮,插入点自动进入页脚文本框。单击**页眉和页脚**工具栏上的**插入页码**按钮为文档插入页码。单击工具栏上的**关闭**按钮,可以看到各页顶端有文本**麻醉药品品种目录**,底端有文本页码显示。

实验 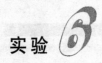 Word 表格制作

❋ 实验目的与要求

（1）熟练掌握表格的创建及内容的输入。

（2）熟练掌握表格的编辑。

（3）熟练掌握表格格式的设计。

（4）掌握对表格的简单计算。

❋ 实验内容与步骤

1. 实验内容

姓　名	月收入	工龄工资	补贴
宋常林	979	30	40
杨永费	410	5	10
王　红	746	14	30
马　伟	587	10	20
于　新	574	8	20

图 6.1　实验表格

（1）建立如图 6.1 所示的表格，并以工资表.doc 为文件名保存在当前文件夹中。

（2）在**补贴**的右边插入一列，列标题为**实发工资**，并计算各人的实发工资（保留 1 位小数）；在表格的最后增加一行，行标题为**各项平均**，并计算各项的平均值（保留 1 位小数）。

（3）将表格第一行的行高设置为 1 cm、最小值，该行文字为粗体、小四，并水平、垂直居中；其余各行的行高设置为 0.8 cm、最小值，文字垂直底端对齐；姓名水平居中，其他各项靠右对齐。

（4）将表格各列的宽度设为调整适合，使整个表格居中，并按各人的月收入从高到低排序。

（5）将表格的外框线设置为 1.5 磅的粗线，内框线为 0.75 磅，第一行的上下线与第一列的右框线为 1.5 磅的双线，第一行与第一列添加"灰色 10％"的底纹。

（6）在表格的上面插入一行，合并单元格，然后输入标题**工资表**，格式为黑体、三号、居中、取消底纹；在表格下面插入当前日期，格式为粗体、倾斜。

2. 建立表格

（1）单击**常用**工具栏上的**表格和边框**按钮，调出**表格和边框**工具栏，如图 6.2 所示。

（2）将光标定位在文档中需插入表格的位置，单击**表格**工具栏上的**插入表格**按钮，弹出**插入表格**对话框。输入列数 **4**，行数 **6**，如图 6.3 所示。单击**确定**按钮，生成一个 4 列 6 行的表格，如图 6.4 所示。

（3）按图 6.1 表格中数据输入相应内容。

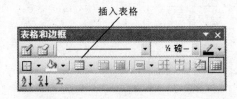

图 6.2　**表格**工具栏

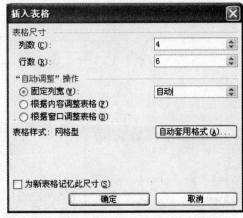

图 6.3　**插入表格**对话框

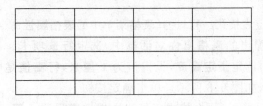

图 6.4　生成表格

（4）单击**常用**工具栏上的**保存按钮**，弹出**另存为**对话框，将其保存为**工资表.doc**。

3. 插入行、列，并计算

（1）将光标移到图 6.1 中补贴列位置，选择**表格→插入→列（在右侧）**命令，如图 6.5 所示，插入一空列。

（2）在新插入列的第一行内输入**实发工资**。

（3）选定**实发工资**下的第一个单元格。

（4）选择**表格**菜单中的**公式**命令，弹出公式对话框。

（5）在**公式**文本框内输入**＝sum（left）**，在**数字格式**文本框中输入 **0.0**，如图 6.6 所示。单击**确定**按钮，计算出该行的实发工资 **1049.0**。

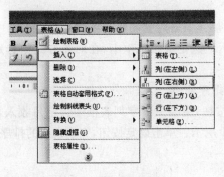

图 6.5　**插入级联菜单**

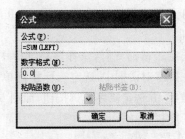

图 6.6　**公式对话框**

（6）再依次选定第二、三直至最后一个单元格，重复步骤（5），计算出所有实发工资。

（7）将光标移到最后一个单元格，按 Tab 键，则插入一行或按照（1）方法执行插入**行（在下方）**命令，在新插入行的第一列输入**各项平均**。

（8）选定最后一行的第二列单元格，重复步骤（4），将公式改为 **＝average（b2：b6）**，计算该列数据的平均值 **659.2**；也可以输入公式 **＝average（Above）**，来计算该列的平均数据值。以后各列的计算依次将公式中的列号 b 改为 c，d，e，…即可。数据输入完成后的表格如图 6.7 所示。

姓　名	月收入	工龄工资	补贴	实发工资
宋常林	979	30	40	1049.0
杨永贵	410	5	10	425.0
王　红	746	14	30	790.0
马　伟	587	10	20	617.0
于　新	574	8	20	602.0
各项平均	659.2	13.4	24.0	696.6

图 6.7　输入数据的表格

4. 行高设置

（1）选定表格第一行，选择**表格**菜单中的**表格属性**命令。

（2）在弹出的**表格属性**对话框中，选定**行**选项卡。在尺寸区域中，选定**指定高度**，设置值为 **1 厘米**，**行高值是**中选定**最小值**，如图 6.8 所示。单击**确定**按钮。

（3）选定第一行，在**格式**工具栏中选定**字号**为**小四**，单击**加粗**按钮。单击**表格和边框**工具栏上的**对齐**按钮，如图 6.9 所示，选定**中部居中**。

（4）选定表格其余各行，重复步骤（2）和（3），设置行高为 0.8 厘米、最小值，对齐方式为靠下右对齐。

（5）选定表格第一列，单击**格式**工具栏上的**居中**按钮。

图 6.8　**表格属性**对话框

图 6.9　**表格和边框**工具栏

5. 列宽设置及排序

（1）光标放入表格内，执行**表格→自动调整→根据内容调整表格**命令。

（2）打开**表格属性**对话框，如图 6.10 所示。选定**表格**选项卡，在**对齐方式**中选定**居中**，单击**确定**按钮。

（3）选定表格前 6 行，选择**表格**菜单中的**排序**命令。

（4）在**排序**对话框中，选定**有标题行**单选按钮，**主要关键字**列表框中选定**月收入**，**类型**列表框中选定**数字**，并选定**降序**单选按钮，如图 6.11 所示。单击**确定**按钮，完成表格的排序操作。

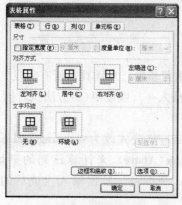

图 6.10　**表格**选项卡

图 6.11　**排序**对话框

6. 表格外框

（1）选定整个表格，设置**表格和边框**工具栏的线条粗细为 **3/4 磅**，单击框线的下拉箭头，选定**内部框线**，如图 6.12 所示。

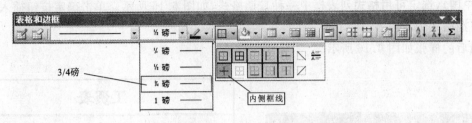

图 6.12　设置内部框线

（2）选定整个表格，同样方法设置**表格和边框**工具栏的线条粗细为 **1.5 磅**，单击框线的下拉箭头，选定**外部框线**。

（3）选定第一行，在**表格和边框**工具栏中选定**线型**为**双线**，单击框线的下拉箭头，选定**下框线**。单击底纹颜色的下拉箭头，选定**灰色-10 ％**，如图 6.13 所示。

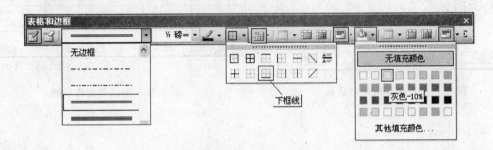

图 6.13　设置双线

（4）选定第一列，单击**外围框线**的下拉箭头，选定**右边框**。单击底纹颜色的下拉箭头，选定**灰色-10 ％**，结果如图 6.14 所示。

姓　　名	月收入	工龄工资	补贴	实发工资
宋常林	979	30	40	1049.0
王　红	746	14	30	790.0
马　伟	587	10	20	617.0
于　新	574	8	20	602.0
杨水贵	410	5	10	425.0
各项平均	659.2	13.4	24.0	696.6

图 6.14　设置了框线的表格

7. 合并单元格

（1）光标放入表格第一行，选择**表格→插入→行（在上方）**命令，在表格上面增加一行。

（2）选定第一行，单击**表格和边框**工具栏上的**合并单元格**按钮，使第一行合并成为一个单元格，并输入文字**工资表**。

（3）选定文字，在**格式**工具栏上设置为**黑体**、**三号**、**居中**，单击**表格**工具栏上的**底纹颜色**的下拉箭头，选定**无填充颜色**。

（4）光标移至表格下方，选择**插入**菜单中的**日期和时间**命令。在**语言**下拉列表框中选定**中文（中国）**，选定**可用格式**列表框中一种日期格式，如图 6.15 所示。单击**确定**按钮插入日期。设置日期格式为**右对齐**。

最后的样张如图 6.16 所示。

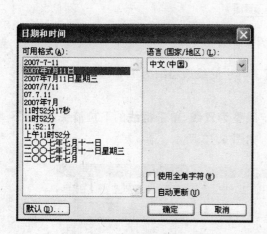

图 6.15　**日期和时间**对话框

工资表				
姓　　名	月收入	工龄工资	补贴	实发工资
宋常林	979	30	40	1049.0
王　红	746	14	30	790.0
马　伟	587	10	20	617.0
于　新	574	8	20	602.0
杨永贵	410	5	10	425.0
各项平均	659.2	13.4	24.0	696.6

2007 年 7 月 11 日

图 6.16　完成的表格示例

实验 7 Word 文档综合练习一

实验目的与要求

（1）熟练掌握页面设置的基本方法。
（2）熟练掌握 Word 文档字符格式化操作方法。
（3）熟练掌握 Word 文档段落格式化操作方法。
（4）掌握在文档中给文本添加修饰。
（5）掌握在文档中插入剪贴画和自绘图形。

实验内容与步骤

制作如图 7.1 所示的 Word 文档。

图 7.1　实验内容示例

1. 页面基本设置

（1）启动 Word，建立一个空 Word 文档。
（2）选择文件菜单中的**页面设置**命令，弹出**页面设置**对话框，如图 7.2 所示。
（3）在**纸张**选项卡中设置文档纸张为 B5 或 16 开，如图 7.2 所示。

（4）在**页边距**选项卡中设置纸张方向为**横向**，设置上、下页边距均为 **2.5 厘米**，左、右页边距均为 **3 厘米**，如图 7.3 所示。

（5）在**版式**选项卡中设置页眉及页脚边距为 **1.5 厘米**。

（6）在**文档网格**选项卡的**网格**选项中选定**指定行和字符网格**单选按钮，并在下面设置文档每行字符数为 **54**，每页行数为 **24**。

（7）在**文档网格**选项卡中单击**绘图网格**按钮，弹出**绘图网格**对话框，如图 7.4 所示。在**网格设置**栏目中设置网格的**水平间距**为 **0.01 字符**，网格的**垂直间距**为 **0.01 行**，单击**确定**按钮返回**页面设置**对话框。

（8）单击**确定**按钮完成页面设置。

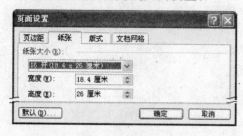

图 7.2 **页面设置**对话框**纸张**选项卡

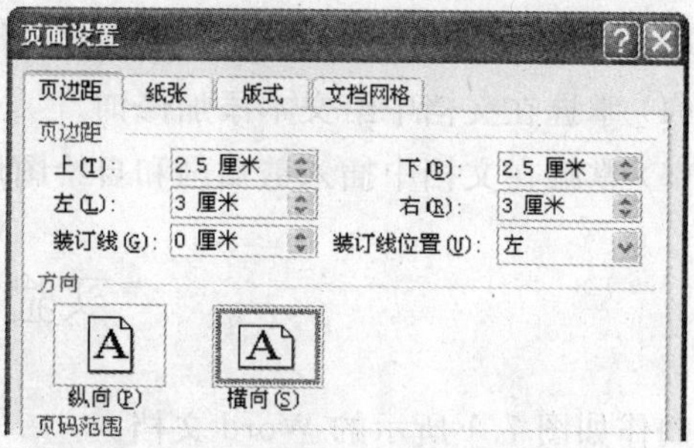

图 7.4 **绘图网格**对话框

图 7.3 **页面设置**对话框**页边距**选项卡

2. 输入 Word 样文文字

以宋体、5 号字向文档中输入以下文字内容。

非典的中医病机特征

纵观非典病史和临床表现，其来势凶险，进展迅速。这些特点与《素问遗篇·刺法论》所称："五疫之至，皆相染易，无问大小，病状相似"的论述，以及国家中医药管理局医政司颁布的《中医内科急症诊疗规范》中所载"风温肺热病"，有较多吻合之处。

非典初期、中期，疫毒入于口鼻，鼻通于肺，口通于胃，致太阴、阳明受邪，卫气同病；非典极期，是瘟疫热毒壅盛，气虚两伤，内闭外脱的集中表现。

关于喘促一症，有两种中医解释：

肺为火灼，其津气不能下行于大肠，气机上逆则作喘。这是喘促属实的一面；

肺气虚弱，肾精被灼而涸，致气机上逆而作喘。这是喘促属虚的一面。

3. 设置文档文字的字体、字号及文字修饰

（1）选定并设置标题文字**非典的中医病机特征**的字体为黑体，字号为一号。

（2）选定并设置文字**五疫之至，皆相染易，无问大小，病状相似**的字体为华文新魏，字号为 4 号。选定并设置其他 5 段文字的字体为宋体，字号为 4 号。

（3）选定并设置文字**素问遗篇·刺法论**的修饰为文字加粗、文字下画线；选定并设置文字**《中医内科急症诊疗规范》**的修饰为文字加粗、文字下画线。

（4）选定并设置第四段文字**关于喘促一症,有两种中医解释:**的修饰为红色、斜体文字;选定并设置最后两段文字（两行文字）的修饰为蓝色。

（5）选定第三段文字中**非典初期**4 个字,选择**格式**菜单中的**边框和底纹**命令,弹出边框和底纹对话框,如图 7.5 所示。在底纹选项卡的**填充**栏目中选定**黄色底纹**,在应用于下拉列表框中选定**文字**选项,单击**确定**按钮完成设置。

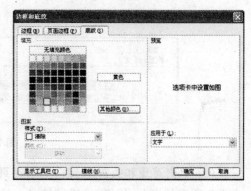

图 7.5　边框和底纹对话框

4. 段落的排版及格式化

（1）将插入点光标定位在**非典的中医病机特征**段落中任意部位,然后单击**格式**工具栏上的**居中**对齐工具按钮。

（2）逐次将插入点光标定位在其他 5 段文字每段的任意部位,在标尺栏中向右拖动**首行缩进**按钮约 2 个字符的位置。也可以选定所有要设置格式的段落,在标尺栏中拖动**首行缩进**按钮,一次即可以完成对所有被选择的段落设置。

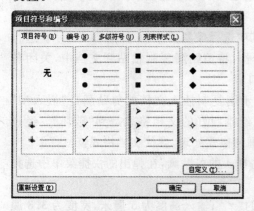

图 7.6　项目符号和编号对话框

说明,如标尺栏未出现在窗口工具栏下方,可通过**视图**菜单中的**标尺**命令,使标尺出现在窗口中。

（3）选定文档最后两段文字,选择**格式**菜单中的**项目符号和编号**命令,弹出项目符号和编号对话框如图 7.6 所示。在**项目符号**选项卡中选定图中所示的"箭头"形状的项目符号;然后单击该选项卡中**自定义**按钮,在下一级对话框中选定箭头符号,然后单击**字体**按钮,在弹出的**字体**对话框中,选定**字体颜色**下拉框中的**红色**,返回后单击**确定**按钮完成设置。

（4）选定文档中所有段落（包括标题段落）,选择**格式**菜单中的**段落**命令,弹出**段落**对话框,如图 7.7 所示。在**间距**栏目下设置段前间距和段后间距都为 **0.5 行**。单击**确定**按钮完成设置。

（5）行间距格式设置仅对具有多行文字的段落有效,因此在本文档中只需设置第二、三段落的行间距格式。选定要设置的段落,

图 7.7　段落对话框

在**段落**对话框的**间距**栏目下设置**行距**为所需格式,单击**确定**按钮完成设置。一般文档的默认行间距格式为**单倍行距**。在本文档中要求设置第二段文字为 **1.5 倍行距**,第三段文字为 **3 倍行距**。

5. 设置文档的页眉和页脚

（1）选择**视图**菜单中的**页眉和页脚**命令,进入设置文档页眉格式,并弹出**页眉和页脚**工

具栏。

(2) 在页眉设置虚线框左部输入文字 **Word 样文**，在虚线框右部输入文字**湖北中医学院信息技术系**，如图 7.8 所示。

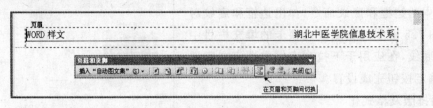

图 7.8　输入页眉

(3) 单击**页眉和页脚**工具栏上的**在页眉和页脚间切换**按钮，进入页脚设置。在页脚中输入学生所在的专业、年级、班级和姓名。然后单击**页眉和页脚**工具栏上的**关闭**按钮。

6. 在文档中插入剪贴画并设置剪贴画格式

(1) 选择**插入→图片→剪贴画**命令，打开剪贴画任务窗格。

(2) 单击**管理剪辑链接**，打开剪辑管理器窗口。

(3) 在**剪辑管理器**窗口左窗格**收藏集**列表框中选定 **Office 收藏集\保健\医学**文件夹，在窗口显示**医学**文件夹中的剪贴画。

图 7.9　选定**康复**剪贴画

(4) 在其中选择**康复**剪贴画，如图 7.9 所示。进行**复制**、**粘贴**操作，将剪贴画复制粘贴到文档中，关闭**剪辑管理器**窗口。

说明，由于刚复制插入文档的剪贴画是"嵌入型"方式，会使已经排版好的文档格式遭到"破坏"。经过下面对剪贴画的格式处理，会使文档格式恢复。

(5) 右击插入的剪贴画，在弹出的快捷菜单中选择**设置图片格式**命令，弹出**设置图片格式**对话框。

(6) 在**大小**选项卡中取消**锁定纵横比**前方框中的"✔"；输入**高度**为 **5 厘米**，宽度为 **3.8 厘米**，如图 7.10 所示。

(7) 在**版式**选项卡中设置环绕方式为**四周型**环绕方式，如图 7.11 所示。

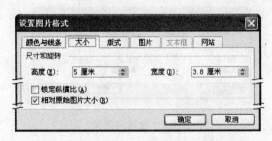

图 7.10　**设置图片格式**对话框**大小**选项卡

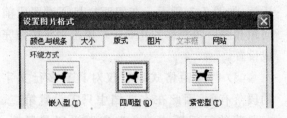

图 7.11　**设置图片格式**对话框**版式**选项卡

(8) 拖动剪贴画到文档中第二自然段右部即可。注意不要使第二自然段变为三行文字，此时文档恢复已经排版的文档格式，如图 7.1 所示。

7. 在文档中插入自选图形并设置其格式

(1) 右击菜单栏，选择并打开**绘图**工具栏，如图 7.12 所示。

图 7.12　绘图工具栏

（2）单击自选图形按钮选择**基本形状**级联菜单，在弹出的列表图框中选定**左大括号**，如图 7.13 所示。

（3）拖动鼠标画出**左括号**图形，调整图形的大小，如图 7.14 所示。

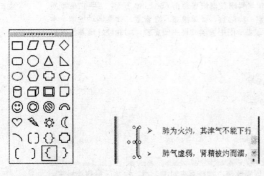

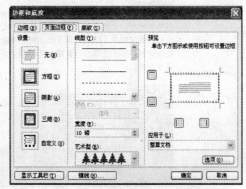

图 7.13　**基本形状**列表　　图 7.14　绘制自选图形　　图 7.15　**边框和底纹**对话框**页面边框**选项卡

8. 设置页面边框

（1）选择**格式**菜单中的**边框与底纹**命令，弹出**边框与底纹**对话框。

（2）在**页面边框**选项卡中选定**艺术型**边框，宽度 10 磅，如图 7.15 所示。

完成全部设置后的文档，如图 7.1 所示。

✳ 实验测试与练习

1. 测试要求

（1）掌握在 Word 中插入艺术字、插入图片操作。

（2）掌握艺术字格式的设置及插入图片格式的调整。

（3）掌握在 Word 中设置分栏。

（4）掌握字符格式、段落格式的设置。

2. 测试时间及分数

45 分钟；100 分。

3. 测试内容

（1）按图 7.16 样张要求进行 Word 文字及格式排版练习操作，纸张设置为 A4 纸张的默认设置，样张中文字及图片可由实验指导老师给出。

（2）设置艺术字标题。三个艺术字水平、上下无间隔排列；垂直均与页边距齐；美字水平左对齐页边距，华文彩云，黑色填充，高和宽均为 3 厘米；其余两个水平均右对齐页边距，上面艺术字为黑体，下面艺术字为宋体，高均为 1.5 厘米；加 25％的底纹和 3 磅段落框线（30 分）。

（3）按样张编辑正文。各文字段两端对齐；三段的起始文字（**中医、中医、学校**）设为二号、楷体、加粗、白色文字、黑色填充；相应段落加深色横线底纹（20 分）。

中医 学院是湖北省人民政府主办的省属普通高等院校，始建于 1958 年，其前身是成立于 1954 年的湖北省中医进修学校。2003 年，原湖北中医学院与原湖北药检高等专科学校合并，成立新的湖北中医学院。

中医 学院占地面积 107.33 公顷（1610 亩），共有建筑面积 42.29 万平方米，其中主校区（黄家湖校区）占地面积 94 公顷（1410 亩），建筑面积 29.44 万平方米，教学行政用房 17.78 万平方米，学生宿舍 8.56 万平方米。学校教学科研仪器设备总值 6564.56 万元，各类馆藏纸质图书、电子图书 113.45 多万册。学校的教室、实验室、计算机室、语音室、体育运动场馆、学生活动用房、学生宿舍、食堂以及教学仪器设备、图书资料和图书阅览室，均能较好地满足本科教学需要。

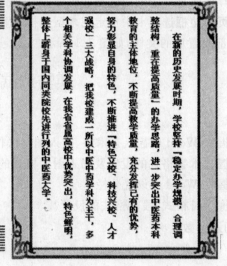

学校 在 1993 年被国家教育部确定为全国第一批有条件招收外国留学生的高等院校之一。经教育部、国家中医药管理局批准，学院享有对港、澳、台地区招收本科生、研究生资格，并成为湖北省唯一的对外中医药继续教育基地，至今已为韩国、日本、美国、英国、加拿大、法国、瑞典、意大利、比利时以及港澳台等 20 多个国家和地区培养了本科生、研究生、进修生 1000 余人。

1978 年，学校开办研究生教育，是全国首批招收中医专业研究生的高等院校之一；1993 年获得博士学位授予权，是湖北省最早获得博士学位授予权的省属院校。2007 年被批准为博士后科研流动站。现拥有中医学一级学科博士学位授予权，覆盖中医学 12 个二级学科博士点；拥有中医学、中药学、中西医结合、药学 4 个一级学科硕士学位授予权，共有 22 个硕士点，并成为全国首批临床医学硕士专业学位试点单位之一；取得了对在职人员以同等学力授予硕士学位的资格。1999 年被国务院学位委员会、国家教育部评为"全国研究生培养和学位管理先进单位"。

整体上跻身于国内同类院校先进行列的中医药大学。

个相关学科协调发展，在我省属高校中优势突出、特色鲜明、努力彰显自身的特色，不断推进"特色立校、科技兴校、人才强校"三大战略，把我校建成一所以中医中药学科为主干，多教育的主体地位，不断提高教学质量，充分发挥已有的优势，整结构，重在提高质量"的办学思路，进一步突出中医药本在新的历史发展时期，学校坚持"稳定办学规模，合理调

图 7.16　测试样张

（4）按样张分栏，栏宽度 14.63 字符，栏间距 2.02 字符（10 分）。

（5）按样张插入校园之春 001. bmp。高 4.68 厘米，宽 14.63 厘米与左、右页边距之间的距离相同，水平与页边距左对齐、垂直距页边距 6 厘米，加 1.5 磅黑线条框（非图文框、非文本框）（20 分）。

（6）按样张将诗歌文字设置为隶书、四号，并对其加上竖排的 2 磅黑色线条文本框，文本框高和宽分别为 8.8 厘米和 5.4 厘米，水平、垂直距页边距分别为 8.9 厘米和 15.2 厘米。按样张插入图 **002. bmp**，高、宽度分别为 11.01 厘米和 7.94 厘米，填充灰色-25％底纹（20 分）。

实验 Word 文档综合练习二

❈ 实验目的与要求

(1) 熟练掌握在文档中插入图片和图形对象的方法。

(2) 学习、掌握在文档中插入艺术字对象的方法。

(3) 学习插入的各种对象工具及绘图工具的使用方法。

(4) 学习并理解在文档中插入的各种对象与文字的相互位置关系。

❈ 实验内容与步骤

制作图 8.1 所示的**庆祝"十一"文艺晚会** Word 文档。

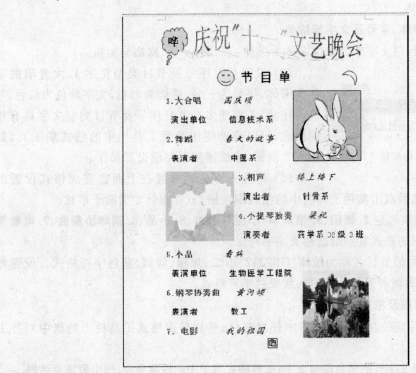

图 8.1　实验内容示例

1. 窗口及页面基本设置

(1) 启动 Word,建立一个空 Word 文档。

(2) 页面设置:设置纸张"A4 纸张",设置纸张方向"纵向",设置页边距"上、下页边距"为

2.5 厘米,"左、右页边距"为 3 厘米;设置"页眉及页脚边距"为 1.5 厘米。

设置"网络的水平间距"为 0.01 个字符,"网络的垂直间距"为 0.01 行。

2. 输入节目单样张文字

以字体为宋体、字号为 5 号字,输入节目单样张文字内容如下。

节目单

1.大合唱国庆颂

演出单位信息技术系

2.舞蹈春天的故事

表演者中医系

3.相声楼上楼下

演出者针骨系

4.小提琴独奏梁祝

演奏者药学系 02 级 3 班

5.小品看病

表演单位生物医学工程院

6.钢琴协奏曲黄河颂

表演者教工

7.电影我的祖国

3. 设置文档文字的字体、字号及文字修饰等

(1)选定并设置标题文字**节目单**的字体为黑体,字号为一号,修饰为加粗。

图 8.2　格式刷按钮

(2)设置节目序号及节目类型文字 **1.大合唱**的字体为宋体,字号为三号,修饰为加粗,文字颜色为红色。

注意,若要使多个节目序号及节目类型文字具有相同格式,可以借助使用**常用**工具栏中的**格式刷**工具,如图 8.2 所示,来快速复制完成设置操作。

(3)将插入点光标放置在上面已完成格式设置的 **1.大合唱**文字中间,然后双击**常用**工具栏中的**格式刷**按钮,鼠标指针变为刷子形状。

(4)拖动鼠标,依次选定 **2.舞蹈**、**3.相声**、**4.小提琴独奏**、**5.小品**、**6.钢琴协奏曲**、**7.电影**等文字,即可以将已获取的格式复制给这些文字字符。

(5)设置每个节目的节目名称为**楷体_GB2312**、**小二**、**加粗**、**倾斜**、**蓝色**字符格式。设置每个节目的表演单位或表演者为**黑体**、**三号**、**紫罗兰**字符格式。

4. 设置文档段落的排版及格式化

(1)将插入点光标定位在**节目单**段落中任意部位,然后单击**格式**工具栏上的**居中**对齐工具按钮。

(2)选定除**节目单**文字外的所有段落文字,选择**格式**菜单中的**段落**命令,弹出**段落**对话框。

(3)在**缩进和间距**选项卡**间距**栏目中设置段前间距和段后间距都为 **0.5 行**;行距为默认的**单倍行距**,如图 8.3 所示。单击**确定**按钮完成设置。

(4)选定除**节目单**文字外的所有段落文字,打开**字体**对话框,在**字符间距**选项卡**间距**下拉列表框中选定**加宽**选项,在**磅值**列表框中选定 **1.5 磅**,如图 8.4 所示。单击**确定**按钮完成设置。

图 8.3　**段落**对话框　　　　　　　　　　　图 8.4　**字体**对话框

5. 插入标题艺术字

（1）在文档上部给要插入的艺术字留出空行。

（2）选择插入→图片→艺术字命令，弹出**艺术字库**对话框，如图 8.5 所示。选定第 3 行的第 4 个艺术字样式，单击**确定**按钮，弹出**编辑"艺术字"文字**对话框，如图 8.6 所示。在**文字**文本框中输入**庆祝"十一"文艺晚会**后，选定加粗。

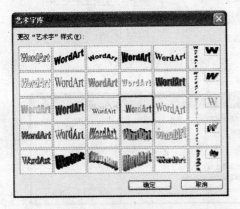

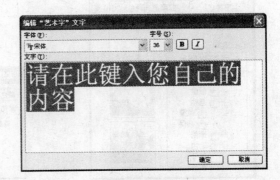

图 8.5　**艺术字库**对话框　　　　　　　　图 8.6　**编辑"艺术字"文字**对话框

（3）选定艺术字对象，在打开的**艺术字**工具栏中单击**文字环绕**按钮，弹出菜单，如图 8.7 所示。在菜单中选择**浮于文字上方**命令，完成设置。

（4）选定艺术字对象，单击**设置艺术字格式**按钮，弹出**设置艺术字格式**对话框，如图 8.8 所示。在**大小**选项卡中设置高度为 **2.7 厘米**，宽度为 **12.5 厘米**，单击**确定**按钮完成艺术字格式设置。

（5）单击**艺术字形状**按钮，在下拉菜单中选择**波形 1** 完成插入标题艺术字。

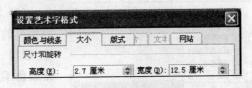

图 8.7　**文字环绕**菜单　　　　　　　　　　图 8.8　**设置艺术字格式**对话框

6. 在文档中插入三幅剪贴画并设置剪贴画格式

（1）单击插入→图片→剪贴画命令，打开剪贴画任务窗格。

（2）单击任务窗格中管理剪辑链接，打开剪辑管理器窗口。

（3）在窗口 **Office** 文件夹下的**自然**文件夹中选择 **flowers，animals，houses** 三幅剪贴画，如图 8.9 所示，将其复制、粘贴到文档中。

注意　由于刚复制插入文档的剪贴画是嵌入型方式，会使已经排版好的文档格式遭到"破坏"。经过下面对剪贴画的格式处理，会使文档格式还原恢复。

（4）选定剪贴画 **houses**，窗口中出现图片工具栏，如图 8.10 所示。单击**文字环绕**按钮，设置为**浮于文字上方**；单击**设置图片格式**按钮，弹出**设置图片格式**对话框。在**大小**选项卡中取消**锁定纵横比**前方框中的"✔"；输入**高度**为 **5.0 厘米**，**宽度**为 **5.0 厘米**，如图 8.11 所示。单击**确定**按钮后，拖动剪贴画 **houses** 到第 6 和第 7 个节目的后部。

图 8.9　剪辑管理器窗口

图 8.10　图片工具栏

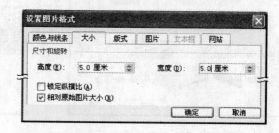

图 8.11　**设置图片格式**对话框**大小**选项卡

（5）将剪贴画 **flowers** 环绕方式设置为**四周型环绕**方式，并在**图片**工具栏中设置剪贴画的颜色为冲蚀（即水印）效果。

（6）将剪贴画 **animals** 添加一个 1 磅粗的外部框线和淡绿色填充色，如图 8.1 所示。外部框线在**图片**工具栏的**线型**工具中选择；淡蓝色填充色在**设置图片格式**对话框的**颜色与线条**选项卡中设置。

7. 在文档中插入三个自选图形

（1）单击**绘图**工具栏上的**自选图形**按钮，选择弹出的菜单中的**标注**命令，在弹出的**标注**图形列表框中单击**云形标注**图形，如图 8.12 所示。此时鼠标指针变为"十字架"形，进入绘制自选图形状态。

（2）在标题艺术字左部拖动鼠标画出一个适当大小的**云形标注**图形；在图形中输入宋体、二号、加粗、红色文字**哗**；并使用**绘图**工具栏上的**填充颜色**工具为云形标注图形填充**茶色** 颜色。

（3）单击**绘图**工具栏上的**自选图形**按钮，选择弹出的菜单中的**基本形状**命令，在弹出的**基本形状**图形列表框中单击**笑脸**图形，如图 8.13 所

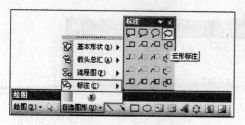

图 8.12　**标注**图形列表框

示。此时鼠标指针变为"十字架"形,进入绘制自选图形状态。

（4）在**节目单**文字左部拖动鼠标画出一个适当大小的**笑脸**图形;并使用**绘图**工具栏上的**填充颜色**工具为**笑脸**图形填充**黄色**颜色。

（5）插入**新月形**自选图形的方法与插入前两个图形的基本一样,如图 8.14 所示。插入的位置在 **animals** 剪贴画的右上角处。插入后为图形填充**淡青绿**颜色。选定自选图形,在图形上部会出现一个"绿色"的小圆圈控制柄,如图 8.15 所示。将鼠标指针移到圆圈控制柄上拖动,使图形顺时针旋转 135°。

图 8.13 **笑脸**图形

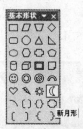

图 8.14 **新月形**图形

图 8.15 选定自选图形

❋ 实验测试与练习

1. 单味中药介绍

要求完成的**单味中药介绍**文档效果,如图 8.16 所示。

图 8.16 练习文档效果图之一

（1）标题**单味中药介绍**为三维效果艺术字。

（2）文档右上部插入 Word 剪贴画，格式为四周型环绕，设置边框和阴影效果。

（3）文字部分采用三种以上的字体、项目符号及中括号修饰。

（4）文档下部插入一幅图片，格式为嵌入型环绕。

（5）插入的图片使用 Windows 画图工具编辑完成，要求有文字及三个大小不同的太极图样，图片文件的大小不大于 100 KB。

（6）整个 Word 文档完成后的大小不大于 300 KB。

2. 清新美白真情回报

要求完成的**真情回报**文档效果，如图 8.17 所示。

图 8.17　练习文档效果图之二

（1）整个文档做在一个大文本框中。

（2）文档上部使用了自选图形中的三个图形组成，并插入多个太阳星型图形，文字部分使用艺术字、文本框等工具实现。

（3）文档的中部内容主要采用艺术字、文本框（三维效果）、自选图形（立体棱台图形）等各种文字修饰完成。

（4）文档的下部内容采用了艺术字、插入剪贴画（水印及边框效果）文本框等效果完成。

3. 著名泌尿疾病专家大会诊

要求完成的**泌尿疾病治疗**文档效果，如图 8.18 所示。

图 8.18　练习文档效果图之三

（1）整个文档用表格完成，表格的长高比为 2：1。

（2）页面设置为 A4 纸张、横向，页边距上下左右各 2 厘米。

（3）表格中的主要文字内容有医疗机构名称、诊疗项目、诊疗方法、诊疗地址等。

（4）文档上部**著名泌尿疾病专家大会诊**为艺术字效果；**诊疗方法**栏中有一个插入的文本框对象，设置为圆角型阴影效果或三维立体效果；表格右部有一个插入的剪贴画，设置为水印效果。

实验 邮件合并操作实验

✳ 实验目的与要求

（1）了解 Word 中邮件合并的基本概念。
（2）了解邮件合并中域名及域名地址的概念。
（3）学习掌握如何建立邮件合并的主文档及数据源文件。
（4）掌握邮件合并中的主文档和数据源文件相关联方法。

✳ 实验内容与步骤

在工作及学习中经常会遇到要同时给多个人发邮件的情况，如生日邀请、节日问候或单位写给客户的信件等。在这些信件中，虽有许多内容是相同的，但也不能"统一书写、统一发信"了事，必需使用特定的称呼和问候语，使得信件就像单独写出来的一样。此时如果分别给每个人写信，工作量会很大，同时有许多重复的工作。利用 Word 的邮件合并功能，可以大大简化这类工作。

本实验介绍多个邮件的编写过程，介绍 Word 的邮件合并功能。实验中所编写的信的内容为成绩通知单，如图 9.1 所示。在每封信中既有相同的内容，又有特定的不同内容，如每个学生的班级、姓名、各门功课的成绩等。

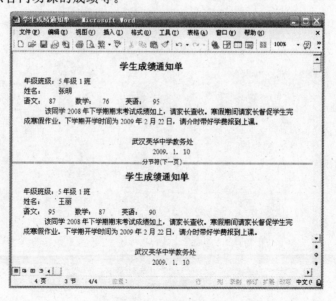

图 9.1 邮件内容

使用 Word 提供的邮件合并功能来完成编写多个邮件信函,在操作过程中要编写完成两个文档。第一个文档含有每封信中相同的部分,称为主文档;第二个文档包含每封信中特定的不同内容,称为数据源文件。然后将这两个文档关联起来,也就是标示出数据源中的各部分信息在主文档的什么地方出现。最后就可以"合并"这两个文档,为每个收件人创建邮件。

1. 创建主文档

创建一个新的 Word 文档,在文档中输入每封信中相同部分的文本内容,如图 9.2 所示,在这里所编写的是学校发送给学生家庭的学期成绩单。

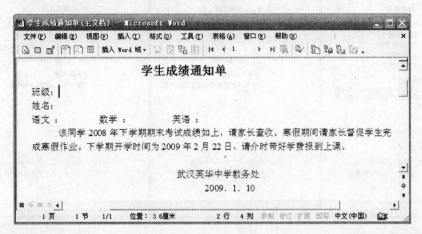

图 9.2 主文档

2. 创建数据源文件

(1) 选择**工具→信函与邮件→邮件合并向导**命令,打开邮件合并任务窗格,如图 9.3 所示。

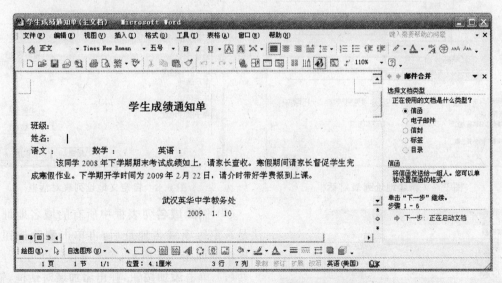

图 9.3 带**邮件合并**任务窗格的 Word 窗口

(2) 单击**下一步:正在启动文档**链接,任务窗格进入**步骤 2**,如图 9.4 所示。

(3) 单击**下一步:选取收件人**链接,任务窗格进入**步骤 3**,如图 9.5 所示。

(4) 选定**键入新列表**单选按钮,如图 9.6 所示。单击新出现的**创建**链接,弹出**新建地址列表**对话框,如图 9.7 所示。

（5）在该对话框中，将完成邮件中的多个学生的班级、姓名、各门功课成绩数据输入任务，也就是建立邮件合并的数据源文件。可以看到，Word 默认的数据源地址为**职务、姓氏、名字**等，这里要将其换成成绩通知单中的地址信息，即**班级、姓名、各门功课的成绩**等。单击**自定义**按钮，弹出**自定义地址列表**对话框，如图 9.8 所示。

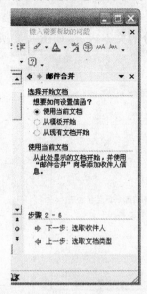

图 9.4 **步骤 2**

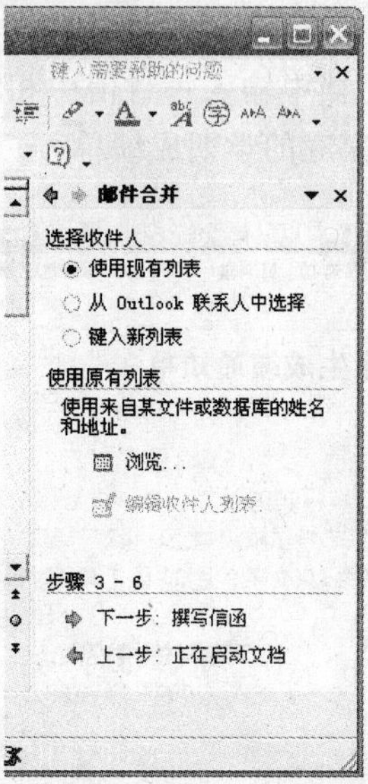

图 9.5 **步骤 3**

图 9.6 **创建链接**

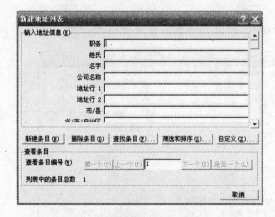

图 9.7 **新建地址列表**对话框

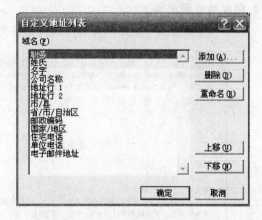

图 9.8 **自定义地址列表**对话框

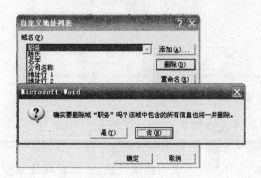

图 9.9 删除域提示框

（6）删除**域名**列表框中所有的域名地址，方法是选定每项域名地址后，再单击**删除**按钮，弹出提示框如图 9.9 所示，单击**是**按钮即可。

（7）单击**添加**按钮，弹出**添加域**对话框，输入新域名**班级**，如图 9.10 所示。单击**确定**按钮即完成班级域名的建立。

（8）按上述方法依次再建立**姓名、语文、数学、英语** 4 个新的域名地址，单击**确定**按钮，返回**新建地址列表**对话框。在其中可以看见，新的域名地址都是本实验所需要的域名地址内容。

（9）按表 9.1 中数据，在**输入地址信息**栏中输入每个学生的信息数据，如图 9.11 所示。每输入完一个学生信息后，单击**新建条目**按钮，输入下个学生的数据信息，直到所有学生信息输入完成。

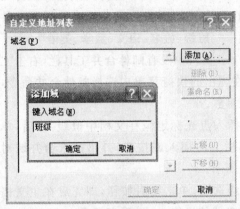

9.10 **添加域**对话框　　　　　　　　　　　图 9.11　输入地址信息

表 9.1　学生成绩表

序号	班级	姓名	语文	数学	英语
1	5 年级 1 班	李明	89	78	85
2	5 年级 1 班	王芳	95	84	89
3	5 年级 1 班	张华	77	98	95
4	5 年级 2 班	成勇	67	74	55
5	5 年级 3 班	田晶	78	95	83

（10）所有数据信息输入完成，单击**关闭**按钮，弹出**保存通讯录**对话框。输入数据文件的名称**学生成绩数据源**，选定文件保存的位置**我的文档**下**我的数据源**文件夹中，如图 9.12 所示。

（11）单击**保存**按钮后，数据文件被保存，并弹出**邮件合并收件人**对话框，如图 9.13 所示。

　　　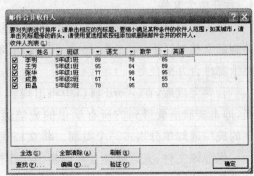

图 9.12　**保存通讯录**对话框　　　　　　　图 9.13　**邮件合并收件人**对话框

（12）在**邮件合并收件人**对话框中显示了成绩通知单所需要的所有数据信息。如果有错误，可以单击**编辑**按钮，修改数据信息；如果确认没有问题，单击**确定**按钮，完成数据源文件的创建任务，返回到主文档编辑状态。

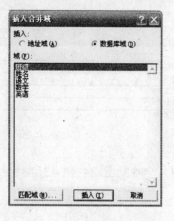

图 9.14　**插入合并域**对话框

3. 关联主文档和数据源文件

下面的工作是将邮件主文档和邮件的数据源文件关联起来，也就是在主文档的正确位置上插入数据源文件中的**域名地址项——班级、姓名、语文、数学、英语"**。

（1）如果 Word 窗口中没有**邮件合并**工具栏，右击工具栏任何位置，在弹出的快捷菜单中选择**邮件合并**命令，打开**邮件合并**工具栏。

（2）将文档插入点光标定位在文档中**班级**：之后，单击**邮件合并**工具栏上的**插入域**按钮，弹出**插入合并域**对话框，如图 9.14 所示。

（3）选定**班级**选项，单击**插入**按钮，即完成在主文档中插入**班级**的域名地址操作，如图 9.15 所示。

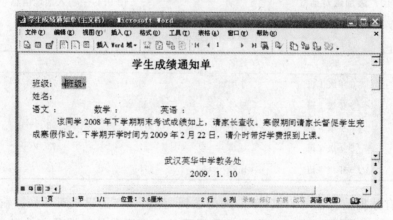

图 9.15　插入域名的文档

（4）关闭**插入合并域**对话框，在文档中再选定下一个域名地址**姓名**的位置，按插入域名**班级**的方法插入域名地址**姓名**。依照此方法将所有域名地址都插入主文档中。

4. 合并两个文件

单击**邮件合并**工具栏上的**合并到新文档**按钮，弹出**合并到新文档**对话框，如图 9.16 所示。单击**确定**按钮，完成整个邮件合并的任务。

合并完成后，在 Word 窗口中将出现新的"合并后的文档"，即本实验所要得到的所有学生的成绩通知单。每个学生的成绩通知单分别占一个页面。将文档视图调整为普通视图，结果如图 9.17 所示。

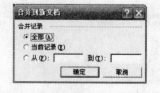

图 9.16　**合并到新文档**对话框

保存该文件，完成邮件合并的整个操作过程。直接打印该文件后，即可将学生成绩通知单分发给每位同学。

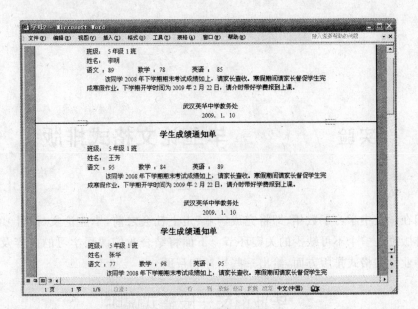

图 9.17　合并邮件结果

实验 *10* 毕业论文格式排版

❋ 实验目的

学生们在学校中学习了数年、即将完成学业、走上社会之前,毕业论文(设计)的写作及论文的格式排版都是一个不可缺少的关键环节。下面将结合我们课程学习的内容及基本要求,对大家在毕业论文格式排版方面,给出一些指导和帮助。

❋ 毕业论文一般格式说明

1. 封面

(1) 基本样式按实验 10 的附件 1 给出的**毕业论文封面格式**样式设计。

(2) 如果标题占两行,第一行文字左对齐,第二行起始位置和第一行左右长度一致,文字左对齐。

(3) 姓名之间不加空格;指导老师最多二人,如果有外单位的指导老师,则放在第一位,中间空二格。

(4) 无页码,无页眉。

2. 摘要及关键词

(1) 中文和英文摘要在一页内进行排版。如果一页不能排完,将中文摘要和中文关键词排一页,Abstract(英文摘要)和 Keywords(英文关键词)排一页。

(2) 中文**摘要**两个字之间要空一格,用五号黑体,中文摘要内容用五号楷体;英文 **Abstract** 用 Time New Roman,加粗,内容用 Time New Roman。中文摘要在 300 汉字左右,英文摘要应与中文摘要基本相对应。

(3) 关键词跟在摘要后,空一行后写,用五号黑体,外文用 Time New Roman,加粗。关键词是表述论文(设计)主题内容信息的单词或术语,关键词数量一般不超过 6 个,各个关键词之间空一格,最后一个关键词后不用标点符号。

(4) 无页码、无页眉。

3. 目录

(1) **目录**两个字之间空一格,黑体四号居中。

(2) 目录中内容由 Word 中自动生成。选择**插入→引用→索引和目录**命令。

(3) 目录中章节用宋体五号,一级目录加粗。

(4) 目录中不包含**摘要**、**关键词**、**目录**字样。

(5) 无页码、无页眉。

4. 正文

(1) 正文中不写论文题目,直接从第一章开始。

湖北东华学院毕业论文

（一号新宋体）

题　　目：　（小二号黑体）

_____

姓　　名：　（小二号楷书）

学　　号：_____

专　　业：_____

年　　级：_____

实习单位：_____

指导老师：_____

完成日期：　　年　　月　　日

（2）一级标题采用"第×章 章标题"，五号黑体，居中。二级标题采用"1.1 小节标题"，五号宋体。三级标题采用"1.1.1 小节标题"，五号宋体。

（3）正文内容用五号宋体；外文用 Time New Roman，标题加粗。

（4）每一章另起一页。

（5）行距 1.5 倍，段距 0 行，标题与内容之间无段间距。每段首行缩进二个字符。

（6）正文每一页加页眉湖北中医学院本科毕业论文（设计），小五宋体居中。

（7）从正文第一页编页码，只给数字，靠右对齐。

5. 致谢

标题为**致谢**，两个字之间空一格，五号黑体，居中；其内容为五号宋体。

6. 参考文献

（1）标题为**参考文献**，五号黑体，居中。

（2）参考文献应按文中出现的顺序列全，附于文末。格式为

［序号］作者.刊名.出版社.出版年,刊号（期号）:起止页码.

例如，［1］李明.对医院统计进一步发展的思考［J］.中国统计.2005,22(5):345-346.

7. 附录

（1）标题五号黑体，居中，内容为五号宋体。

（2）一般附录的篇幅不宜超过正文。

8. 其他要求

（1）文字。论文应严格执行文字的规范。注意首行缩进两个字符，各段排版一致。

（2）表格。论文的表格应统一编序（如"表 1.1 表题"）；表序和表题置于表格上方中间位置。

（3）图。插图要精选。应统一编序（如"图 1.1 图题"），仅有一图时，在图题前加**附图**字样。若一处插图由若干个分图组成，分图用 a,b,c……标出。图序和图题置于图下方中间位置。图和表格排版时不能超出上下左右页边距。

（4）公式。论文中的公式应注序号并加圆括号，序号一律用阿拉伯数字连续编序（如(4.5),(6.10)），序号排在版面右侧，且距右边距离相等。公式与序号之间不加虚线。

（5）年份。公历世纪、年代、年、月、日、时间和各种计数、计量，均用阿拉伯数字。年份不能简写，如 2009 年不能写成 09 年。

9. 打印及装订要求

（1）本科毕业论文（设计）内容一律采用 Word 2000 以上版本编辑，用 A4 纸打印。

（2）毕业论文（设计）封面一律用学校统一印制的封面装订，存档一式三份。

（3）毕业论文（设计）的装订顺序是，封面、中文摘要及关键词、英文摘要及关键词、目录、论文正文、参考文献、致谢、附录（可选）、综述及综述参考文献。

❋ 实验内容

由实验指导老师给出一篇已完成的学生毕业论文（电子文档或纸质文档形式），但未进行格式的排版。请大家按上面给出的毕业论文格式进行排版练习。

实验 11 Excel 基本操作与编辑

❋ 实验目的与要求

(1) 掌握 Excel 2003(以下简称 Excel)的启动与退出。

(2) 熟悉 Excel 的窗口组成与操作。

(3) 掌握合并单元格的方法。

(4) 掌握斜线表头的制作。

(5) 掌握利用填充控制柄进行序列填充的方法。

(6) 学习相对引用的概念。

(7) 掌握单元格颜色填充的方法。

(8) 掌握单元格的对齐方式。

(9) 学习图表的插入。

(10) 掌握工作簿的保存方法。

❋ 实验内容与步骤

1. 制作学生成绩汇总表

按照图 11.1 和图 11.2 的样式完成学生成绩汇总表和图表的制作实验。汇总表及图表数据来源见表 11.1。

学号	班级	姓名	性别	高等数学	英语	马哲	大学语文	总分	平均分
2008100201	2008中医	刘源源	女	80	84	84	88	336	84.0
2008100202	2008中医	陈哲	男	86	94	94	79	353	88.3
2008100203	2008药学	刘佩奇	男	71	88	94	88	341	85.3
2008100204	2008针灸推拿	方思文	女	77	93	85	95	350	87.5
2008100205	2008药学	周浩	男	84	73	78	96	331	82.8
2008100206	2008针灸推拿	张秋菊	女	84	73	80	86	323	80.8
2008100207	2008针灸推拿	张晓晨	女	99	89	93	85	366	91.5
2008100208	2008药学	李东梅	女	68	74	74	62	278	69.5
2008100209	2008医学检验	王亚龙	男	75	66	86	81	308	77.0
2008100210	2008医学检验	赵雨	女	85	85	84	86	340	85.0
2008100211	2008药学	夏冰	女	80	92	82	95	349	87.3
2008100212	2008中医	舒心	女	72	62	89	78	301	75.3
2008100213	2008针灸推拿	王涵	男	88	93	94	86	361	90.3
2008100214	2008医学检验	岳荣	女	70	55	73	85	283	70.8
2008100215	2008中医	张晋中	男	56	88	91	84	319	79.8
2008100216	2008药学	杨鹏飞	男	83	70	68	73	294	73.5

图 11.1 成绩汇总表

(1) 表标题格式设置。合并单元格,字体为**华文行楷**,字号为 **24**。

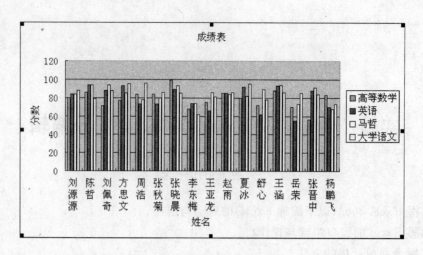

图 11.2 成绩汇总图表

表 11.1 成绩汇总表数据

学号	班级	姓名	性别	高等数学	英语	马哲	大学语文	总分	平均分
2008100201	2008 中医	刘源源	女	80	84	84	88	336	84.0
2008100202	2008 中医	陈哲	男	86	94	94	79	353	88.3
2008100203	2008 药学	刘佩奇	男	71	88	94	88	341	85.3
2008100204	2008 针灸推拿	方思文	女	77	93	85	95	350	87.5
2008100205	2008 药学	周浩	男	84	73	78	96	331	82.8
2008100206	2008 针灸推拿	张秋菊	女	84	73	80	86	323	80.8
2008100207	2008 针灸推拿	张晓晨	女	99	89	93	85	366	91.5
2008100208	2008 药学	李东梅	女	68	74	74	62	278	69.5
2008100209	2008 医学检验	王亚龙	男	75	66	86	81	308	77.0
2008100210	2008 医学检验	赵雨	女	85	85	84	86	340	85.0
2008100211	2008 药学	夏冰	女	80	92	82	95	349	87.3
2008100212	2008 中医	舒心	女	72	62	89	78	301	75.3
2008100213	2008 针灸推拿	王涵	男	88	93	94	86	361	90.3
2008100214	2008 医学检验	岳荣	男	70	55	73	85	283	70.8
2008100215	2008 中医	张晋中	男	56	88	91	84	319	79.8
2008100216	2008 药学	杨鹏飞	男	83	70	68	73	294	73.5

（2）列标题格式设置。字体为**楷体**，字号为 **16**。

（3）其他单元格格式设置。字体为**宋体**，字号为 **12**，列宽设置为最适合的列宽，表格边框设置为有外边框和内边框。

（4）A 列学号以文本格式输入。

（5）I 列总分以函数求和，自动填充。

（6）J 列平均分以函数求平均分，自动填充，小数点位设置为 1 位。

（7）隐藏 D 列性别，以第 C 列至 H 列为数据源制作图表。

1）启动 Excel 2003

选择**开始**→**所有程序**→**Microsoft Excel** 命令，打开 Excel 窗口。此时已打开一个 Excel 的工作簿文件，其默认文件名为 Book1。

2）Excel 的窗口及操作

（1）Excel 窗口的组成，从上往下依次为标题栏、菜单栏、工具栏、工作区、状态栏等。

（2）工具栏的显示与隐藏。选择**视图**菜单中的**工具栏**命令，可以在其级联菜单中进行选择，菜单名前面有"✔"标记的表明该工具条正显示在窗口中，单击后可以隐藏；菜单名前没有"✔"标记的表明该工具条处于隐藏状态，单击后可以将其显示在 Excel 窗口中。可以通过该项设置，来显示所需的**格式**工具栏或**常用**工具栏。

3）标题的制作

选定 A1 至 J1 单元格，单击**常用**工具栏上的**合并及居中**按钮，然后输入**学生成绩汇总表**。也可选定 A1 至 J1 单元格后，选择**格式**菜单中的**单元格**命令，在弹出的**单元格格式**对话框**对齐**选项卡中**水平对齐**和**垂直对齐**均设为**居中**，并选定**文本控制**下的**合并单元格**复选框。

4）填充学号的方法

在 A3 单元格中输入 '**2008100201**，在 A4 单元格中输入'**2008100202**，然后选定 A3，A4 单元格，拖动填充柄到 A18 单元格，释放鼠标左键。

5）单元格格式设置

（1）按照表 11.1 中数据内容输入学生的姓名、性别、班级和成绩等所有的数据。

（2）选定 A1 单元格，选择**格式**菜单中的**单元格**命令，打开**单元格格式**对话框。设置字体为**华文行楷**，字号为 **24**，颜色为**蓝色**。

（3）选定第二行各单元格，在第二行各单元格输入相应列标题。同样打开**单元格格式**对话框，设置字体为**楷体**，字号为 **16**，边框为内边框和外边框。

（4）选定其他数据单元格，打开**单元格格式**对话框，设置字体为**宋体**，字号为 **12**，边框为内边框和外边框。

（5）选定 A～J 列，选择**格式**菜单列级联菜单中的**最合适的列宽**命令。

6）设置单元格中内容的对齐方式

选定整个数据区域，打开**单元格格式**对话框，在**对齐**选项卡中将水平对齐和垂直对齐都设置为居中即可。

7）条件格式设置

选定整个数据区域，选择**格式**菜单中的**条件格式**命令，打开**条件格式**对话框，在**条件 1** 栏下的下拉列表框和编辑框中分别选定**单元格数值**、**小于**、**60**，如图 11.3 所示。单击**格式**按钮，在弹出的对话框中设置**颜色**为**红色**，单击**确定**按钮后返回**条件格式**对话框，单击**确定**按钮即可。

图 11.3　**条件格式**对话框

8) 公式的应用

（1）选定 I3 单元格，单击**常用工具栏**上的**自动求和按钮** $\boxed{\Sigma\;|\;\blacktriangledown}$，选择数据范围 E3：H3，按回车键确定输入。

（2）拖动 I3 单元格的填充柄，向下填充数据至 I18 单元格即可。

（3）选定 J3 单元格，单击常用工具栏上**自动求和按钮**旁的向下小箭头，在弹出的菜单中选择**平均分**命令，选择数据范围为 E3：H3，按回车键确定输入。

（4）拖动 J3 单元格的填充柄，向下填充数据至 J18 单元格即可。

9) 图表的插入

（1）移动鼠标到 D 列标题右边的边缘处，鼠标变形为"╋"，向左拖动，至与 C 列右侧边合并，隐藏 D 列。

（2）选择**插入**菜单中的**图表**命令，打开**图表向导**对话框，选定图表类型为**簇状柱形图**，如图 11.4 所示。

（3）单击**下一步**按钮进入图表向导第二步，设置**数据区域**为**＝Sheet1！＄C＄2：＄H＄18**，如图 11.5 所示。

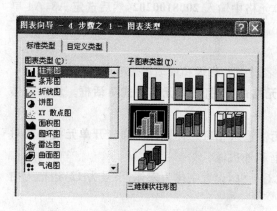

图 11.4　**图表向导**第一步——选择**图表类型**

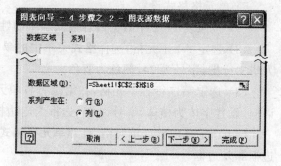

图 11.5　**图表向导**第二步——选择**图表数据源**

（4）单击**下一步**按钮进入图表向导第三步，设置**图表标题**为**成绩表**，分类轴为**姓名**，数值轴为**分数**。

（5）单击**下一步**按钮进入图表向导第四步，选定作为其中的对象插入单选按钮，单击**完成**按钮即可。

图 11.6　**另存为**对话框

10) 工作表的保存

对工作表的操作完成之后，一定要注意保存。选择**文件**菜单中的**保存**命令，第一次保存会弹出**另存为**对话框，如图 11.6 所示。在**保存位置**列表框中选定保存位置，在**文件名**组合框中输入所需文件名，在**保存类型**列表框中选定 **Microsoft Excel 工作簿**，单击保存按钮即可。

2. 制作九九乘法表

按图 11.7 所示制作九九乘法表。

行号\列号	1	2	3	4	5	6	7	8	9
九　九　乘　法　表									
1	1	2	3	4	5	6	7	8	9
2	2	4	6	8	10	12	14	16	18
3	3	6	9	12	15	18	21	24	27
4	4	8	12	16	20	24	28	32	36
5	5	10	15	20	25	30	35	40	45
6	6	12	18	24	30	36	42	48	54
7	7	14	21	28	35	42	49	56	63
8	8	16	24	32	40	48	56	64	72
9	9	18	27	36	45	54	63	72	81

图 11.7　九九乘法表

1）标题的制作

合并单元格，输入标题，如图 11.8 所示。也可通过**格式**菜单打开单元格格式对话框进行设置，如图 11.9 所示。

图 11.8　合并及居中

2）斜线表头的制作

（1）选定 A2 单元格，直接在其中输入表头内容**行号 列号**后（注意中间有空格），按回车键，再选定该单元格（注意此时不要把光标即插入点定在单元格中）。

（2）选择**格式**菜单中的**单元格**命令，弹出**单元格格式**对话框，在**对齐**选项卡中设置**水平对齐为常规**，**垂直对齐为靠上**，选定**自动换行**复选框。

（3）在**边框**选项卡中选定斜线边框，如图 11.10 所示，单击**确定**按钮。

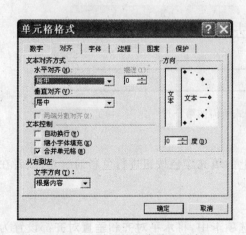

图 11.9　单元格的合并及居中

图 11.10　设置单元格的斜线边框

（4）在 A2 单元格中**行号 列号**前面输入空格，调整**列号**两个字至超出单元格右边界，这时**列号**会自动换行到下面一行。

3）输入并填充行号和列号

在 B2 和 C2 单元格中分别输入 **1** 和 **2** 后，使用填充柄方式快速填充乘法表的列标题号，如图 11.11 和图 11.12 所示。同理也可快速实现 A3 到 A11 单元格中行标题的填充输入。

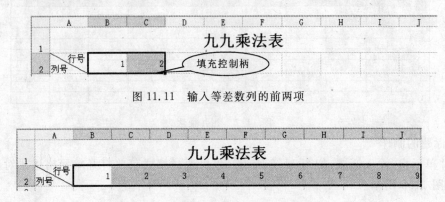

图 11.11　输入等差数列的前两项

图 11.12　利用填充控制柄填充等差数列

4）应用公式

在 B3 单元格中输入＝**A3 ＊ B2**，可以计算出 B3 单元格的值，即 $1 \times 1 = 1$；同理也可以计算出其他各单元格的值，共计 81 项。这样做起来工作量非常大，可以复制公式的方法来完成。

对工作表中单元格之间的公式有一定的变化规律时，可以利用填充控制柄复制公式，但一定要注意相对引用、绝对引用"＄"以及混合引用的使用。

具体步骤如下：

首先在 B3 单元格中输入＝**B ＄ 2 ＊ ＄ A3**，按回车键后再选定 B3 单元格，然后将鼠标移到单元格的右下角，出现填充控制柄后，把鼠标指针移动到填充控制柄上，拖动到 J3 单元格后，释放鼠标左键即完成填充整行，然后选定 B3:J3，如图 11.13 所示。再次利用填充控制柄，拖动鼠标填充整个区域，就可以生成**九九乘法表**，如图 11.14 所示。

图 11.13　整个区域复制公式所需的第一行

5）单元格颜色的填充

选定需要填充颜色的单元格，单击**格式**工具栏上的**填充颜色**按钮进行色彩的填充；或者在**单元格格式**对话框**图案**选项卡中设置颜色。

6）设置单元格中内容的对齐方式

选定整个数据区域，在**单元格格式**对话框**对齐**选项卡中，将**水平对齐**和**垂直对齐**都设置为**居中**即可。

B3 ▾ fx =B$2*$A3

	A	B	C	D	E	F	G	H	I	J
1	九九乘法表									
2	行号 列号	1	2	3	4	5	6	7	8	9
3	1	1	2	3	4	5	6	7	8	9
4	2	2	4	6	8	10	12	14	16	18
5	3	3	6	9	12	15	18	21	24	27
6	4	4	8	12	16	20	24	28	32	36
7	5	5	10	15	20	25	30	35	40	45
8	6	6	12	18	24	30	36	42	48	54
9	7	7	14	21	28	35	42	49	56	63
10	8	8	16	24	32	40	48	56	64	72
11	9	9	18	27	36	45	54	63	72	81

图 11.14 利用填充控制柄复制公式后得到的整个数据区域

7）调整行高

选定整个工作表，选择**格式**菜单**行**级联菜单中的**最适合的行高**命令即可。

8）工作表的保存

选择正确的保存位置、类型，并输入保存名称，保存工作表。

实验 *12* Excel 图表制作

✳ 实验目的与要求

（1）掌握多行表头的制作。
（2）掌握以 0 开头数据的输入方法。
（3）掌握创建图表的方法。
（4）掌握编辑图表的方法。

✳ 实验内容与步骤

按图 12.1 所示内容数据制作图 12.2 所示的图表，**合计**列要求用公式或函数计算。

编号	季节 药品	春季	夏季	秋季	冬季	合计
各药品销售量统计表						
0101	人参	1400	800	1000	1200	4400
0203	鹿茸	1900	1000	1100	1500	5500
0205	冬虫夏草	1200	1400	900	800	4300
0307	当归	1500	1200	1400	1600	5700

图 12.1　药品销售数据表

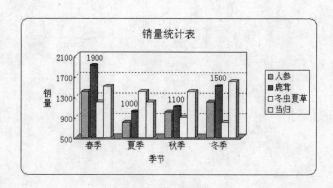

图 12.2　销量统计图表

1）绘制多行表头

表头斜线用**绘图**工具栏上的直线绘制，其余操作方法参照实验 11。

2）输入以 0 开头的数据

输入时，在数据最前面先输入英文单撇号"'"；或将单元格设置为**文本格式**后再输入。

3）用公式或函数计算**合计**列的值

用公式或函数计算**合计**列的值可以采用以下三种方法。

（1）选定 C3：G3 区域，单击**常用工具栏**的**自动求和按钮**，即可自动将人参的销售数量求和结果计算并填入 G3 单元格。再选定 G3，利用填充控制柄向下拖动进行公式复制。

（2）选定 G3，单击**常用工具栏**的**自动求和按钮**右边的向下小箭头，在出现的列表框中选择**求和**，再进行适当的选择即可。

（3）选定 G3，输入＝**SUM（C3：F3）**，再按回车键即可。

4）用图表向导创建一个图表

首先建立图 12.1 所示的工作表，再按以下步骤操作。

（1）选定待显示于图表中的数据所在的单元格。如果希望数据的行列标题也显示在图表中，则选定区域还应包括含有标题的单元格。本实验中选定的区域为 C3：F6。

（2）单击工具栏上的图表向导按钮，弹出**图表向导**对话框。

（3）选定图表类型为**柱形图**，子图表类型为**簇状柱形图**，单击**下一步**按钮。进入图表向导第二步**图表源数据**，选定**系列**选项卡，如图 12.3 所示。

（4）选定**系列 1**，再单击右边的编辑框的按钮，回到数据表中选定 B3 单元格。同理依次更改系列名称；设置分类 X 轴标志的方法同上，选定的区域为 C2：F2，结果如图 12.4 所示。

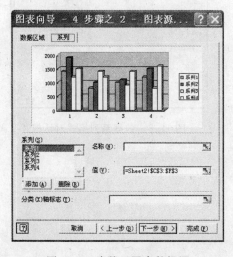
图 12.3　步骤二**图表数据源**

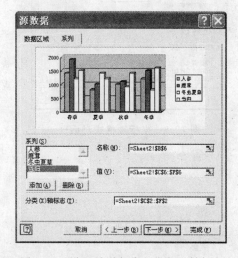
图 12.4　设置系列名称和分类 X 轴标志

（5）单击**下一步**按钮进入图表向导第三步**图表选项**，输入标题，如图 12.5 所示。

（6）单击**下一步**按钮进入图表向导第四步**图表位置**，采用默认设置，如图 12.6 所示，单击**完成**按钮即可。

5）编辑图表

（1）通过单击即可选定图表，图表的边框会出现 8 个小黑方块，称为尺寸控点。拖动图表可移动图表位置，拖动控制点可调整图表大小。

（2）选定要删除的数据区域，如 C6：F6，再按删除键，则该行数据被清除，对应图表中的该项也被清除。如果添加数据，先选定要添加的数据区域，在其上右击鼠标，在弹出的快捷菜单中选择**复制**命令，然后右击图表，选择**粘贴**命令则将选定的数据添加到图表中。

（3）右击图表，选择**清除**命令，即可删除图表。

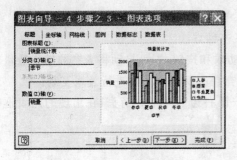

图 12.5　**图表选项**对话框

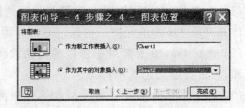

图 12.6　**图表位置**对话框

（4）右击坐标轴,选择**坐标轴格式**命令,在弹出的**坐标轴格式**对话框**刻度**选项卡中设置最小值、最大值、主要刻度单位,可以设定坐标轴数值,如图 12.7 所示。

（5）右击**鹿茸**的红色柱形系列,选择**数据系列格式**,在弹出的**数据系列格式**对话框**数据标志**选项卡中,选定**值**复选框,如图 12.8 所示。单击**确定**按钮即可在图表中显示**鹿茸**系列的值。

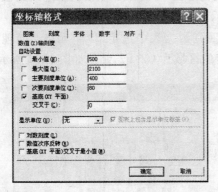

图 12.7　**坐标轴格式**对话框

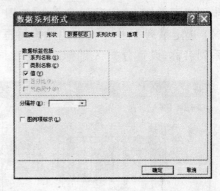

图 12.8　**数据系列格式**对话框

实验 *13* Excel 的数据管理

❋ 实验目的与要求

（1）掌握 Excel 电子表格中数据的排序。
（2）掌握数据筛选的方法。
（3）掌握数据分类汇总的方法。

❋ 实验内容与步骤

1. 中药性能对照表

建立数据清单**中药性能对照表**，如图 13.1 所示。按照条件对该数据清单分别进行排序、筛选和分类汇总。

序号	类别	药名	四气	五味	归经	功效
				中药性能对照表		
1	补阴药	明党参	寒	甘苦	肺脾肝	润肺化痰，养阴和胃，平肝
2	补气药	蜂蜜	平	甘	归肺、脾经	补中，润燥，止痛，解毒。
3	补阳药	鹿茸	温	甘、咸	归肾肝	补肾阳，益精血，强筋骨，调任冲，托疮毒。
4	补血药	当归	温	甘、辛	肝心脾	补血调经，活血止痛，润肠通便
5	补阳药	续断	微温	苦辛	归肾肝	补益肝肾，强筋壮骨，止血安胎，疗伤续断。
6	补血药	白芍	寒	苦、酸	肝脾	养血敛阴，柔肝止痛，平抑肝阳
7	补气药	白术	温	甘苦	脾胃	健脾益气，燥湿利尿，止汗，安胎
8	补阴药	女贞子	凉	苦甘	肝肾	滋补肝肾，乌须明目
9	补阳药	仙茅	热	辛	归肾肝	温肾壮阳，祛寒除湿。
10	补气药	绞股蓝	寒	甘、苦	归脾、肺经	益气健脾，化痰止咳，清热解毒

图 13.1　数据清单**中药性能对照表**

1）建立数据清单

（1）按实验 11 的方法建立图 13.1 所示的**中药性能对照表**。

（2）建立数据清单应注意以下要点：①数据清单的一列为一个字段，列标题名为字段名，数据清单的一行为一条记录，每列都有一个列标题；②数据清单中不能有空行或空列，一列中的数据为同一种类型；③不要在一张工作表中建立多个数据清单。

2）排序

（1）对一列数据排序。对单列进行数据排序时，可以利用工具栏上的两个排序按钮。其中，**A 到 Z** 代表递增排序；**Z 到 A** 代表递减排序。使用工具按钮排序的步骤如下：①选定要排序的范围；②单击递增或递减按钮，即可完成排序工作。

（2）对多行数据进行排序。对**中药性能对照表**按主关键字**类别**的升序次关键字**四气**的

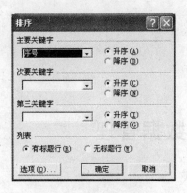

图 13.2　**排序**对话框

降序进行排列,具体步骤如下:①单击该数据清单中的任一单元格;②选择**数据**菜单中的**排序**命令,弹出**排序**对话框,如图 13.2 所示;③在**主要关键字**下拉列表框中选定**类别**并选定其右侧的**升序**单选按钮,在**次要关键字**下拉列表框中选定**四气**并选定其右侧的**降序**单选按钮;④如果在数据清单中的第一行包含列标记,在**列表**栏中选定**有标题行**单选按钮,以使该行排除在排序之外,或选定**无标题行**单选按钮使该行也被排序;⑤单击**确定**按钮,可以看到排序后的结果,如图 13.3 所示。

	A	B	C	D	E	F	G
1				中药性能对照表			
2	序号	类别	药名	四气	五味	归经	功效
3	7	补气药	白术	温	甘苦	脾胃	健脾益气, 燥湿利尿, 止汗, 安胎
4	2	补气药	蜂蜜	平	甘	归肺, 脾经	补中, 润燥, 止痛, 解毒
5	10	补气药	绞股蓝	寒	甘, 苦	归脾, 肺经	益气健脾, 化痰止咳, 清热解毒
6	4	补血药	当归	温	甘, 辛	肝心脾	补血调经, 活血止痛, 润肠通便
7	6	补血药	白芍	寒	苦, 酸	肝脾	养血敛阴, 柔肝止痛, 平抑肝阳
8	3	补阳药	鹿茸	温	甘, 咸	归肾肝	补肾阳, 益精血, 强筋骨, 调任冲, 托疮毒。
9	5	补阳药	续断	微温	苦辛	归肾肝	补益肝肾, 强筋养骨, 止血安胎, 疗伤续断。
10	9	补阳药	仙茅	热	辛	归肾肝	温肾壮阳, 祛寒除湿。
11	8	补阴药	女贞子	凉	苦甘	肝肾	滋补肝肾, 乌须明目
12	1	补阴药	明党参	寒	甘苦	肺脾肝	润肺化痰, 养阴和胃, 平肝

图 13.3　排序结果

注意　不管是用列或用行排序,当数据表内存在有数据引用的公式时,有可能因被引用数据排序的原因,使公式的引用地址错误,从而使数据表内的数据不正确。

3) 数据筛选

筛选数据清单可以快速寻找和使用数据清单中的数据子集。筛选功能可以使 Excel 只显示出符合筛选条件的某一值或符合一组条件的行,而隐藏其他行。在 Excel 中提供了**自动筛选**和**高级筛选**两个命令来筛选数据。

(1) 使用**自动筛选**来筛选数据。如果要执行自动筛选操作,在数据清单中必须有列标记。具体操作步骤如下:①在要筛选的数据清单中选定单元格;②选择**数据**菜单**筛选**级联菜单中的**自动筛选**命令;③Excel 就会在数据清单中每一个列标记的旁边插入下拉箭头;④单击包含想显示的数据列中的箭头,就可以看到一个下拉列表,如图 13.4 所示;⑤选定要显示的项,在工作表中就可以看到筛选后的结果,如图 13.5 所示。

(2) 符合一个条件的自定义自动筛选。对于上面的筛选,还可以通过使用自定义功能来实现条件筛选所需要的数据。如果要符合一个条件,可以按照下列步骤执行:①在图 13.4 所示的自动筛选下拉列表中选择**自定义**选项,弹出**自定义自动筛选方式**对话框;②在**类别**栏第一行第一个下拉列表框中选定要使用的比较运算符,第二个下拉列表框中选定要使用的数值,在本例中设定的条件为**类别等于补血药**的记录,如图 13.6 所示;③单击**确定**按钮,就可以看到图 13.5 所示的筛选结果。

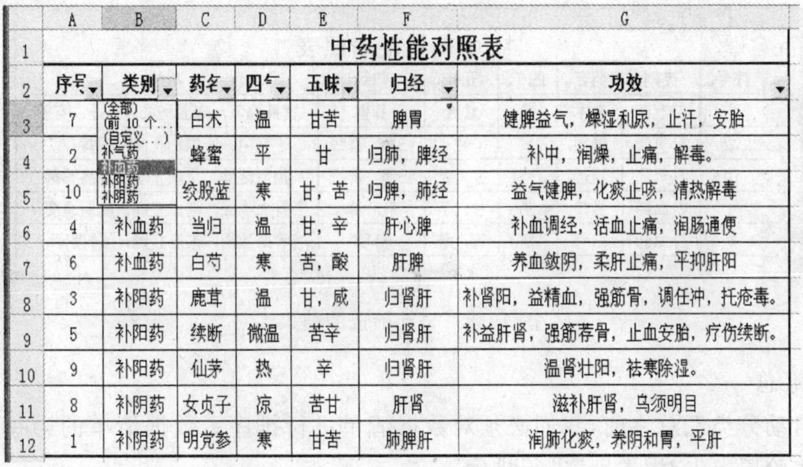

	A	B	C	D	E	F	G
1					中药性能对照表		
2	序号▾	类别▾	药名▾	四气▾	五味▾	归经▾	功效 ▾
3	7	(全部) (前10个…) (自定义…) 补气药 补血药 补阳药 补阴药	白木	温	甘苦	脾胃	健脾益气，燥湿利尿，止汗，安胎
4	2	补气药	蜂蜜	平	甘	归肺，脾经	补中，润燥，止痛，解毒
5	10		绞股蓝	寒	甘，苦	归脾，肺经	益气健脾，化痰止咳，清热解毒
6	4	补血药	当归	温	甘，辛	肝心脾	补血调经，活血止痛，润肠通便
7	6	补血药	白芍	寒	苦，酸	肝脾	养血敛阴，柔肝止痛，平抑肝阳
8	3	补阳药	鹿茸	温	甘，咸	归肾肝	补肾阳，益精血，强筋骨，调任冲，托疮毒
9	5	补阳药	续断	微温	苦辛	归肾肝	补益肝肾，强筋荐骨，止血安胎，疗伤续断。
10	9	补阳药	仙茅	热	辛	归肾肝	温肾壮阳，祛寒除湿。
11	8	补阴药	女贞子	凉	苦甘	肝肾	滋补肝肾，乌须明目
12	1	补阴药	明党参	寒	甘苦	肺脾肝	润肺化痰，养阴和胃，平肝

图 13.4　筛选补血药类别的记录

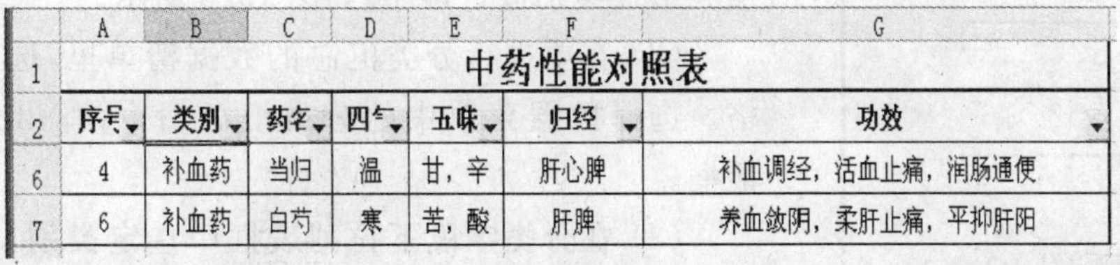

	A	B	C	D	E	F	G
1					中药性能对照表		
2	序号▾	类别▾	药名▾	四气▾	五味▾	归经▾	功效 ▾
6	4	补血药	当归	温	甘，辛	肝心脾	补血调经，活血止痛，润肠通便
7	6	补血药	白芍	寒	苦，酸	肝脾	养血敛阴，柔肝止痛，平抑肝阳

图 13.5　建立**自动筛选**的结果

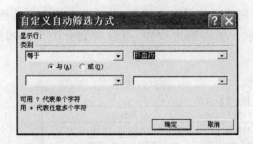

图 13.6　设置符合一个条件的自动筛选

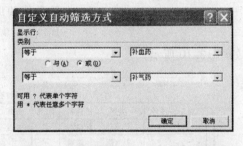

图 13.7　设置符合两个条件的自动筛选

（3）符合两个条件的自定义自动筛选。如果自动筛选要符合两个条件，可以按照下列步骤执行：①仍以图 13.4 所示的自动筛选下拉列表为例，打开**自定义自动筛选方式**对话框；②在**类别**栏第一行第一个下拉列表框中选定**等于**，第二个下拉列表框中选定**补血药**；③如果要显示同时符合两个条件的行，可选定**与**单选按钮，如果要显示满足条件之一的行，可选定**或**单选按钮，这里选定**或**；④再在第二行第一个下拉列表框中选定**等于**，第二个下拉列表框中选定**补气药**，如图 13.7 所示；⑤单击**确定**按钮，就可以看到筛选结果如图 13.8 所示。

（4）取消数据筛选。要取消数据筛选条件，可以采用以下方法：①移去列的筛选，单击设定条件列旁边的箭头，然后从下拉列表中选定**全部**；②重新显示筛选数据清单中的所有行，选择**数据**菜单**筛选**级联菜单中的**全部显示**命令；③再选择**自动筛选**命令，消除前面的"✔"即可恢复到筛选前的状态。

	A	B	C	D	E	F	G
1					中药性能对照表		
2	序号	类别	药名	四气	五味	归经	功效
3	7	补气药	白术	温	甘苦	脾胃	健脾益气，燥湿利尿，止汗，安胎
4	2	补气药	蜂蜜	平	甘	归肺，脾经	补中，润燥，止痛，解毒。
5	10	补气药	绞股蓝	寒	甘，苦	归脾，肺经	益气健脾，化痰止咳，清热解毒
6	4	补血药	当归	温	甘，辛	肝心脾	补血调经，活血止痛，润肠通便
7	6	补血药	白芍	寒	苦，酸	肝脾	养血敛阴，柔肝止痛，平抑肝阳
13							

图 13.8　自动筛选的结果

4）分类汇总

在进行自动分类汇总之前，我们必须对数据清单进行排序。数据清单的第一行里必须有列标记。本实验要求先对"类别"进行排序。

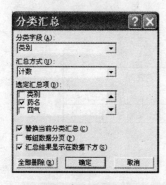

图 13.9　**分类汇总**对话框

（1）将数据清单按要进行分类汇总的列进行排序，本实验中按**类别**进行排序，如图 13.3 所示。

（2）在要进行分类汇总的数据清单里，选定一个单元格。选择**数据**菜单中的**分类汇总**命令，弹出**分类汇总**对话框。

（3）在**分类字段**下拉列表框中选定**类别**，在**汇总方式**下拉列表框中选定想用来进行汇总数据的函数，此处选定的是**计数**，在**选定汇总项**列表框中，选定包含有要进行汇总的数值的那一列或者接受默认选择，此处选定**药名**复选框，如图 13.9 所示。单击**确定**按钮，可以看到分类汇总的结果，如图 13.10 所示。

1 2 3		A	B	C	D	E	F	G
	1					中药性能对照表		
	2	序号	类别	药名	四气	五味	归经	功效
	3	7	补气药	白术	温	甘苦	脾胃	健脾益气，燥湿利尿，止汗，安胎
	4	2	补气药	蜂蜜	平	甘	归肺，脾经	补中，润燥，止痛，解毒。
	5	10	补气药	绞股蓝	寒	甘，苦	归脾，肺经	益气健脾，化痰止咳，清热解毒
	6		补气药 计数	3				
	7	4	补血药	当归	温	甘，辛	肝心脾	补血调经，活血止痛，润肠通便
	8	6	补血药	白芍	寒	苦，酸	肝脾	养血敛阴，柔肝止痛，平抑肝阳
	9		补血药 计数	2				
	10	3	补阳药	鹿茸	温	甘，咸	归肾肝	补肾阳，益精血，强筋骨，调任冲，托疮毒。
	11	5	补阳药	续断	微温	苦辛	归肾肝	补益肝肾，强筋荐骨，止血安胎，疗伤续断。
	12	9	补阳药	仙茅	热	辛	归肾肝	温肾壮阳，祛寒除湿。
	13		补阳药 计数	3				
	14	8	补阴药	女贞子	凉	苦甘	肝肾	滋补肝肾，乌须明目
	15	1	补阴药	明党参	寒	甘苦	肺脾肝	润肺化痰，养阴和胃，平肝
	16		补阴药 计数	2				
	17		总计数	10				

图 13.10　分类汇总的结果

5）移去所有自动分类汇总

对于不再需要的或者错误的分类汇总,可以将之取消,具体操作步骤如下:①在分类汇总数据清单中选定一个单元格;②选择**数据**菜单中的**分类汇总**命令,弹出**分类汇总**对话框;③单击**全部删除**按钮即可。

2. 药品零售表

按照表 13.1 实验数据表内容完成 Excel 表实验,如图 13.11 所示。

表 13.1　实验数据表

药品编号	药品类别	品名	零售价	数量	金额	零售价单位
1	饮片原料	人参	0.13	250	325	元/g
2	保健品	阿胶	32	1	32	元/盒
3	医疗器械	增氧器	285	1	285	元/盒
4	保健品	多维片	25	3	75	元/盒
5	医疗器械	505	69.5	1	695	元/个
6	中成药	舒干和胃	11	3	33	元/盒
7	饮片原料	枸杞	18	2	36	元/g
8	西药	青霉素	20	1	20	元/盒
9	饮片原料	灵芝草	0.72	50	36	元/g
10	医疗器械	血压测量仪	208	1	208	元/台
11	保健品	燕窝	160	1	320	元/盒
12	医疗器械	拔罐器	8	6	48	元/个
13	饮片原料	罗汉果	1.5	10	15	元/个
14	中成药	鱼腥草冲剂	5.6	2	112	元/袋
15	中成药	槐角丸	0.8	1	0.8	元/瓶

1）实验要求

(1) 表标题格式设置。合并单元格,字体为**华文行楷**,字号为 **24**。

(2) 列标题格式设置。字体为**楷体**,字号为 **16**,文字颜色为**黑色**。

(3) 其他单元格格式设置。字体为**宋体**,字号为 **12**,文字颜色为**黑色**。列宽设置为最适合的列宽,表格边框设置为有外边框和内边框。

(4) F 列文字为右对齐,G 列文字为左对齐,其他列居中对齐。

(5) D 列和 F 列文字格式设置为货币,货币符号为**¥**,小数点后为 2 位。

(6) F 列金额由零售价和数量的成绩求得。

(7) 对药品类别递增排序。

(8) 对数据进行分类汇总,分类字段为**药品类别**;汇总方式为**求和**;汇总项为**金额**。

2）标题的制作

选定 A1:G1 区域,单击**常用**工具栏上的**合并及居中**按钮,然后输入**药品零售表**。

也可选定 A1:G1 区域,选择**格式**菜单中的**单元格**命令,在弹出的**单元格格式**对话框的**对齐**选项卡中设置。**水平对齐**和**垂直对齐**均为**居中**,在**文本控制**下选定**合并单元格**复选框,单击**确定**按钮后输入**药品零售表**。

药品编号	药品类别	品名	零售价	数量	金额	单位
colspan 药品零售表						
2	保健品	阿胶	¥32.00	1	¥32.00	元/盒
4	保健品	多维片	¥25.00	3	¥75.00	元/盒
11	保健品	燕窝	¥160.00	2	¥320.00	元/盒
保健品 汇总					¥427.00	
8	西药	青霉素	¥20.00	1	¥20.00	元/盒
西药 汇总					¥20.00	
3	医疗器械	增氧器	¥285.00	1	¥285.00	元/盒
5	医疗器械	505	¥69.50	1	¥69.50	元/个
10	医疗器械	血压测量仪	¥208.00	1	¥208.00	元/台
12	医疗器械	拔罐器	¥8.00	6	¥48.00	元/个
医疗器械 汇总					¥610.50	
1	饮片原料	人参	¥0.13	250	¥32.50	元/g
7	饮片原料	枸杞	¥18.00	2	¥36.00	元/g
9	饮片原料	灵芝草	¥0.72	50	¥36.00	元/g
13	饮片原料	罗汉果	¥1.50	10	¥15.00	元/个
饮片原料 汇总					¥119.50	
6	中成药	舒干和胃	¥11.00	3	¥33.00	元/盒
14	中成药	鱼腥草冲剂	¥5.60	2	¥11.20	元/袋
15	中成药	槐角丸	¥0.80	1	¥0.80	元/瓶
中成药 汇总					¥45.00	
总计					¥1,222.00	

图 13.11　实验练习

3）填充药品编号的方法

在 A3 单元格中输入 **1**，右击 A3 单元格填充柄，按住鼠标右键向下拖动至 A17 单元格，释放鼠标右键，在弹出的快捷菜单中选择**以序列方式填充**命令即可。

4）单元格格式设置

（1）输入表 13.1 除金额以外的所有数据。

（2）选定 A1 单元格，选择**格式**菜单中的**单元格**命令，弹出**单元格格式**对话框，设置字体为**隶书**，字号为 **24**，颜色为**黑色**，无边框。

（3）在第二行各单元格输入相应列标题后，同样打开**单元格格式**对话框，设置字体为**楷体**，字号为 **16**，边框为内边框和外边框。

（4）选定其他数据单元格，打开**单元格格式**对话框，设置字体为**宋体**，字号为 **12**，边框为内边框和外边框。

（5）选定 D 列和 F 列，打开**单元格格式**对话框，在**数字**选项卡中设置为**货币**，小数位数设置为 2 位，货币符号设置为¥，两列中输入的数据自动转换为图 13.11 所示格式。

（6）选定 A～G 列，选择**格式**菜单列级联菜单中的**最合适的列宽**命令。

5）设置单元格中内容的对齐方式

选定 A～E 列，打开**单元格格式**对话框，在**对齐**选项卡中将**水平对齐**和**垂直对齐**都设置为**居中**；选定 F 列，单击**格式**工具栏上的**右对齐**按钮，将其设置为右对齐；选定 G 列，单击**格式**工具栏上的**左对齐**按钮，将其设置为左对齐。

6）公式的应用

选定 F3 单元格，输入**＝D3 * E3**，按回车键确定。拖动 F3 单元格的填充柄至 F17 单元格，所有金额即自动计算出来。

7）数据管理的应用

（1）选定 B2 单元格，选择**数据**菜单中的**排序**命令，在弹出的**排序**对话框中主要关键字选定**药品编号**，选定**升序**单选按钮，单击**确定**按钮，同一类别的药品即被排序在了一起。

（2）排好序后，选择**数据**菜单中的**分类汇总**命令，设置分类字段为**药品编号**，汇总方式为**求和**，选定汇总项为**金额**，即可得到图 13.11 所示的结果。

注意　汇总前要先对分类字段排序。

实验 *14* Excel 综合练习

✤ 实验目的与要求

掌握 Excel 数据表、图表的综合应用。

✤ 实验内容与步骤

制作图 14.1 所示的 Excel 数据表和图表。

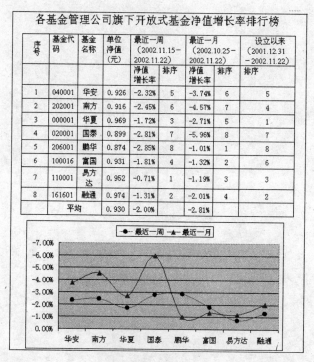

序号	基金代码	基金名称	单位净值（元）	最近一周（2002.11.15-2002.11.22）		最近一月（2002.10.25-2002.11.22）		设立以来（2001.12.31-2002.11.22）
				净值增长率	排序	净值增长率	排序	排序
1	040001	华安	0.926	-2.32%	5	-3.74%	6	5
2	202001	南方	0.916	-2.45%	6	-4.57%	7	4
3	000001	华夏	0.969	-1.72%	3	-2.71%	5	1
4	020001	国泰	0.899	-2.81%	7	-5.96%	8	7
5	206001	鹏华	0.874	-2.85%	8	-1.01%	1	8
6	100016	富国	0.931	-1.81%	4	-1.32%	2	6
7	110001	易方达	0.952	-0.71%	1	-1.19%	3	3
8	161601	融通	0.974	-1.31%	2	-2.01%	4	2
平均			0.930	-2.00%		-2.81%		

图 14.1 实验样图

1. 建立 Excel 文档

启动 Excel，建立一个空 Excel 文档。设置在窗口中显示**格式**和**常用**工具栏，并关闭其他工具栏。

2. 合并单元格

（1）选定 A1:I1 单元格区域，单击**格式**工具栏上的**合并及居中**工具按钮，完成 A1:I1 单元格合并操作，以制作标题单元格。

（2）合并 E2：F2，G2：H2，以及 B12：C12 单元格区域。

3. 设置单元格格式

（1）右击 A2：I2单元格区域，在弹出的快捷菜单中选择**设置单元格格式**命令，弹出**单元格格式**对话框。

（2）在**对齐**选项卡中设置**水平对齐**为**常规**，**垂直对齐**为**靠上**，选定**自动换行**复选框，即在**自动换行**前的方框中打上"√"标记，如图 14.2 所示，单击**确定**按钮完成设置。

（3）选定 A3：I12 单元格区域，在**对齐**选项卡中设置**水平对齐**和**垂直对齐**均为**居中**；选定**自动换行**复选框单击**确定**按钮。

4. 输入数据表数据内容

（1）按图 14.1 数据表内容输入数据，标题为宋体、18 号字；其他为宋体、12 号字。

（2）输入**基金代码**列数据。因为基金代码中有前置"0"，在输入每个代码前要先输入一个英文标点符号状态下的单引号，否则代码中的前置"0"不能显示。

（3）输入**单位净值**列的小数数据时，设置小数位数为 3 位小数。选定 D4：D12 单元格区域，打开**单元格格式**对话框。在**数字**选项卡**分类**列表框中选定**数值**选项，在**小数位数**组合框中输入 **3**，如图 14.3 所示。单击**确定**按钮完成设置。

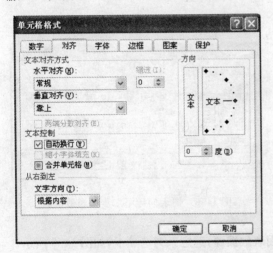

图 14.2　**单元格格式**对话框**对齐**选项卡　　　图 14.3　**单元格格式**对话框**数字**选项卡

（4）输入**净值增长率**列百分率数据。例如，输入－2.32％，选定 E4 单元格，输入数据－**2.32**，输入百分号**％**。

注意　如果输入数据后，数据显示为小数形式－**0.0232**，可以在**单元格格式**对话框**数字**选项卡中进行设置，即在**分类**列表框中选定**百分比**，在**小数位数**组合框中输入 **2**。

（5）调整表格行高与列宽，各行的高与各列的宽见表 14.1。表格单行高度或单列宽度的调整方法以第 1 行为例，单击第 1 行行号，选定第 1 行使其呈高亮度反色显示，移动鼠标指针至第 1 行与第 2 行间的分割线上，鼠标指针变为上下箭头形状，按下鼠标左键，右上角显示第 1 行的高度指示，如图 14.4 所示，拖动鼠标上下移动，使得高度为 **33.75（45 像素）**，即可松开鼠标左键完成调整；表格多行高度或多列宽度的调

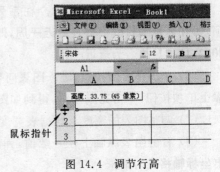

图 14.4　调节行高

整方法以第 A～H 列为例,选定第 A～H 列,移动鼠标指针至任意被选定的两列列号之间分割线上,鼠标指针变为上下箭头形状;拖动鼠标左右移动,使得列宽度为 **6.88(60 像素)**,即可松开鼠标左键完成调整。

表 14.1　行高与列宽数据

行、列	第1行	第2行	第3行	第4～12行	第A～H列	第I列
像素	45	62	45	28	60	120

(6) 为数据表添加框线。选定数据表整个区域(A1:I12),打开**单元格格式**对话框,在**边框**选项卡中设置**外边框为红色双线类型**,内部框线为**蓝色细线类型**,单击**确定**按钮完成设置。设置好边框的数据表,预览效果如图 14.1 所示。

5. 制作图表

(1) 选定 C2:H11 单元格区域,单击**常用工具栏**上的**图表向导**按钮,弹出**图表向导**对话框。

(2) 在**标准类型**选项卡**图表类型**列表框中选定**折线图**类型,在**子图表类型**图例中选定**数据点折线图**类型,如图 14.5 所示。

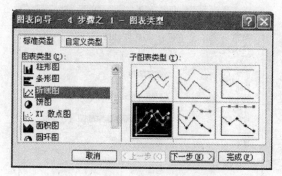

图 14.5　图表向导第一步**图表类型**　　　　　图 14.6　图表向导第二步**图表数据源**

(3) 单击**下一步**按钮,进入图表向导第二步**图表数据源**,选定**系列**选项卡,如图 14.6 所示。

(4) 选定**系列**列表框中不需要的数据系列,单击**删除**按钮将其删除,只保留**最近一周**(2002.11.15－2002.11.22)(值的区域为 E4：E11)和**最近一月**(2002.10.25－2002.11.22)(值的区域为 G4：G11)两项。删除不需要级数据系列后,**系列**选项卡如图 14.7 所示。

注意　最近一周及最近一月数据系列都各有两项,不要删错了。要删除的**最近一周**系列数据的值的区域为 F4：F11;要删除的**最近一月**系列数据的**值**的区域为 H4：H11。

(5) 修改数据系列的名称。在**系列**列表框中选定**最近一周**(2002.11.15－2002.11.22)项,再在**名称**编辑框中输入**最近一周**,即完成改名操作;用同样方法将**最近一月**(2002.11.15－2002.11.22)改名为**最近一月**。

(6) 单击**下一步**按钮,进入图表向导第三步**图表选项**,选定**图例**选项卡。在位置栏中选定**靠上**单项按钮,单击**完成**按钮,得到如图 14.8 所示的图表。

(7) 调整图表的宽度与数据表宽度基本相同,图表的高度约为图表宽度的 1/2。

(8) 右击图表纵轴上任一数值,弹出快捷菜单如图 14.9 所示。选择**坐标轴格式**命令,弹出**坐标轴格式**对话框。

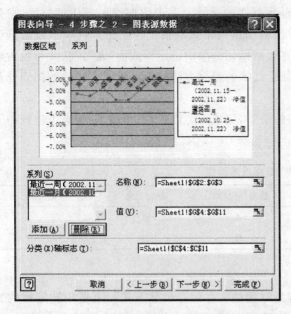

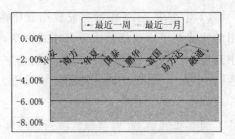

图 14.8　新建的图表

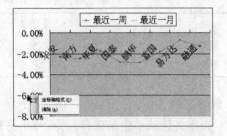

图 14.7　删除不需要数据系列后的**系列**选项卡

图 14.9　打开快捷菜单

（9）在**刻度**选项卡中选定**数值次序反转**复选框，如图 14.10 所示。单击**确定**按钮完成设置，数值次序反转后的图表外观如图 14.11 所示。

图 14.10　**坐标轴格式**对话框**刻度**选项卡

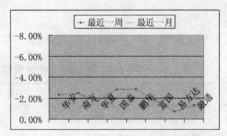

图 14.11　反转后的图表外观

（10）右击图表分类轴基金名称文字，通过快捷菜单。打开**坐标轴格式**对话框。在**图案**选项卡**刻度线标签**选项中选定**图内**单选按钮，如图 14.12 所示。单击**确定**按钮可将基金名称文字移动到**图内**位置，如图 14.13 所示。

图 14.12　**坐标轴格式**对话框**图案**选项卡

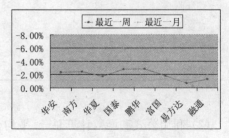

图 14.13　修改名称位置后的图表

（11）右击图表区空白处，通过快捷菜单打开**坐标轴格式**对话框。在**字体**选项卡中设置字符格式为**宋体**、**12** 号字，单击**确定**按钮完成图表中所有数字及文字的格式设置。

（12）按表 14.2 中数据设置图表中两根数据线的属性。右击数据线 1 上任意位置，在弹出的快捷菜单中选择**数据系列格式**命令，弹出**数据系列格式**对话框。在**图案**选项卡**线型**选项中选定颜色为**蓝色**，并选定**平滑线**复选框；在**数据标记**选项中选定样式为"**▲**"，前、背景色为**红色**，大小为 **7 磅**，单击**确定**按钮完成设置。数据线 2 的设置方法同上。设置完成后的图表外观样式如图 14.1 所示。

图表建立后，可适当调整图表在页面中的位置，完成后可以在"打印预览"状态下检查一下整个文档的外观、位置等效果。

表 14.2　数据线的属性

	颜色	平滑线	数据标记样式	标记颜色	标记大小
数据线 1	蓝	✔	▲	红	7
数据线 2	红	✔	●	蓝	7

6. 保存文档

选择**文件**菜单中的**保存**命令，弹出**另存为**对话框。在**保存位置**下拉列表框中选定**我的文档**，在**保存类型**下拉列表框中选定 **Excel 工作簿**，在**文件名**组合框中输入本文档的名称，如**基金净值增长率**。单击**保存**按钮，当前文档即被保存。

❋ 实验测试与练习

（1）新建一个 Excel 工作簿，按表 14.3 内容在 Sheet1 中建立工作表，以 A1 为起始单元格。

表 14.3　信息管理与信息系统专业部分 学生成绩表

姓名	数学	外语	计算机	总分	总评
吴华	98	77	88		
钱玲	88	90	99		
张家鸣	67	76	76		
杨梅华	66	77	66		
汤沐化	77	65	77		
万科	88	92	100		
苏丹平	43	56	67		
黄亚非	57	77	65		
平均分					
最高分					

制表日期：2009.9.1

（2）利用公式和函数计算总分、平均分和最高分。如果该生的总分大于平均总分，则将该生的总评设置为**优秀**，否则为空。

（3）工作表编辑。在工作表 Sheet3 前插入工作表 Sheet4 和 Sheet5；将总评为优秀的学生的各科成绩和总分复制到工作表 Sheet4 中，令 A1 单元格为开始的区域；将 Sheet1 改名为**成绩表**。

（4）对**成绩表**做如下格式化：①将表格标题设置为华文彩云，24 磅大小，跨列居中对齐；

②将制表日期移到表格的下边右对齐,并设置为隶书,加粗倾斜,12 磅;③表格各列列宽设置为 10,列标题行高为 25,其余行高为最合适的行高,列标题粗体,水平和垂直居中;④将表格中的其他内容居中,平均分保留小数 1 位;⑤设置表格内部框线为天蓝色细线,外部框线为蓝色双线;⑥对学生的每门课程中不及格的分数以粗体、蓝色字,黄色底纹显示;⑦将 Sheet4 中的表采用自动套用**彩色 1** 格式,然后将表格的内框线改为黄色细线。

(5) 对"成绩表"进行如下页面设置,并打印预览:①纸张为 A4,表格打印设置为水平,垂直居中,上、下边距均为 3 厘米,左、右边距均为 3 厘米,页眉、页脚均为 1.5 厘米;②设置页眉为**分类汇总表**,格式为居中、粗斜体;③设置页脚为当前日期,靠右安放。

(6) 将**成绩表**中的数据复制到 Sheet2 中,清除表中的格式,删除多余的内容。

(7) 选定表格中的全部数据,在当前工作表 Sheet2 中创建嵌入的三维簇状柱形图,图表标题为**学生成绩表**,分类轴标题**姓名**。

(8) 对 Sheet2 中嵌入的图表进行如下操作:①将该图表移动、放大到 A10:F20 区域;②将图表中数学的数据系列删除,然后将计算机与外语的数据系列对调;③为图表中**计算机**的数据系列增加以值显示的数据标记。

(9) 对 Sheet2 中嵌入的图表进行如下格式化操作:①将图表标题**学生成绩表**设置为方正舒体、18 磅;②将图表边框改为带阴影绿色圆角边框,并将图例移到图表区的左下角;③将数值轴的主要刻度间距改为 30。

(10) 将**成绩表**中数据复制到 Sheet3 中,清除表中的格式,删除部分数据,保留部分字段,增加性别字段,并输入相应数据,见表 14.4。

表 14.4 Sheet3 的数据

姓名	性别	数学	外语	计算机	总分
吴华	男	98	77	88	263
钱玲	女	88	90	99	277
张家鸣	男	67	76	76	219
杨梅华	女	66	77	66	209
汤沐化	男	77	65	77	219
万科	男	88	92	100	280
苏丹平	女	43	56	67	166
黄亚非	女	57	77	65	199

(11) 将 Sheet3 中的数据复制到 Sheet5 中,并对 Sheet3 的数据进行如下操作:①对 Sheet3 的数据按照性别排列,男同学在前面,女同学在后面,性别相同的按照总分降序排列,如性别和总分相同,按照计算机分数降序排列;②在 Sheet3 筛选出总分小于 200 或者大于 270 的女生记录。

(12) 对 Sheet5 的数据进行如下操作:①使用分类汇总,按照性别分别求出男生和女生的各科平均成绩(不包括总分),平均成绩保留 1 位小数;②在原有分类汇总的基础上,再汇总出男生和女生的人数。

(13) 将文件保存在 **D:\练习\学号姓名**文件夹中,并以自己的学号和姓名为文件命名。

实验 *15* PowerPoint 基本编辑操作

✳ 实验目的与要求

(1) 学会使用内容提示向导、模板和空演示文稿三种方法制作演示文稿。

(2) 掌握对幻灯片的版式、色彩、文本、段落的正确设置。

(3) 掌握正确放映演示文稿的方法,做到能熟练运用。

✳ 实验内容与步骤

1. 打开 PowerPoint 窗口

启动 PowerPoint 2003(以下简称 PowerPoint),观察 PowerPoint 窗口的组成。

2. 创建幻灯片

在新创建的幻灯片中输入文字、符号,运用幻灯片版式及模板制作幻灯片。

1) 使用幻灯片的设计模板与版式

幻灯片设计模板与幻灯片版式是不同的,设计模板是指衬托在幻灯片背景上的图案样式,可以对所有幻灯片选定一样的背景样式,也可以为每张幻灯片选定不同的设计模板;而幻灯片版式是指幻灯片上用户布置的文字、图片或图表等内容的相对位置样式。在新建一张幻灯片之前,一般都要选定其版式;而如果选定了统一的设计模板,就不用每次都再进行设置了。

(1) 幻灯片的设计模板可以在新建幻灯片时选定,也可以在幻灯片的制作过程中选定或更改原设计模板。选择**格式**菜单中的**幻灯片设计**命令,窗口右边出现**幻灯片设计**任务窗格,如图 15.1 所示。在**应用设计模板**列表框中选定**天坛月色**设计模板。

(2) 幻灯片的版式一般在建立幻灯片时选定。选择**格式**菜单中的**幻灯片版式**命令,窗口右边出现**幻灯片版式**任务窗格,如图 15.2 所示。在**应用幻灯片版式**列表框中选定**标题幻灯片**版式。

(3) 在这张幻灯片的标题文本框中输入文字**金银湖畔的风景**并插入图中破折号符号,设置文字格式为宋体、54 号字、加粗。

(4) 在正文文本框中输入文字**湖北东华大学**,设置文字格式为楷体、96 号字、加粗、红色。完成以上步骤后的第一张幻灯片,如图 15.3 所示。

2) 插入背景图案及艺术字

创建第 2 张新幻灯片,在幻灯片中插入 Office 自带的剪贴画图片作为背景,并插入艺术字,如图 15.4 所示。幻灯片中有两种形式输入的文字,一是普通文字,均以文本框的形式输入,因此要插入文字,必须先插入文本框;二是艺术字,用插入艺术字的方法加入,操作方法同 Word 中的方法基本一样。

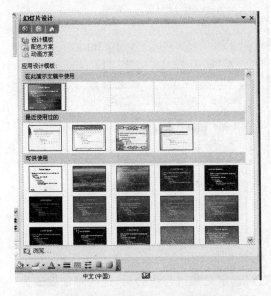

图 15.1　幻灯片设计任务窗格

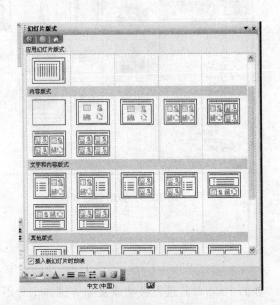

图 15.2　幻灯片版式任务窗格

图 15.3　第一张幻灯片

图 15.4　第二张幻灯片

（1）新建一张幻灯片,选用空白版式。

（2）打开**剪辑管理器**窗口,选定所需的 **Office 收藏集**文件夹下**建筑物**文件夹中的图片,如图 15.5 所示,将其插入幻灯片中。

（3）将图片拖放至与幻灯片同样大小,右击幻灯片,在弹出的快捷菜单中选择**叠放次序**级联菜单中的**置于底层**命令,将其作为背景图片。

（4）在**艺术字库**对话框中,选定第 4 行第 5 列的艺术字格式,如图 15.6 所示。单击**确定**按钮,弹出**编辑艺术字文字**对话框,在文字文本框中输入**学校外景**,设置好文字格式后单击**确定**按钮。

图 15.5　剪辑管理器窗口

图 15.6　艺术字库对话框

3）组合插入的图片和艺术字

无论在 Word,Excel 还是 PowerPoint 中,图形对象在插入后,即便是摆放在一起,仍是单独的个体,对其进行移动或复制等操作十分不便。当将选定对象进行组合后,这些对象就成为了一个整体,可以很方便地进行各种操作。

（1）按 Ctrl＋A 组合键选定幻灯片中的全部对象,或按住 Ctrl 键后再逐个单击选定所需要组合的对象。

（2）选择**绘图**菜单中的**组合**命令,即可将选定的对象组合。

（3）当需要对组合后的对象进行改动时,可以选定组合对象,选择**绘图**菜单中的**取消组合**命令,将组合图形拆分开来,再进行改动。

（4）保存当前已创建的演示文稿的方法,与保存 Word 文档或 Excel 工作簿基本一致。通过**另存为**对话框将演示文稿以**学校介绍**为名保存起来,并注意文件保存后的扩展名为 ppt。

3. 设置幻灯片背景

（1）打开**学校介绍**演示文稿,用空白版式新建第 3 张幻灯片。

（2）选择**格式**菜单中的**背景**命令,弹出**背景**对话框,如图 15.7 所示。

（3）打开**背景填充**下拉列表,如图 15.8 所示,可以在其中选定背景的填充颜色,这里选择列表中的**填充效果**命令,弹出**填充效果**对话框。

（4）在**纹理**选项卡**纹理**列表框中选定**花岗岩**填充纹理,如图 15.9 所示。

（5）单击**确定**按钮,返回**背景**对话框。

（6）选定**忽略母版的背景图形**复选框,使所选定的纹理布满整个幻灯片;单击**应用**按钮,使所设置背景仅对当前幻灯片的编辑区产生作用。注意,若单击**全部应用**按钮,则所设置背景对所有幻灯片的编辑区有效。

图 15.7 **背景**对话框

图 15.8 **背景填充**下拉列表

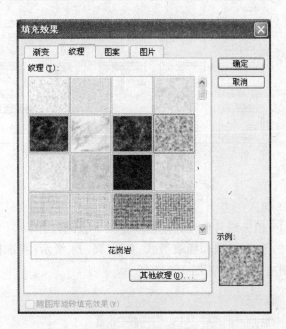

图 15.9 **填充效果**对话框**纹理**选项卡

（7）插入艺术字**学校组织图**后，再插入组织结构图，如图 15.10 所示。

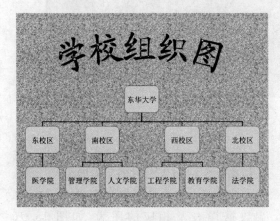

图 15.10 在幻灯片中插入组织图

图 15.11 幻灯片中插入的表格

4．在幻灯片中插入表格与图表

1）插入表格

新建第 4 张幻灯片，按图 15.11 所示样式，在其中插入表格。

在幻灯片中插入表格，可以在选择版式时就选定**标题和表格**版式，如图 15.12 所示；也可以选择**插入**菜单中的**表格**命令，弹出**插入表格**对话框，如图 15.13 所示，在其中根据需要对表格进行设定即可。

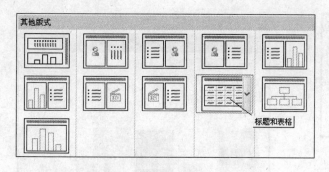

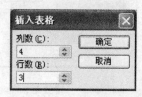

图 15.12　**标题和表格**版式　　　　图15.13　**插入表格**对话框

2）插入图表

（1）用**天坛月色**设计模板新建第 5 张幻灯片。

（2）选定**标题和图表**版式,如图 15.14 所示;或选择**插入**菜单中的**图表**命令,在幻灯片上出现图表占位符,如图 15.15 所示。

图 15.14　选定**标题和图表**版式

图 15.15　应用**标题和图表**版式的幻灯片

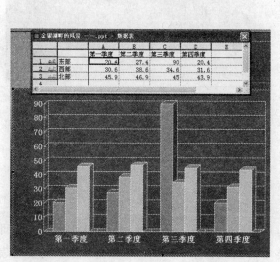

图 15.16　图表版式数据样表及相应的图表

（3）单击**单击此处添加标题**占位符,输入标题文字学生人数及增长率图表。

（4）双击**双击此处添加图表**占位符,弹出数据样表及相应的图表,如图 15.16 所示。

（5）选定数据样表中的所有数据并删除,使样本图表变成空白效果。

（6）将窗口切换回图 15.11 所示的表格数据所在的第 4 张幻灯片,选定所需要的数据,并通过右击快捷菜单选择**复制**命令。

（7）将窗口切换回要建立图表的第 5 张幻灯片,将数据粘贴至数据样表中,样本数据表建立成功,如图 15.17 所示。这里也可以直接在数据样本工作表中输入数据。

　　（8）当样本数据表建立完成后，双击图表可以切换回图表编辑状态。右击坐标轴、文字、背景、数据标志等对象，可在弹出的快捷菜单中选择所需设置的项进行设置。这里要求设置坐标轴刻度为大红色字，坐标轴为紫红色，三维簇状柱形，如图 15.18 所示。

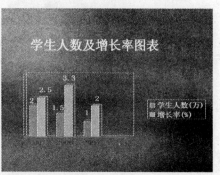

图 15.17　样本数据表　　　　　　图 15.18　幻灯片中插入的图表

5. 浏览幻灯片

　　演示文稿**学校介绍**的全部 5 张幻灯片编辑完成后，单击**幻灯片浏览按钮**（在窗口左下方），浏览整个幻灯片的效果，如图 15.19 所示。通过拖动可以更改选定幻灯片的位子顺序，本试验要求将第 3 张幻灯片与第 2 张幻灯片互换位置。

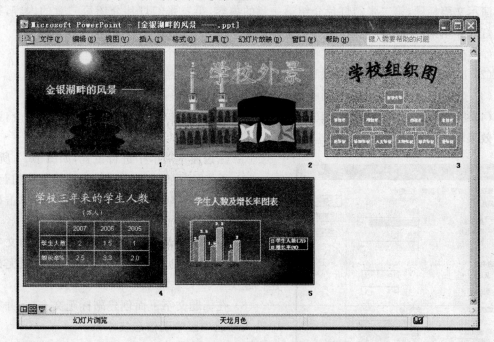

图 15.19　浏览整个演示文稿的效果

实验 *16* PowerPoint 综合练习一

❋ 实验目的与要求

（1）学习在幻灯片中设置动画效果。
（2）学习在幻灯片中设置切换方式。

❋ 实验内容与步骤

1. 建立演示文稿

一般在演示文稿制作前,先应该对内容有一个总体的设计,这是制作的关键步骤。本实验以计算机基础课教学演示文稿为例,设其中有三章。第一章是操作系统的介绍,第二章是有关 Word 的知识,第三章是有关 Excel 的内容。这个课件里至少要包括 4 张幻灯片。第一张幻灯片是演示文稿标题,第二张幻灯片介绍第一章的内容,第三张幻灯片介绍第二章的内容,第四张幻灯片介绍第三章的内容。

（1）在任务窗格中的内容版式中选定空白文稿,新建一个空白文稿。

（2）选择**视图**菜单**工具栏**级联菜单中的绘图命令,打开**绘图**工具栏。

（3）选定矩形在空白文稿上画一个与文稿一样大的矩形。

（4）单击**绘图**工具栏上**颜色填充**按钮上的倒三角,在下拉菜单中选择**填充效果**命令,弹出**填充效果**对话框。

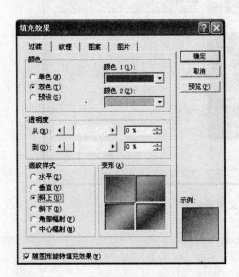

图 16.1 **填充效果**对话框**过渡**选项卡

（5）在**过渡**选项卡中进行设置,如图 16.1 所示。

（6）单击**绘图**工具栏上的**插入艺术字**按钮,弹出**艺术字库**对话框,选定一种艺术字的风格,单击**确定**按钮。

（7）在弹出的**编辑艺术字文字**对话框的**文字**文本框中输入**计算机基础教程**,单击**确定**按钮完成创建标题文字。

（8）在标题文字下面创建副标题文本框,并在其中输入**湖北中医学院信息技术系**。

（9）选定**绘图**工具栏上**自选图形**里的**圆角矩形**,在第一张幻灯片上画一个圆角矩形。

（10）右击刚刚画的圆角矩形,在弹出的快捷菜单中选择**编辑文本**命令,圆角矩形上出现一个光标,通过键盘输入**第一章   操作系统基础知识的介绍**。

（11）按照同样的方法再做两个圆角矩形，分别输入**第二章　中文 WORD 知识的介绍**、**第三章　电子表格 EXCEL 的介绍**，完成第一张幻灯片的制作，效果如图 16.2 所示。

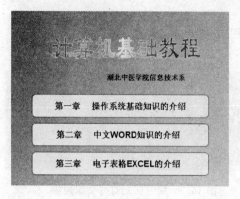

图 16.2　第一张幻灯片　　　　　　　　图 16.3　文字内容的制作

2. 复制幻灯片背景

（1）选择**插入**菜单中的**新幻灯片**命令，在任务窗格中选定**标题和文本**版式，新建一张幻灯片。

（2）单击**单击此处添加标题**占位符，输入**第一章　操作系统基础知识的介绍**。

（3）单击**单击此处添加文本**占位符，输入讲课的内容——**操作系统的概念**、**操作系统的功能**、**操作系统的分类**。

（4）选定第一张幻灯片上的背景矩形，选择**编辑**菜单中的**复制**命令。

（5）切换到第二张幻灯片，选择**编辑**菜单中的**粘贴**命令，将背景粘贴过来，这时背景矩形是在最上层的，右击它，在弹出的快捷菜单**叠放次序**级联菜单中选择**置于底层**命令，完成的幻灯片效果如图 16.3 所示。

3. 设置动作

（1）在**绘图**工具栏上选择**自选图形**绘制箭头图样，并加上文字，如图 16.4 所示。

图 16.4　制作页面切换的按钮图

（2）右击**上一页**箭头，在弹出的快捷菜单中选择**动作设置**命令，弹出**动作设置**对话框。

（3）在**单击鼠标**选项卡**单击鼠标时的动作**栏中选定**超链接到**单选按钮，并在其下面的下拉列表框中选定**上一张幻灯片**，单击**确定**按钮为**上一页**箭头做一个链接的动作。用同样的方法为**下一页**箭头也做一个链接**下一张**幻灯片的动作。

（4）右击**回到封面**箭头，通过弹出的快捷菜单打开**动作设置**对话框，选定**超链接到**单选按钮，如图 16.5 所示。

（5）在弹出的**超链接到幻灯片**对话框**幻灯片标题**列表框中选定 **1. 幻灯片 1**，如图 16.6 所示。单击**确定**按钮返回**动作设置**对话框，再单击**确定**按钮完成动作设置。

图 16.5　**动作设置**对话框

（6）在普通视图窗口左边的视图窗格中选定第二张幻灯片。

（7）依次选择**编辑**菜单中的**复制**和**粘贴**命令，新建第三张幻灯片。这里没有强调用模板来做，是因为这样做比用模板更自由。

（8）将标题改成**第二章　中文 WORD 知识的介绍**，再修改文本内容，如图 16.7 所示。

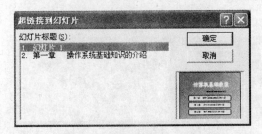

图 16.6　**超链接到幻灯片**对话框 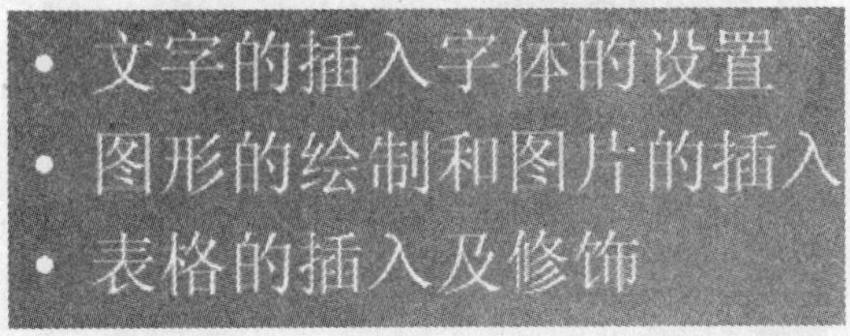　　　　　图 16.7　第三张幻灯片文本内容

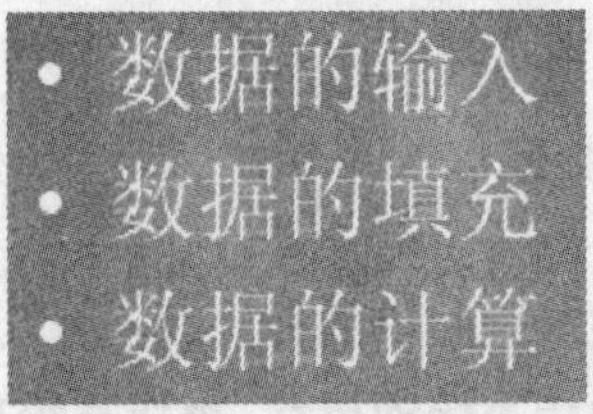

（9）用同样的方法制作第四张幻灯片，标题改成**第三章　电子表格 EXCEL 的介绍**，文本内容的修改，如图 16.8 所示。

图 16.8　第四张幻灯片文本内容

（10）第四张幻灯片是演示文稿的最后一张幻灯片，选定其中的**下一页**箭头图形，按 Delete 键将其删除。

4. 设置动画

这里只设置幻灯片之间的动画效果，为了保证整体效果，其中幻灯片中的文字及标题、图形等将不设置效果。选择**幻灯片放映**菜单中的**幻灯片切换**命令，在右边的任务窗格**应用于所选幻灯片**下拉列表框中，选择动画效果。为了效果更多一点，在这里选定**随机**效果。在下面的**切换方式**中取消对**单击鼠标时**复选框的选定。然后单击**应用于所有的幻灯片**。最后放映一下幻灯片，如果觉得效果可以了，保存文稿即可。

实验 *17* PowerPoint 综合练习二

❋ 实验目的与要求

（1）熟练掌握在幻灯片中插入文字。
（2）熟练掌握在幻灯片中插入艺术字及剪贴画。
（3）熟练掌握在幻灯片中设置动画效果和声音效果。
（4）熟练掌握幻灯片切换方式设置。

❋ 实验内容与步骤

制作图17.1所示由三幅幻灯片组成的演示文稿。

图 17.1　实验演示文稿示例

1. 建立空白演示文稿

（1）启动 PowerPoint，选择**格式**菜单中的**幻灯片版式**命令，打开**幻灯片版式任务窗格**。

（2）在**应用幻灯片版式**列表框下的**内容版式**中选定**空白**版式，如图17.2所示，完成第一张空白幻灯片的建立。

（3）选择**插入**菜单中的**新幻灯片**命令，在演示文稿中插入第二、第三张幻灯片，按前面的方法为第二、第三张幻灯片设置**空白版式**。

2. 设置演示文稿背景模板

（1）选择**格式**菜单中的**幻灯片设计**命令，打开**幻灯片设计**任务窗格。

（2）在**应用设计模板**列表框中选定**欢天喜地**模板，此时演示文稿中三张幻灯片的背景样式全部为**欢天喜地**模板样式，如图17.3所示。

图 17.2　幻灯片版式任务窗格

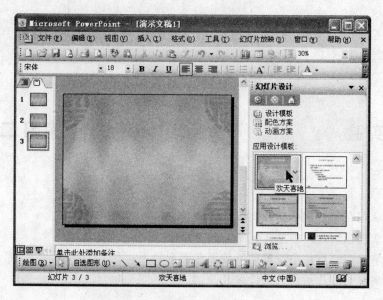

图 17.3　设置模板后的幻灯片外观

3. 在第一张幻灯片中插入艺术字及文本框对象

1）插入艺术字中药的性能

（1）选择**插入→图片→艺术字**命令，弹出**艺术字库**对话框。

（2）选定第 3 行的第 4 列样式，单击**确定**按钮，弹出**编辑艺术字文字**对话框。

（3）输入**中药的性能** 5 个字，文字修饰选定**加粗**，单击**确定**按钮完成插入操作，如图 17.4 所示。

图 17.4　插入的艺术字

图 17.5　**艺术字**工具栏

2）设置艺术字格式和形状

（1）选定艺术字，单击图 17.5 所示的**艺术字**工具栏上的**设置艺术字格式**按钮，弹出**设置艺术字格式**对话框。

（2）在**尺寸**选项卡中设置**高度**为 **4.8 厘米**，**宽度**为 **17 厘米**，如图 17.6 所示。

图 17.6　**设置艺术字格式**对话框尺寸选项卡

图 17.7　**艺术字形状**列表

（3）单击**艺术字**工具栏上的**艺术字形状**按钮，在下拉列表框中选定**波形 2**，如图 17.7 所示。

3）设置艺术字的三维效果

（1）选定艺术字，单击图 17.8 所示的**绘图**工具栏上的**三维效果样式**按钮，在弹出的**三维效果样式**下栏列表框中选定**三维样式 12** 样式，如图 17.9 所示，所选艺术字即设置成为三维效果。

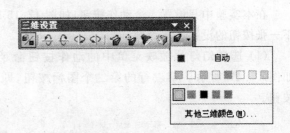

图 17.8　**三维效果样式**按钮

（2）在**三维效果样式**下拉列表框中选择**三维设置**命令，打开**三维设置**工具栏。

（3）单击工具栏上**三维颜色**按钮右方的倒三角，弹出**三维颜色**下拉列表框，如图 17.10 所示。

（4）选择**其他三维颜色**命令，弹出**颜色**对话框，在**自定义**选项卡中设置**红色**、**绿色**、**蓝色**的值分别为 **220,220,0**，如图 17.11 所示。

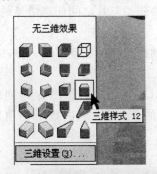

图 17.9　**三维效果样式**下拉列表框

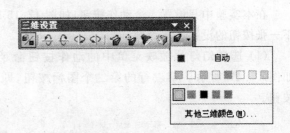

图 17.10　**三维颜色**下拉列表框

图 17.11　**颜色**对话框**自定义**选项卡

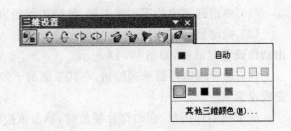

图 17.12　艺术字三维外观

（5）单击**确定**按钮，完成设置。将艺术字调整到幻灯片中部靠上的位置，如图 17.12 所示。

说明，此处设置的颜色仅对"三维立体"部分有效。如果要设置改变艺术字的"表面"颜色，要使用**绘图**工具栏上的**填充颜色**和**线条颜色**按钮来完成。

4）插入文本框

（1）单击**绘图**工具栏上的**文本框**按钮，鼠标指针变为箭头形状。拖动鼠标，在幻灯片中画出一个"矩形文本框",并在文本框中输入汉字**即药性**,如图 17.13 所示。

（2）选定文本框中的文字,设置字符格式为隶书、72 号字、加粗,效果如图 17.14 所示。

图 17.13 文本框中输入文字　　　　图 17.14 设置文字格式后的文本框

4. 在第一张幻灯片中设置动作按钮

在幻灯片中设置动作按钮,实际上就是在幻灯片与幻灯片之间、幻灯片与其他文件之间建立超链接。

在幻灯片播放时,使用动作按钮就可以在本演示文稿的各张幻灯片之间任意切换跳转;也可以在幻灯片与其他文件之间链接跳转。

在本实验中只设置 4 个动作按钮,如图 17.15 所示。各动作按钮的设置基本一样,以下以**下一张**按钮的设置方法为例。

（1）选择**幻灯片放映**菜单中的**动作按钮**命令,弹出有 12 个动作按钮图标的列表框,如图 17.16 所示。第二行的第二个图标按钮,即是所需要的**下一张**（前进或下一项）动作按钮。

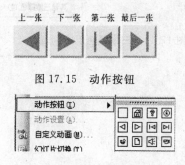

图 17.15 动作按钮

图 17.16 **动作按钮**列表框

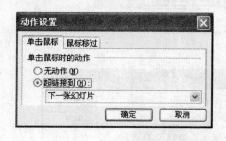

图 17.17 **动作设置**对话框

（2）单击列表中的**下一张**图标,鼠标指针变为十字形状。

（3）拖动鼠标,在幻灯片底部偏右位置画出一个适当大小的按钮,松开鼠标按键将自动弹出**动作设置**对话框,如图 17.17 所示。

（4）选定**超链接到**单选按钮,在其下面的下拉列表框中选定**下一张幻灯片**,单击**确定**按钮完成设置。

该按钮的作用是,在幻灯片播放时,单击该按钮将链接显示下一张幻灯片。

说明,如果要使按钮实现其他链接,可在**动作设置**对话框**超链接到**下拉列表框中选定所要链接的对象位置。

按上述方法在第一张幻灯片中添加设置第二个按钮**最后一张**。该按钮的作用是,在幻灯片播放时,单击该按钮将链接显示本演示文稿的最后一张幻灯片。设置完动作按钮后的第一张幻灯片外观,如图 17.1 所示。

5. 设置第一张幻灯片中艺术字和文本框对象的动画效果及声音效果

对幻灯片中插入的艺术字、文本框及其他所有对象,都可以设置其动画及声音效果等,下面详细介绍艺术字**中药的性能**的动画、声音效果的设置方法。

（1）选择**幻灯片放映**菜单中的**自定义动画**命令，打开**自定义动画**任务窗格。

（2）在幻灯片中选定艺术字**中药的性能**，单击任务窗格中**添加效果**按钮，打开**添加效果**下拉菜单。

（3）选择**进入**级联菜单中的**旋转**命令，如图 17.18 所示。

（4）在**自定义动画**任务窗格的**开始**下拉列表框中选定**之后**，**方向**下拉列表框中选定**水平**，**速度**下拉列表框中选定**非常慢**。可以看到，每建一个对象的动画效果，会在窗格列表框中出现一个效果模块，如图 17.19 所示。

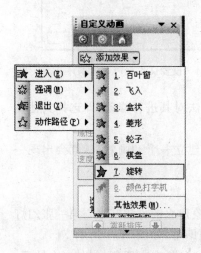
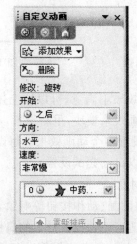
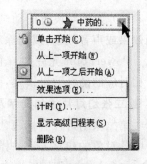

图 17.18　**进入**级联菜单　　　图 17.19　艺术字对象动画模块　　图 17.20　修改艺术字动画效果

（5）单击模块效果右边的下拉箭头，如图 17.20 所示，在弹出的下拉菜单中选择**效果选项**命令，弹出**旋转**对话框。

（6）在**效果**选项卡**声音**下拉列表框中选定**其他声音**选项，弹出**添加声音**对话框，如图 17.21 所示。

（7）在**添加声音**对话框中查找选定 **Windows XP 启动**文件，单击**确定**按钮返回**旋转**对话框，如图 17.22 所示。

（8）单击**确定**按钮，完成声音设置。此时用鼠标单击任务窗格下部的**播放**按钮，就可以观察刚设置好的艺术字对象的动画效果及声音效果。

（9）设置文本框对象的动画效果及声音效果设置方法与艺术字对象基本相同，本实验要求的设置属性及参数，如图 17.23 和 17.24 所示。

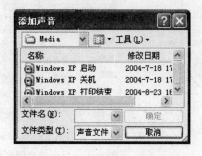

图 17.21　**添加声音**对话框　　　　　图 17.22　**旋转**对话框

图 17.23　设置文本框动画属性　　　　　　　图 17.24　设置文本框声音效果

（9）如果对设置的动画、声音效果不满意，可以按上述方法对其进行修改，即选择其他动画效果或声音效果；或删除对象动画效果模块，重新设置。

PowerPoint 允许为一个对象设置多个动画效果。每设置建立一个动画效果，就会出现一个相对应的动画效果模块，读者可以自己尝试设置。

6. 第二张幻灯片添加文字及图片对象

第二张幻灯片有标题、文字、剪贴画、动作按钮等对象，对象建立的方法基本与第一张幻灯片中各对象的建立方法一样，只是适当调整设置对象的属性值即可，如图 17.1 所示。

（1）文字对象的插入文字对象由三个文本框部分组成：①标题文字**四气**，黑体、54 号字、加粗、黄色文字；②文本 1 **寒、热、温、凉**，仿宋_GB2312、32 号字、加粗、白色文字及项目符号；③文本 2 **一般来讲：具有清热泻火、凉血解毒等作用的药物，性属寒凉；具有温里散寒、补火助阳、温经通络、回阳救逆等作用的药物，性属温热**。仿宋_GB2312、32 号字、加粗、白色文字，文字分三段输入。

（2）建立 4 个动作按钮，分别是**第一张、上一张、下一张、最后一张**。

注意　设置按钮时 4 个按钮应大小一致，同类型按钮的位置在各张幻灯片中应大概一致。

（3）在第二张幻灯片中插入三幅图 17.25 所示的剪贴画，插入后的位置如图 17.1 所示，并为每幅剪贴画添加外边框。插入的三幅剪贴画的动画、声音效果设置，**Plants，Laboratory** 的如图 17.26～图 17.28 所示；**Instructors** 的如图 17.26，图 17.27 和图 17.29 所示。

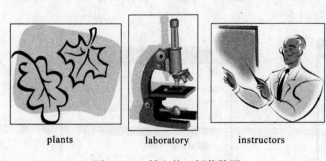

plants　　　　　　laboratory　　　　　　instructors

图 17.25　插入的三幅剪贴画　　　　　　图 17.26　剪贴画 plants，laboratory

和 instructors 的动画属性

图 17.27　剪贴画 **plants**，**laboratory** 和
instructors 的动画时间属性

图 17.28　剪贴画 **plants** 和 **laboratory** 的
声音及播放后属性

图 17.29　剪贴画 **instructors** 的
声音及播放后属性

7. 建立第三张幻灯片

（1）使用**绘图**工具栏中的**矩形**工具画一个矩形边框，并设置。填充颜色为**无填充颜色**，线条颜色为**蓝色**，线型为 **1 磅**。

（2）文字对象的插入由 6 个文本框部分组成：①标题文字**五味**，黑体、96 号字、加粗、黄色文字；②文本文字**辛**、**甘**、**酸**、**苦**、**甜**，分别插入 5 个竖排文本框输入文字，仿宋_GB2312、96 号字、加粗、白色文字，并设置项目符号。

（3）动作按钮的建立建立**第一张**和**上一张**两个动作按钮。

注意　设置按钮时两个按钮应大小一致，同类型按钮的位置在各张幻灯片中应大概一致。

（4）设置 5 个文字对象的动画及声音效果，5 个文本框文字对象的动画效果及声音效果都一样，如图 17.30 和图 17.31 所示。

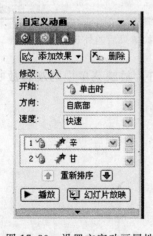

图 17.30　设置文字动画属性

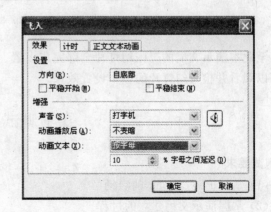

图 17.31　设置文字声音及播放后属性

8. 设置三张幻灯片的切换方式

（1）单击窗口左下的**浏览视图**按钮 ，切换到浏览视图，如图 17.32 所示。

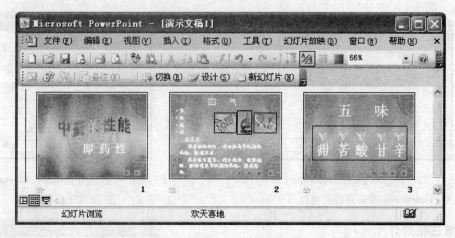

图 17.32　幻灯片浏览视图

（2）选定任一张幻灯片，单击工具栏上的**切换按钮**，打开**幻灯片切换**任务窗格。

（3）按实验要求设置切换效果，如图 17.33 所示，单击**应用于所有幻灯片按钮**。

（4）关闭**幻灯片切换**任务窗格，幻灯片切换方式设置完成，如图 17.34 所示。

图17.33　设置切换效果　　　　　图 17.34　设置切换效果后的外观

　　　至此本演示文稿的三张幻灯片全部完成设置。选择**幻灯片放映**菜单中的**观看放映**命令，即可以观看并检查幻灯片的整个设置效果。

❋ 实验测试与练习

1. 测试要求

（1）掌握 PowerPoint 的启动。

（2）掌握演示文稿建立的过程。

（3）掌握演示文稿的格式化。

（4）掌握幻灯片的动画技术。

（5）掌握幻灯片的超级链接技术。

2. 测试时间及分数

45 分钟,100 分。

3. 测试内容

一、实验测试 1

1) 利用空演示文稿建立演示文稿

(1) 建立一组 4 张幻灯片的自我介绍演示文稿,文件命名为"姓名"＋**自我介绍.ppt**,保存位置为 **D:\练习\学号后 4 位＋姓名**文件夹中。

(2) 第 1 张幻灯片采用**标题与文本**版式,标题处填入**简历**,文本处填写你从小学开始的简历。

(3) 第 2 张幻灯片采用**表格**版式,标题处填入你所在的省市和学校名。表格由 5 列 2 行组成,内容为你上学期的任意 4 门课程名,对应的分数及总分。

(4) 第 3 张幻灯片采用**文本与剪贴画**版式,标题处填入**个人爱好和特长**。文本处以简明扼要的文字填入你的爱好和特长。剪贴画选择你所喜欢的图片或你的照片。

(5) 第 4 张幻灯片采用**组织结构图**版式,标题处填入你户口所在地在全国所处地理位置结构图。

2) 对已经建立的演示文稿进行编辑

(1) 演示文稿加入日期、页脚和幻灯片编号。使演示文稿中所显示的日期和时间会随着机器内时钟的变化而变化;幻灯片编号将其放在右下方,在页脚区输入作者名。

(2) 逐一设置格式。对第 1 张幻灯片的文本设置为楷体、粗体、32 磅、段前 0.5。对第 2 张幻灯片的表格外框设置为 4.5 磅框线,内为 1.5 磅框线,表格内容水平居中、垂直居中。

(3) 插入对象等。对第 2 张幻灯片插入图表,内容为表格中的各项数据。对第 3 张幻灯片,将标题文字**个人爱好与特长**改为艺术字库中的第 1 行第 4 列的样式,并加阴影。

3) 幻灯片的动画技术。

(1) 利用**自定义动画**设置幻灯片内动画:①对第 1 张幻灯片中的标题部分,采用飞入进入的动画效果,**之后**时产生动画效果。文本内容即个人简历,采用**棋盘**进入的动画效果,按项一条一条地显示,在**前一事件** 2 秒后发生;②对第 3 张幻灯片中的艺术字对象设置**螺旋飞入**的效果,对其中对象逐一设置**进入**的效果,对文本设置**擦除**的效果,动画出现的顺序首先是图片对象,然后是文本,最后是艺术字。

(2) 利用**幻灯片切换**设置幻灯片间切换动画。各张幻灯片间的切换效果采用**水平百叶窗、溶解、盒装展开、随即**等方式。设置切换速度为**快速**,切换方式为**单击鼠标、事先**。

(3) 演示文稿中的超链接:①第 1 张幻灯片前插入一张幻灯片作首页,标题为**自我介绍**,幻灯片上有 4 个按钮,依次为**简历、学习情况、个人爱好、生源所在地**。然后利用超链接分别指向后面的 4 张幻灯片;②在每张幻灯片中都有 4 个动作按钮,即 ◀　▶　◀◀　▶▶ 。

4) 插入多媒体对象

在**插入**菜单影片和声音级联菜单中选择对应的命令即可。

(1) 在第 1 张幻灯片中的**自我介绍**处插入一声音文件,设置播放至最后一张。

(2) 在第 3 张幻灯片处插入一个影片或者剪贴画。

5) 将文件保存在正确位置。

二、实验测试 2

自定义内容建立演示文稿,要求如下:

（1）演示文稿主题内容，自定义，要求所表现的主题明确。例如，可以介绍校园景色；回忆一次有意义的活动；描述祖国或家乡的美好山水；展示当代大学生的风采；描写喜爱的一位球星、歌星、演员等。

（2）演示文稿不少于 6 张，要求有图片和文字说明。

注意 文字说明要准确，字体大小适当。

（3）动画效果的设置。文稿中的对象（文字或图片）一般要求有进入和退出两类效果（不要求每个对象都有动画效果），其他效果（强调、路径）根据需要都可以使用。

（4）设置一个过程音乐，从开始播放到幻灯片终结。

（5）幻灯片切换，幻灯片播放换片方式有单击鼠标和时间设置自动放映两种。要求同时设定两种方式换片，即单片鼠标可以换片，也能按预设的时间自动播放。

（6）幻灯片的播放。按时间设置自动播放时，播放时间一般不超过三分钟。

（7）在页脚区域输入自己的年级、专业班级和学号、姓名。

（8）整个演示文稿和音乐文件的大小一般不要超过 10 M。

实验 *18* 音频处理技术

❋ 实验目的与要求

（1）掌握音频文件的获取方法。
（2）掌握几种录音软件的使用。
（3）了解几种常用的音频格式。
（4）了解各种音频之间的转换。

❋ 实验内容与步骤

随着多媒体的发展，音频技术在多媒体技术得到广泛应用。为了对音频做更好的处理和存储，对各种不同的硬件设备对声音的不同要求，需要对音频进行一些适当的处理。

1. 从 Internet 上下载音频

Internet 是声音素材的宝库，在 Internet 上可以得到很多有用的声音素材，既可从音乐网站下载，也可以到与课件制作内容相关的网站，如一些教育网站上去寻找。

2. 利用话筒录制声音

录音机是 Windows 自带的一个多媒体播放程序，它操作简单，可以满足课件制作中许多情况下的需要。

（1）将麦克风插入计算机声卡中标有 **MIC** 的接口上。

（2）双击**控制面板**中声音和多媒体图标，弹出**声音和多媒体 属性**对话框。在**音频**选项卡**录音选项组中选择相应的录音设备，如图 18.1 所示。

（3）声卡提供了多路声音输入通道，录音前必须正确选择。方法是双击任务栏系统托盘中的喇叭图标，打开**主音量**窗口；单击**选项**菜单中**属性**命令，弹出**属性**对话框；在**调节音量**选项组中选定 **录音** 单选按钮后，选定要使用的录音通道。

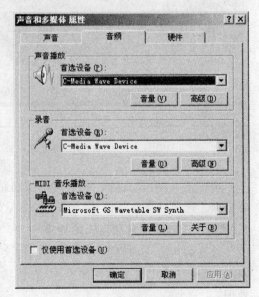

图 18.1　选择录音设备

图 18.2　**录音机**窗口

（4）通过**开始**菜单运行**录音机**程序，界面如图 18.2 所示。单击红色的**录音按钮**,即开始录音。录音完成后,单击**停止**按钮,再单击**文件**菜单中**保存**命令,弹出**另存为**对话框。单击**更改**按钮,弹出选择声音格式的对话框,可从中选择合适的声音品质,其中"格式"是选择不同的编码方法。返回**另存为**对话框,输入文件名后单击**保存**按钮即可。

Windows 所带的**录音机**小巧易用,但录音的最长时间只有 60 秒,并且对声音的编辑功能也很有限,因此在声音的制作过程中不能发挥太大的作用。有不少专门用于声音编辑的软件,如 Cool Edit Pro/2000,Sound Forge,Wave Edit,Gold Wave 等声音编辑器,对声音的录制和编辑的功能都很强大,读者可以在网上下载试用版本去实际体会一下。

3. 使用 Cool Edit 录制背景音乐

背景音乐可由录音机、CD 唱机等输出的模拟音频获取。首先保证外界音源设备与声卡的 Line In 接口正确相连。单击**开始→所有程序→Cool Edit 2000→Cool Edit 2000** 命令,打开 **Cool Edit 2000** 窗口,如图 18.3 所示。

单击工具栏中的 **Record** 按钮,如图 18.4 所示,弹出 **New Waveform** 对话框,分别选择 Sample Rate 为 44100,Channels 为 Stereo,Resolution 为 16-bits,如图 18.5 所示。单击 **OK** 按钮即开始录音。

图 18.4　Cool Edit 2000 的工具栏

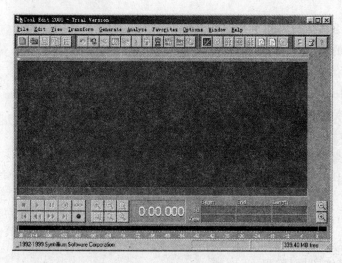

图 18.3　**Cool Edit 2000** 窗口

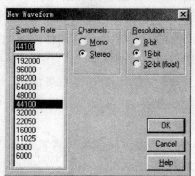

图 18.5　**New Waveform** 对话框

录音结束,单击工具栏中的 **Stop** 按钮结束录音。单击 **File** 菜单中 **Save As** 命令,弹出保存对话框。选择好保存路径、保存类型,输入文件名,单击 **Save** 按钮完成对音乐文件的录制。

4. 使用千千静听对音频格式的转换

录制的声音一般保存为 wav 格式的文件。这种文件格式没有经过压缩处理,效果比较理想;但往往占用很大的存储空间,在传输和存储方面不是很理想,因此需要对其进行压缩处理。

单击**开始→所有程序→千千静听**命令,或双击桌面上**千千静听**的快捷方式,启动千千静听,如图 18.6 所示。

单击**播放列表**中添加按钮下拉菜单中**文件**或**文件夹**命令,弹出**打开**对话框。在其中选定要转换格式的音乐文件,如 wav 文件后,单击**打开**按钮,将其添加到播放列表中。

图 18.6　千千静听播放界面

用 Windows **录音机**录制的声音文件，默认保存为 wav 格式，这种格式文件所占用存储空间比较大，不便于存储和传输，可以将它压缩转换成 mp3 格式。右击**播放列表**中要压缩的文件，单击弹出的快捷菜单中**转换格式**命令，弹出**转换格式**对话框，如图 18.7 所示。在**输出格式**下拉列表框中选定 **mp3 文件输出**，选择目标文件夹后，单击**立即转换**按钮即可。

千千静听只能对音频格式进行转换，如果需要对音频进行裁剪或进行更复杂的处理，需要专门的音频处理软件，如 Cool Edit，Gold Wave 等。

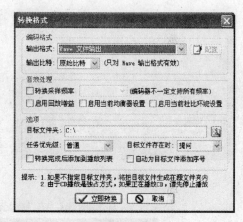

图 18.7　**转换格式**对话框

实验 *19* 视频处理技术

❋ 实验目的与要求

（1）了解视频素材的获取方法。

（2）了解视频处理软件的使用。

❋ 实验内容与步骤

图 19.1　会声会影的启动界面

随着多媒体技术的发展及广泛应用，视频以特有的优势在各个领域得到广泛应用。因各个领域对视频的要求不一样，视频的压缩技术也不一样，从而也推动了视频处理技术的发展。

1. 会声会影的启动

双击桌面上**会声会影**的快捷方式，启动**会声会影**，如图 19.1 所示。单击 **VideoStudio Editor**（视频编辑）按钮进入视频编辑的主界面，如图 19.2 所示。

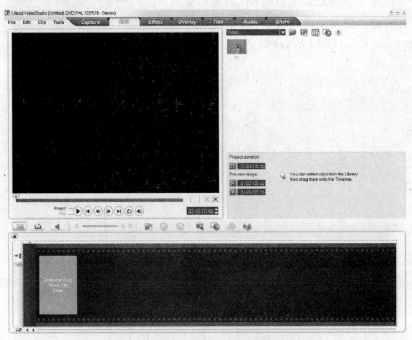

图 19.2　会声会影的视频编辑主界面

2. 在素材库中添加素材

单击素材类型下拉列表框右边的下拉按钮,选择 **Image**(图片)类型,在素材库中将看到所有的图片素材,如图 19.3 所示。

如果想要的素材不在素材库里,可以单击添加按钮"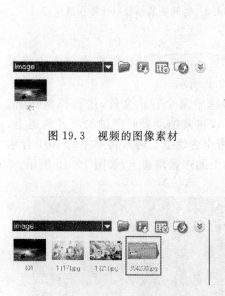",弹出打开图片文件的对话框,如图 19.4 所示。选定需要的图片文件,单击**打开**按钮,即可将图片添加到素材库中,如图19.5所示。

图 19.3 视频的图像素材

图 19.5 添加了图片的素材库

图 19.4 添加图片素材对话框

3. 编辑视频

将图片从素材库中拖动到时间轴上。在时间轴上可以看到,每张图片的播放时间默认为 3 秒,如图 19.6 所示。这个时间可以修改。

图 19.6 视频时间轴的显示

接下来,通过播放,预览效果。在默认情况下,播放的是时间轴上当前所选定的素材。如果要预览整个视频素材,应该将播放指针移动到整个素材的最前面。单击时间线预览按钮 "▭",切换到时间线显示,如图 19.7 所示。单击时间线上的最前面的 0 秒处,将播放指针移动到整个素材的最前面,如图 19.8 所示。

单击预览窗口处的播放按钮"▶",即可播放整个视频素材。通过预览播放,可以观察整个效果,若觉得不满意可继续编辑,直到满意为止。

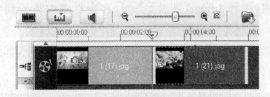

图 19.7　时间轴上时间线显示

图 19.8　时间轴的播放指针停在最前面

4. 添加背景音乐

图 19.9　声音素材

单击声音按钮" Audio ",这时在素材库中将看到声音素材,如图 19.9 所示。

在声音素材中,选定某个音乐文件,进行预览试听。如果对声音满意,可以将其拖动到时间轴的声音轨道上,会声会影提供了两个声音轨道。将素材库中的 A01 音乐文件,拖动到时间轴上的声音轨道上,如图 19.10 所示。

图 19.10　时间轴上显示声音

在时间轴上可以看到,声音的长度比图片素材的长度长很多,如果不加以处理,在播放视频时,后面将只听到声音看不到图片。这时必须将声音轨道上的声音素材剪辑,使其长度与图片素材的长度一致。向左拖动声音最右边的控制点,使其与图片长度相当时释放鼠标左键即可,如图 19.11 所示。

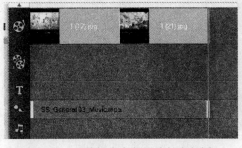

图 19.11　剪辑声音与图片长度相同

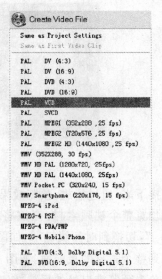

图 19.13　视频输出类型

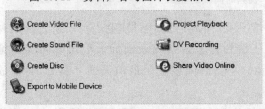

图 19.12　输出文件界面

5. 输出视频文件

单击分享按钮"Share"，将界面切换到输出文件界面，如图 19.12 所示。单击输出视频文件按钮，弹出下拉菜单，如图 19.13 所示。选择输出类型，如 **VCD**。在弹出的对话框中，选择文件保存的位置，输入文件的名字，如图 19.14 所示。单击**保存**按钮完成视频文件的制作。

图 19.14　保存视频文件对话框

实验 *20* GIF 动画制作

✳ 实验目的与要求

（1）了解动画制作基本原理。

（2）了解动画制作软件，如 Ulead GIF Animator 的基本使用方法。

（3）了解动画制作基本过程。

（4）使用动画制作软件来制作简单的 GIF 动画。

✳ 实验内容与步骤

1. 使用向导工具创建动画

将 10 幅人物或风景图片，制作成 GIF 动画。要求帧分辨率为 320×240。

（1）使用 Windows 画图工具处理这 10 幅图片，使其分辨率为 320×240，文件名分别为 1.JPG，2.JPG，…，9.JPG，10.JPG，保存在 D:\bmp 文件夹中，如图 20.1 所示。

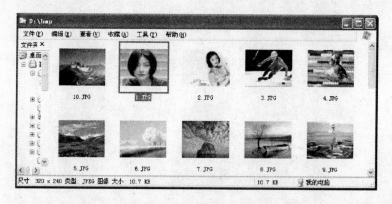

图 20.1 处理好的 10 幅图片

（2）启动 Ulead GIF Animator 动画制作软件，弹出**启动向导**对话框，如图 20.2 所示。如果没有弹出**启动向导**对话框，可单击**文件**菜单中**动画向导**命令。单击对话框中**动画向导按钮**，进入动画向导第一步**设置画布尺寸**，如图 20.3 所示。

（3）设置画布尺寸为 320×240 像素，单击**下一步**按钮，进入动画向导第二步**选择文件**。

（4）单击**添加图像**按钮，弹出**打开**对话框，如图 20.4 所示。在 **D:\bmp** 文件夹中选定要添加的 1～10 号 GIF 图片，单击**打开**按钮，返回动画向导第二步**选择文件**，此时所要添加的 10 个图片文件已经列入其中，如图 20.5 所示。

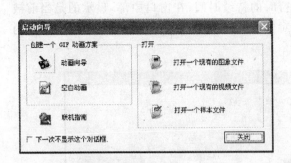

图 20.2 **启动向导**对话框

图 20.3 动画向导第一步**设置画布尺寸**

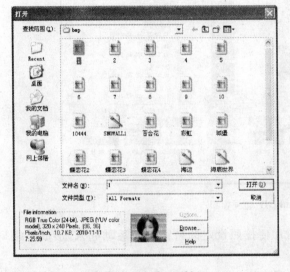

图 20.4 **打开**对话框

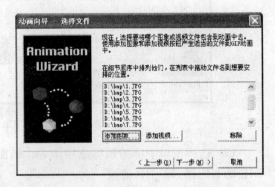

图 20.5 动画向导第二步**选择文件**

（5）单击**下一步**按钮，进入动画向导第三步**画面帧持续时间**。输出每帧图片的延迟时间，单位是百分之一秒。在此设置为 25，即 0.25 秒，如图 20.6 所示。

注意 按帧比率指定组合框中的数据不用设置，它将自动随每帧图片的延迟时间的变化而变化。

（6）单击**下一步**按钮，进入动画向导第四步**完成**，如图 20.7 所示。单击**完成**按钮，返回

图 20.6 动画向导第三步**画面帧持续时间**

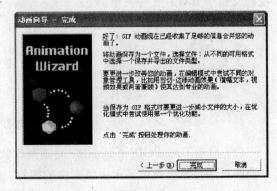

图 20.7 动画向导第四步**完成**

Ulead GIF 动画窗口,如图 20.8 所示。窗口下方的帧面板中,显示出添加的 1～10 号图片文件的缩略图,每幅图片的下方显示着其在动画运行时的持续时间;在窗口中部,显示的是当前被选定的一帧图片的大略缩图;在窗口右窗格是对象面板,其中可以看到添加的 1～10 号图片的分辨率等信息。

图 20.8　**Ulead GIF 动画**窗口

　　(7) 选择窗口中部的预览选项卡,10 幅图片便按照设定的持续时间运动起来,形成一组 GIF 动态图像,即 GIF 动画。

　　(8) 按 Esc 键结束动画预览。单击**文件→另存为→GIF 文件**命令,弹出**另存为**对话框。

　　(9) 保存文件的方法和前面学习的保存其他各类文件的方法一样。

2. 直接使用 Ulead GIF 动画软件制作 GIF 动画

　　绘制 6 幅足球图片,制作成 GIF 动画。要求帧分辨率为 69×67。

　　(1) 利用 Windows **画图**软件制作 6 幅 JPG 格式足球图片,如图 20.9 所示。要求帧分辨率为 69×67,文件名称分别为旋球(1)、旋球(2)、旋球(3)、旋球(4)、旋球(5)、旋球(6),保存在**我的文档**中 **BALL** 文件夹里。

　　旋球(1)　　　旋球(2)　　　　旋球(3)　　　　旋球(4)　　　　旋球(5)　　　　旋球(6)

图 20.9　6 幅 JPG 格式足球图片

　　(2) 启动 Ulead GIF Animator 动画制作软件,关闭**启动向导**对话框,在 **Ulead GIF 动画**窗口帧面板和对象面板中显示一幅空白的图片,如图 20.10 所示。

　　(3) 单击**编辑**菜单中**画布尺寸**命令,弹出**画布尺寸**对话框。设置画布尺寸为 70×70,如图

20.11 所示。

（4）单击帧菜单中帧属性命令，弹出**画面帧属性**对话框。设置每帧图像的延迟时间为 10 单位（0.1 秒），如图 20.12 所示。

图 20.11　**画布尺寸**对话框

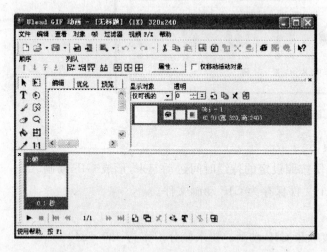

图 20.10　**Ulead GIF 动画**窗口中的空白图片

图 20.12　**画面帧属性**对话框

（5）单击工具栏中的**添加图象**按钮""，弹出**添加图象**对话框，查找并打开 **BALL** 文件夹，如图 20.13 所示。选定 6 个旋球文件，单击**打开**按钮。此时在 **Ulead GIF 动画**窗口帧面板中，已经添加进 6 帧旋球的图片帧，如图 20.14 所示。

图 20.13　**添加图象**对话框

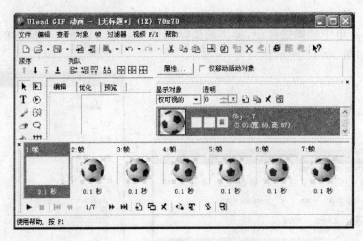

图 20.14　添加进 6 个旋球的图片帧

（6）在帧面板中，删除第一帧空白帧。

（7）选择**预览**选项卡，6 幅旋球图片便按照设定的持续时间运动起来，形成 GIF 动画。

（8）按 Esc 键结束动画预览。将整个文件保存为 GIF 动画文件。

3. 制作过渡效果 GIF 动画

选择两幅人物或风景图片，制作过渡效果 GIF 动画。要求帧分辨率为 320×240。

（1）使用 Windows **画图**工具处理两幅风景图片，使其分辨率为 320×240，文件名称分别为蝶恋花.JPG，海滩.JPG，保存在 D:\bmp" 文件夹中，如图 20.15 所示。

（2）启动 Ulead GIF Animator 动画制作软件。

（3）设置画布尺寸为 320×240；在**画面帧属性**对话框中，设置每帧图像的延迟时间为 100 单位（1.0 秒），如图 20.16 所示。

图 20.15　处理过的两幅图片

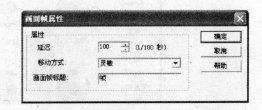

图 20.16　设置每帧图像的延迟时间

（4）单击工具栏中的**添加图象按钮**"　"，将蝶恋花.JPG，海滩.JPG 两幅图片添加到 **Ulead GIF 动画**窗口中，删除空白帧，如图 20.17 所示。

（5）在帧面板中选定第一帧图片后，单击窗口下方的 **Tween** 按钮"　"，弹出 **Tween** 对话框。设置参数开始帧为 **1**，结束帧为 **2**，插入帧为 **8**，帧延迟为 **30**，如图 20.18 所示。

（6）单击**确定**按钮，在主窗口帧面板中可以看到，两幅图片之间插入了 8 帧过渡显示帧，如图 20.19 所示。

图 20.17　删除空白帧后的 Ulead GIF 动画窗口　　　　图 20.18　Tween 对话框

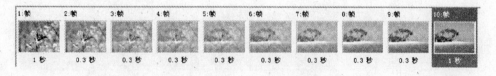

图 20.19　插入过渡显示帧

　　(7) 选择**预览**选项卡,可以看到"蝴蝶"渐渐消失隐退,背景"海滩"逐渐显现清晰,形成一组 GIF 图像动态过渡效果。

　　(8) 按 Esc 键结束动画预览,将文件保存为 GIF 动画文件。

4. 制作时钟掠过形式效果 GIF 动画

　　用实验内容 3 的两幅风景图片,制作时钟掠过形式效果 GIF 动画。要求帧分辨率为 320×240。

　　(1) 同实验内容 3 操作步骤(1)～(4),显示如图 20.20 所示。

　　(2) 在帧面板中选定第一帧图片,单击**视频 F/X→时钟方向→掠过-时针**命令,如图 20.20 所示,弹出**添加效果**对话框。

　　(3) 设置参数画面帧为 **8**,延迟时间为 **10**,边框为 **0**(无边框),原始帧为 **1:帧**,目标帧为 **2:帧**,如图 20.21 所示。

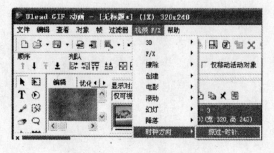

图 20.20　**时钟方向级联菜单**

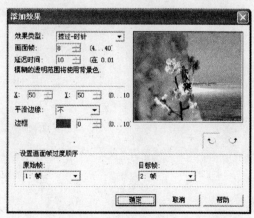

图 20.21　**添加效果**对话框

（4）单击**确定**按钮，在主窗口帧面板中可以看到两幅图片之间插入了 8 帧掠过-时针过渡显示帧，如图 20.22 所示。

图 20.22　插入掠过-时针过渡显示帧

（5）选择**预览**选项卡，可以看到图像"蝴蝶"逐渐被掠过的时针覆盖，渐渐消失，背景图像"海滩"逐渐显现完整，形成一组 GIF 图像动态过渡效果。

（6）按 Esc 键结束动画预览，将文件保存为 GIF 动画文件。

实验 *21* Access 数据库基本操作

✳ 实验目的与要求

(1) 熟悉 Access 2003（以下简称 Access）的窗口组成。
(2) 熟悉使用表设计视图和数据表视图。
(3) 掌握数据库的基本操作。
(4) 掌握数据表的基本操作。
(5) 熟悉字段属性的设置。
(6) 了解条件表达式的表示。
(7) 了解子数据表的概念。

✳ 实验内容与步骤

1. 创建数据库

创建一个空白数据库**学生管理.mdb**。

2. 创建数据表

(1) 使用表设计视图创建**入学信息表**，表结构见表 21.1。

表 21.1　入学信息表结构

字段名	字段类型	字段长度	索引类型
学号	文本	11	主键
班级号	文本	8	
院系号	文本	6	
姓名	文本	10	
性别	文本	1	
年龄	数字	整型	
省份	文本	5	
高考总分	数字	整型	
文/理科	是/否		
农村/城市	是/否		

(2) 使用表设计视图创建**个人信息表**，包括以下字段：学号、身份证号、出生地、民族、身高、体重、血型、寝室号、政治面貌、本人电话。按自己的理解设置上表的各字段类型。

(3) 使用数据表视图创建**班级信息表**和**系部信息表**，见表 21.2 和表 21.3。

表 21.2 班级信息表					表 21.3 系部信息表		
班级号	班级名称	系部号	班主任		系部号	系部名称	系主任
zy001	中医学1班	xb001	成事		xb001	中医系	甲
zy002	中医学2班	xb001	成事		xb002	针骨系	乙
zy003	中医学3班	xb001	成事		xb003	药学系	丙
zy004	中医学4班	xb001	艾杏林		xb004	信息系	丁
zy005	中医学5班	xb001	艾杏林		xb005	管理系	戊
zy006	中医学6班	xb001	艾杏林		xb006	护理系	己
xx001	信息工程1班	xb004	文道实		xb007	检验系	庚
xx002	信息工程2班	xb004	文道实				
xx003	信息工程3班	xb004	文道实				
yx001	市场营销1班	xb005	陈信				
zt001	针推1班	xb002	沈真				

3. 修改表结构

在**入学信息**表中,增加**联系方式**字段(文本型、20个字符);增加**出生日期**字段(日期/时间型、短日期格式);删除**年龄**字段;改字段名**院系号**为**系部号**;改省份字段的字段类型为查阅向导,列表项为中南地区的各省份,默认值设置为**湖北**;为**性别**字段设置默认值**女**。

4. 向表中输入数据

(1)向**入学信息**表中输入数据,如图 21.1 所示。

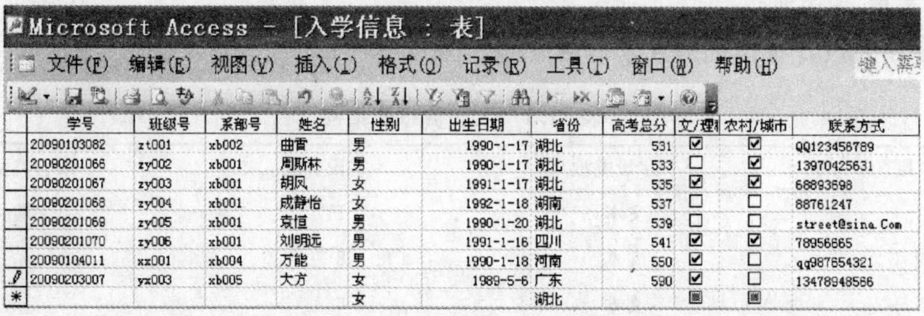

图 21.1 入学信息表中的数据

(2)向**个人信息**表中输入数据。自行输入不少于 8 名学生的数据,学号要有与**入学信息**表的学号相同的。

5. 使用记录定位器编辑记录

定位到第三号记录(胡凤),将其高考成绩改为 553 分;删除来自四川省的学生记录;增加一名广西男生张海涛的记录。

6. 给表中的记录排序

入学信息表先按省份升序再按高考成绩降序排序。**个人信息**表按身份证号升序排序。

7. 筛选操作

使用按选定内容筛选,选出**血型**是 O 型的学生。使用内容排除筛选,选出**省份**不是湖北

的学生。使用按窗体筛选，选出省份是湖北或湖南的男生。使用高级筛选/排序，选出**血型**是
A 型或 B 型，并且**体重**在 100～130 的学生。

按窗体筛选和高级筛选/排序都可以指定筛选条件即表达式，如

```
like "湖*",In("A","B")
Between 100 and 130
```

比用同一行的"与"和不同行的"或"组合筛选条件简洁明了。

8. 建立表间关系

将入学信息表的学号、个人信息表的学号、课程信息表的课程号、系部信息表的系部号设置为各表的主键。以**学号**为关联字段建立**入学信息表**与**个人信息表**的一对一关系。以**班级号**为关联字段建立**入学信息表**与**班级信息表**的多对一的关系。以**系部号**为关联字段建立**系部信息表**与**入学信息表**的一对多关系。建立上述关系时，选定**实施参照完整性**复选框，使用默认的连接类型。

9. 了解子数据表的概念

两个建立了一对多关系的表，"一"方是主表，"多"方是子表。一对一关系的两个表，操作中可认为当前打开的表是主表。

打开**系部信息表**，Access 会自动在该表中创建子数据表，即其每行记录前有个"＋"号。单击此"＋"号可展开该行记录对应的子数据表，"＋"号也随之自动变为"－"号。如果 Access 没有自动在该表中创建子数据表，可以单击**插入**菜单中**子数据表**命令，弹出**插入子数据表**对话框，选择一个子表插入，如图 21.2 和图 21.3 所示。

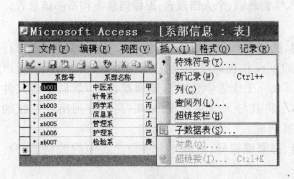

图 21.2　插入菜单

图 21.3　**插入子数据表**对话框

分别打开**入学信息表**和**个人信息表**浏览各自对应的子数据表。如果不需要浏览子数据表了，可以单击**格式**→**子数据表**→**删除**命令去掉这种显示格式。

实验 22 Access 数据库查询操作

❋ 实验目的与要求

(1) 熟悉利用向导查询的步骤。
(2) 熟悉使用查询设计视图和数据表视图。
(3) 掌握选择查询的基本操作。
(4) 掌握参数查询的基本操作。
(5) 掌握动作查询的基本操作。
(6) 掌握交叉表查询的基本操作。
(7) 熟悉使用条件表达式。
(8) 了解 SQL 查询的概念。

❋ 实验内容与步骤

打开数据库**学生管理.mdb**。库中已存在**入学信息**表、**个人信息**表、**班级信息**表和**系部信息**表。

1. 创建数据表

(1) 创建**选修课成绩**表,包含**学号**、**学期**、**选修课程号**、**成绩** 4 个字段。表中的数据请自行组织,每个学生最多可选两门课。本次实验的重点在查询操作,创建表只是必要的基础。可以利用 Excel 提供的快速输入数据的功能,在 Excel 工作表中建立**选修课成绩**表,然后单击**文件→获取外部数据→导入**命令,按照向导的指示将其导入**学生管理.mdb**,当向导列出了选定的工作表内容时,注意选定**第一行包含列标题**复选框。

(2) 创建**必修课成绩**表,包含**学号**、**学期**、**必修课程号**、**成绩** 4 个字段。表中的数据请自行组织,每个学生至少要选三门课。

(3) 创建**课程信息**表,内容见表 22.1。

表 22.1　课程信息表

课程号	课程名称	必/选修	开课系部号	课时数	学分
kc0001	数据库原理与应用	选	xb004	54	3
kc0002	网站建设与维护	选	xb004	54	3
kc0003	Java 程序设计	选	xb004	54	3
kc0004	计算机网络原理	选	xb004	54	3
kc0005	多媒体技术应用	选	xb004	54	3
kc0006	中医基本理论	必	xb001	72	4
kc0007	人体解剖学	必	xb001	72	4
kc0008	医古文	必	xb001	72	4
kc0009	中医诊断学	必	xb001	72	4

2. 建立相关表的关系

以**课程号**为关联字段建立**课程信息表**与**选修课成绩表**、**必修课成绩表**的一对多关系。以**学号**为关联字段建立**入学信息表**与**选修课成绩表**、**必修课成绩表**的一对多关系。

注意：**选修课成绩表**、**必修课成绩表**中的**学号**字段不能设为主键，只能设为普通索引。

3. 使用查询向导

使用查询向导创建**选修课信息**查询。其中包含**学号**、**姓名**、**课程名称**、**成绩**。查询结果如图 22.1 所示。

4. 使用查询设计视图

使用查询设计视图产生各学生必修课程的平均分。进入查询设计视图，指定了查询结果所要的**学号**、**姓名**、**成绩**字段后，单击工具栏上的**总计**按钮"Σ"，系统在设计窗格中增加了一行**总计**。单击**成绩**字段总计单元格中下拉按钮，如图 22.2 所示，然后选择**平均值**。

图 22.1　**选修课信息**查询

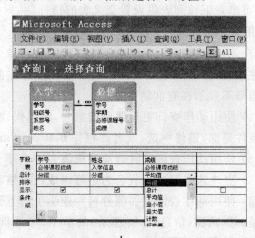

图 22.2　**成绩**字段总计单元格中下拉列表

5. 使用参数查询

使用参数查询产生任一班级的学生名单，如图 22.3 所示。

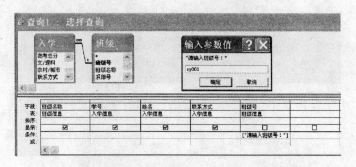

图 22.3　使用参数查询

注意：查询设计窗格中**班级号**字段是作为输入参数值使用的，所以其**显示**行里显示的是未选定。

6. 使用交叉表查询

使用交叉表查询统计各系部的各省份的学生人数，如图 22.4 所示。交叉表查询的数据源只能是单一的表或查询。所以在做本项实验时，先要从**入学信息表**和**系部信息表**产生一个选择查询**系部省份**，作为交叉表查询的数据源。其中，只有**姓名**、**省份**、**系部名称**三个字段，如图 22.5 所示。

图 22.4　使用交叉表查询

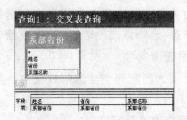

图 22.5　**系部省份**选择查询

　　本项实验可用向导也可用查询设计视图做。进入查询设计视图，选定了需要的字段后，单击**查询**菜单中**交叉表查询**命令，系统自动在查询设计窗格增加了一行**交叉表**，单击该行上的单元格，可出现下拉列表供设置交叉表的行标题、列标题和值字段。

7. 使用动作查询

　　(1) 使用动作查询生成**中医学 2 班学生名单**表，内容包含学号、姓名、性别、省份。

　　注意：动作查询是在选择查询的基础上建立的。本项实验的选择条件是**班级号＝zy002**，但**班级号**不显示在查询结果中。

　　(2) 使用动作查询更新**课程信息**表，将选修课的课时数改为 40，学分改为 2。本项实验的选择条件是**必/选修＝选**，或者**课程号 Between "kc0001" and "kc0005"**。

　　(3) 使用动作查询删除**选修课成绩**表中成绩不及格的记录。

　　(4) 更改**选修课成绩**表名为**选修课成绩及格者名单**。

　　(5) 使用动作查询追加部分转专业学生信息到**中医学 2 班学生名单**表。假定转专业的学生都是非医药类(信息系、管理系)的学生，即系部号是 xb004，xb005 的学生。因此本项实验的选择条件是**系部号 in("xb004"，"xb005")**。

　　成功设计查询操作后，可在 SQL 视图了解 SQL 语句的组成。

实验 23 局域网接入与常用命令使用

❉ 实验目的与要求

(1) 了解计算机局域网接入所需条件与接入具体设置方法。
(2) 能够通过相关命令进行网络测试。

❉ 实验内容与步骤

本实验的实验条件为安装 Windows 操作系统的 PC 一台、网线一根、水晶头两个、网线钳一把、测线仪一个，以及局域网接入端口。

1. 网卡基本参数设置

右击**网上邻居**图标，单击弹出的快捷菜单中**属性**命令，在弹出的对话框中右击相应网卡并单击**属性**命令，双击弹出的网卡属性对话框**常规**选项卡中 **Internet 协议 TCP/IP**，弹出 Internet 协议（TCP/IP）**属性**对话框，如图 23.1 所示。在相应栏目分别填入 IP 地址、子网掩码、默认网关以及 DNS 信息等。相关信息可从局域网接入提供方获得。

2. 网线制作与连接

(1) 剪断并剥线。利用网线钳剪下所需要的双绞线长度，至少 0.6 m，最多不超过 100 m。再将双绞线的外皮除去 2～3 cm。有一些双绞线电缆上含有一条柔软的尼龙绳，如果在剥除双绞线的外皮时，觉得裸露出的部分太短，而不利于制作 RJ-45 接头

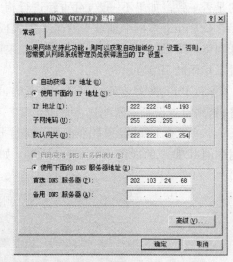

图 23.1 **Internet 协议（TCP/IP）属性**对话框

时，可以紧握双绞线外皮，再捏住尼龙线往外皮的下方剥开，就可以得到较长的裸露线。

(2) 排序。剥线完成后就要将 4 对双绞线拨开。每对线都是相互缠绕在一起的，制作网线时必须将 4 个线对的 8 条细导线一一拆开、理顺、捋直，然后按照规定的线序排列整齐。目前最常使用的布线标准有 T 568 A 和 T 568 B 两个。T 568 A 标准描述的线序从左到右依次为 1-白绿、2-绿、3-白橙、4-蓝、5-白蓝、6-橙、7-白棕、8-棕。T 568 B 标准描述的线序从左到右依次为 1-白橙、2-橙、3-白绿、4-蓝、5-白蓝、6-绿、7-白棕、8-棕。在网络施工中，建议使用 T 568 B 标准。

(3) 剪齐。将线尽量抻直（不要缠绕）、压平（不要重叠）、挤紧理顺（朝一个方向紧靠），然后用压线钳将线头剪平齐。这样，在双绞线插入水晶头后，每条线都能良好接触水晶头中的插

针，避免接触不良。如果以前剥的皮过长，可以在这里将过长的细线剪短，保留的去掉外层绝缘皮的部分约为 14 mm，这个长度正好能将各细导线插入各自的线槽。如果该段留得过长，一来会由于线对不再互绞而增加串扰，二来会由于水晶头不能压住护套而可能导致电缆从水晶头中脱出，造成线路的接触不良甚至中断。

（4）插入。左手以拇指和中指捏住水晶头，使有塑料弹片的一侧向下，针脚一方朝向远离自己的方向，并用食指抵住；右手捏住双绞线外面的胶皮，缓缓用力将 8 条导线同时沿 RJ-45 头内的 8 个线槽插入，一直插到线槽的顶端。

（5）压制。确认所有导线都到位，并透过水晶头检查一遍线序无误后，就可以用压线钳制 RJ-45 头了。将 RJ-45 头从无牙的一侧推入压线钳夹槽后，用力握紧线钳（如果力气不够大，可以使用双手一起压），将突出在外面的针脚全部压入水晶头内即可。

（6）测试。双绞线两端的水晶头均做好之后可用网线测试仪测试两端连接是否正常以及线序是否正确。

（7）连接。将做好的双绞线一端插入网卡，另一端插入局域网接入端口或交换机端口。

3. 网络测试

（1）检查网卡属性设置是否正确。单击**开始**菜单中**运行**命令，弹出**运行**对话框，输入 **cmd** 单击**确定**按钮，弹出命令窗口。在提示符下输入 **ipconfig/all** 命令，检查输出网络属性与设置的是否一致。如果不一致，可重新进行相关属性设置。

（2）Ping 本网卡地址查看本地配置或安装是否存在问题。出现问题时，局域网用户应断开网络电缆，然后重新发送该命令。如果网线断开后本命令正确，则表示另一台计算机可能配置了相同的 IP 地址。

（3）Ping 网关地址。如果应答正确，表示局域网中的网关路由器正在运行并能够作出应答；否则检查设置或网线连接是否正常。

（4）检查 DNS 服务是否正常。通过 nslookup 命令向 DNS 服务器查询域名 cn. yahoo. com 对应的 IP 地址的过程，如图 23.2 所示。如果出现故障，可联系局域网接入提供方协同解决。

图 23.2　nslookup 运行截图

（5）打开 IE 浏览器浏览页面。

实验 *24* 网络基本使用

❋ 实验目的与要求

(1) 了解 WWW 工作方式,掌握 IE 浏览器的基本设置与使用方法。

(2) 熟悉搜索引擎的使用方法。

(3) 掌握通过 Outlook 方式收发邮件的具体操作方法。

(4) 了解常用的 FTP 客户端软件,掌握一到两种 FTP 客户端软件的安装和配置方法并能够熟练使用 FTP 客户端软件上传下载文件。

❋ 实验内容与步骤

1. IE 浏览器的基本设置与使用

(1) 启动 IE 浏览器并浏览网页 http://www.edu.cn 和 http://cn.yahoo.com。

(2) 设置 IE 浏览器默认主页。在 IE 浏览器窗口中,单击**工具**菜单中 **Internet 选项**命令,弹出 **Internet 选项**对话框。在**常规**选项卡**主页**文本框中输入默认主页域名,如 **www.edu.cn**。单击**确定**按钮后重启 IE 浏览器,默认主页的内容将显示在浏览器的窗口中。

(3) 设置历史记录。首先创建目录 C:\myiefile。在 IE 浏览器窗口中,单击**工具**菜单中 **Internet 选项**命令,弹出 **Internet 选项**对话框。单击**常规**选项卡 **Internet 临时文件**选项组中**设置**按钮,弹出**设置**对话框。单击**移动文件夹**按钮,在弹出的**浏览文件**对话框中选择目录 **C:\myiefile**,单击**确定**按钮返回**设置**对话框。拖动**使用的磁盘空间**滑块或在微调框中输入 **512**,设置使用磁盘空间为 512 M,单击**确定**按钮返回**常规**选项卡,在**历史记录**选项组中设置网页保存在历史记录的天数为 7 天。

(4) 保存浏览器中的当前页,操作步骤如下:①单击**文件**菜单中**另存为**命令;②在弹出**保存网页**对话框中,选择准备用于保存网页的文件夹;③在**文件名**文本框中,输入该页的名称;④在**保存类型**下拉列表中选择一种保存类型;⑤单击**保存**按钮。

(5) 直接保存网页中超链接指向的网页或图像,暂不打开并显示,操作步骤如下:①右击所需项目的链接;②单击弹出的快捷菜单中**目标另存为**命令,弹出 Windows 保存文件标准对话框;③选择准备保存网页的文件夹,在**文件名**文本框中输入名称;④单击**保存**按钮。

(6) 保存网页中的图像、动画,操作步骤如下:①右击网页中的图像或动画;②单击弹出的快捷菜单中**图片另存为**命令,弹出**保存图片**对话框;③选择合适的文件夹,输入图片名称;④单击**保存**按钮。

(7) 使用收藏夹管理经常使用的网址。单击**收藏**菜单中**添加到收藏夹**命令,弹出**添加到**

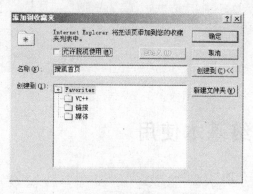

图 24.1 **添加到收藏夹**对话框

收藏夹对话框,如图 24.1 所示。输入合适的网页名称及文件夹后单击**确定**按钮,或者右击窗口后单击弹出的快捷菜单中**添加到收藏夹**命令,完成网页收藏。要查看被收藏的网页时,单击工具栏中的**收藏**按钮后,单击收藏夹列表中想浏览的网页即可。

2. 使用搜索引擎查询所需资料

(1) 启动百度搜索引擎。在 IE 浏览器地址栏输入 **http**∶∥**www. baidu. com** 打开百度搜索引擎。百度是全球最大的中文搜索引擎、最大的中文网站。

(2) 利用书名搜索书籍。在百度搜索引擎的搜索框中输入**信息技术应用基础**,单击搜索框右侧的**百度一下**按钮即可搜索显示有关信息技术应用基础的结果。在搜索结果中,单击具体项的超链接,就可以打开具体页面来查看详细信息。

(3) 利用书名和出版社搜索书籍。如果需要准确地查询信息,则需要有多个查询条件。如查询科学出版社出版的《信息技术应用基础教程》,则需要在百度搜索引擎的搜索框中同时输入**信息技术应用基础教程**和**科学出版社**两个条件。

注意∶在同时输入多个条件时,各个条件之间必须有空格。

(4) 在网页标题中进行搜索。在百度搜索引擎的搜索框中输入 **intitle**∶**信息技术应用基础**,单击**百度一下**按钮即可搜索显示有关网页的标题中含有信息技术应用基础的结果。网页的制作者通常会把网页的主要内容体现在网页的标题中,网页标题在某种意义上就是对网页内容的高度概括,因以此利用 intitle 语法进行搜索,常常可以获得比较精确的结果。

(5) 在 URL 中进行搜索。在百度搜索引擎的搜索框中输入 **inurl**∶**news**,单击**百度一下**按钮即可搜索显示网页 URL 中含有 news 的结果。在 URL 链接中的信息经常会包含很多有价值的信息,有很多网站将具有相同属性的内容显示在目录名称或网页名称中。

(6) 在指定的网站内进行搜索。在百度搜索引擎的搜索框中输入**奥运 insite**∶**www. xinhuanet. com**,单击**百度一下**按钮即可搜索显示网站 www. xinhuanet. com 中与奥运有关的信息。利用 insite 语法在特定的网站中搜索信息,可以提高搜索效率。

3. 使用 Outlook 收发邮件

(1) 启动 Outlook Express。单击**开始→程序→Outlook Express** 命令,或者单击任务栏**快速启动**栏中的 **Outlook Express** 图标,启动 Outlook Express,如图 24.2 所示。

(2) 添加账户。单击**工具**菜单中**帐户**命令,弹出 **Internet 帐户**对话框,再单击**添加**按钮下拉菜单中**邮件**命令,弹出 **Internet 连接向导**对话框,如图 24.3 所示。Internet 连接向导分为 4 步∶①输入一个发件人的名称;②输入自己的 E-mail 地址;③输入接收邮件服务器(POP3)和发送邮件服务器的域名;④输入自己的账号(即@之前的部分)和密码,为了安全在这里也可以不输入密码。完成上述工作后,在 **Internet 帐户**对话框中就可以看到新加入的账号,如图 24.4 所示。若新添加的账户出现错误,可通过**属性**按钮查看和修改。单击**关闭**按钮后,就可接收邮件了,但要发送邮件还需进一步配置。

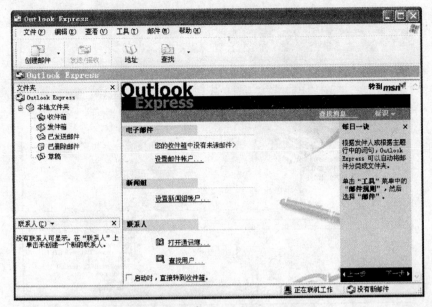

图 24.2　**Outlook Express** 启动界面

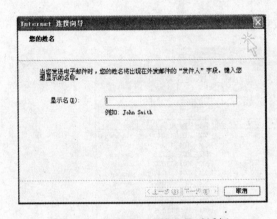

图 24.3　**Internet 连接向导**对话框

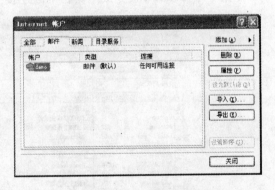

图 24.4　成功添加的新账户

（3）设置身份验证。为防止用户恶意发送垃圾邮件和非注册用户使用，ISP 都要求验证用户身份后，才能实现发送邮件的功能。具体设置如下：①在 **Internet 帐户**对话框中，选定用户后单击**属性**按钮，弹出账户**属性**对话框；②在**服务器**选项卡中，选定**我的服务器要求身份验证**复选框，如图 24.5 所示；③单击**确定**按钮，就可成功发送邮件了。

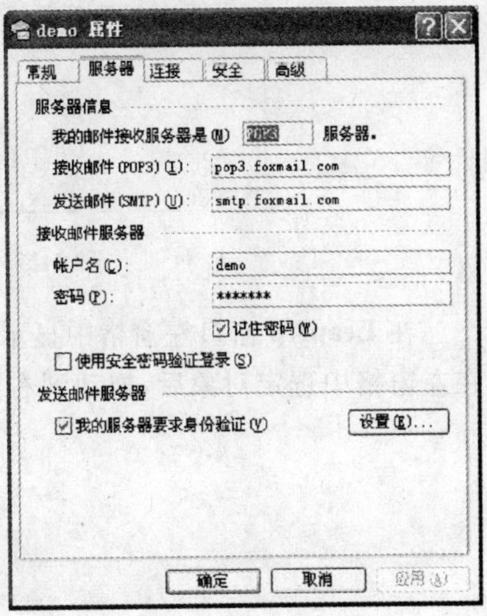

4. LeapFTP 的基本使用方法

　　启动 LeapFTP。单击**开始**→**所有程序**→**LeapFTP** 命令，启动 LeapFTP，如图 24.6 所示。

　　在 **FTP Server** 文本框中输入 FTP 服务器的域名或者 IP 地址；在 **User** 文本框、**Pass** 文本框、**Port** 文本框中分别输入用户名、密码、端口号，端口号一般缺省为 **21**；单击

图 24.5　设置身份验证

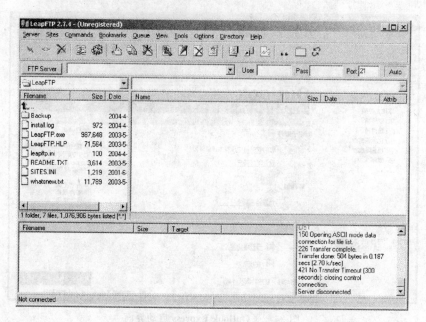

图 24.6　**LeapFTP** 窗口

Server 菜单中 **Connect** 命令或工具栏中的连接按钮登录 FTP 服务器,如图 24.7 所示。

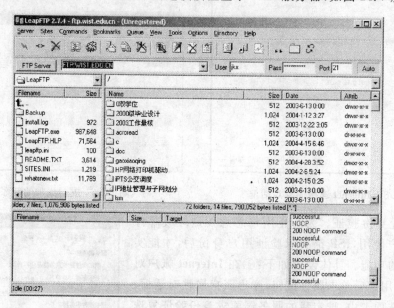

图 24.7　LeapFTP 登录 FTP 服务器后的窗口

在 **Leapftp** 窗口左窗格中显示本地磁盘内容信息,右窗格中显示 FTP 服务器内容信息。在左窗格中选定对象后,拖动到右窗格为上传;在右窗格中选定对象后,拖动到左窗格为下载。

实验 25 即时通信软件的使用

✳ 实验目的与要求

（1）学习使用即时通信软件的下载安装。
（2）学习使用即时通信软件添加联系人。
（3）学习使用即时通信软件传输文件。

✳ 实验内容与步骤

1. 下载安装软件

单击 http://im.qq.com/qq/页面中**下载**链接即可获得最新发布的 QQ 正式版本安装文件。运行安装文件开始安装，在安装向导窗口中仔细阅读**软件许可协议**后，单击**我同意**按钮，如图 25.1 所示，然后单击**下一步**按钮进行安装。选择默认目录安装 QQ，或单击**浏览**按钮在弹出的**浏览文件夹**对话框中选择 QQ 安装目录，如图 25.2 所示。单击**确定**按钮返回安装向导窗口，继续单击**下一步**按钮，最后单击**完成**按钮完成安装。

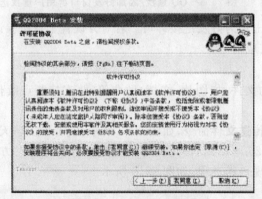

图 25.1 安装向导窗口

图 25.2 **浏览文件夹**对话框

2. 注册账号

在 QQ 登录界面中单击**申请号码**链接，在打开的**申请号码**窗口中选择申请免费 QQ 号码、QQ 行号码、靓号地带号码等需要的号码服务，如图 25.3 所示。

进入 QQ 号码申请的页面 http://freeqqm.qq.com/，确认服务条款，填写必填基本信息，选填或留空高级信息，单击**下一步**按钮，即可通过网站直接申请免费 QQ 号码。

3. 添加联系人

要和其他人联系，必须先要添加好友。成功查找添加好友后，就可以体验 QQ 的各种特色功能了。单击 QQ 主面板中**查找**按钮，打开 **QQ 查找/添加好友**窗口，如图 25.4 所示。

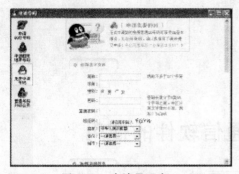

图 25.3　**申请号码窗口**　　　　　图 25.4　**QQ 查找/添加好友窗口基本查找选项卡**

　　在**基本查找**选项卡中可查看看谁在线上和当前在线人数。若知道对方的 QQ 号码,昵称或电子邮件,即可进行精确查找。在**高级查找**选项卡中可以自由选择或组合在线用户、有摄像头、省份、城市等多个查询条件来查询用户,如图 25.5 所示。在**群用户查找**选项卡中可以查找校友录和群用户,如图 25.6 所示。

图 25.5　**QQ 查找/添加好友窗口高级查找选项卡**　　图 25.6　**QQ 查找/添加好友窗口群用户查找选项卡**

　　找到希望添加的好友,选定该好友并单击**加为好友**链接即可。若对方设置了身份验证,需输入验证信息,待对方通过验证,则添加好友成功。

4. 传输文件

　　通过 QQ 可以向联系人传递任何格式的文件,如图片、文档、歌曲等,并支持断点续传,传送大文件也不用担心中途中断。

　　右击好友头像,单击弹出的快捷菜单中**传送文件**命令,如图 25.7 所示;或者单击聊天窗口**传文件**按钮下拉菜单中**发送文件**命令,如图 25.8 所示,即可向好友发送文件。等待对方选择目录接受,连接成功后聊天窗口右上角会出现传送进程,如图 25.9 所示。

图 25.7　右击快捷菜单中**传送文件**命令

图 25.8　**传文件**按钮下拉菜单中**发送文件**命令

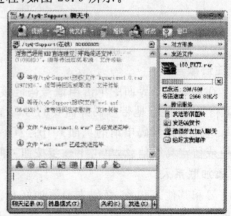

图 25.9　文件传送进程

实验 26　HTML 标记的使用

实验目的与要求

（1）掌握 HTML 文档的格式和创建方法。

（2）熟悉 HTML 的标记，并能用 HTML 制作简单网页。

（3）掌握 IE 浏览网页的方法。

实验内容与步骤

1. 创建 Web 站点根目录

在 E 盘上建立一个文件夹，如 **myweb**，作为自己的 Web 站点根目录，所有制作的网页文件均保存在这个目录下，使用文本编辑器**记事本**作为页面编辑工具，打开并在其中输入如下的 HTML 代码程序，保存为以 htm 或 html 为扩展名的文件，如 **index. htm** 作为自己的第一个页面，并在浏览器中运行。

```
<html>
  <head>
    <title> 我的个人网站</title>
  </head>
  <body>
    <h1 align="center">欢迎访问我的网站。</h1>
    <h3 align="center">个人相册</h3>
    <h3 align="center">留言板</h3>
    <h3 align="center">与我联系</h3>
    <h5 align="right">制作人:沫沫</h5>
  </body>
</html>
```

仔细阅读以上程序语句，理解每条语句的作用。

2. 调整背景

在标记中分别加入以下属性，看看 index. htm 有什么变化。

```
bgcolor=#      背景颜色  #=rrggbb(16进制的 RGB 值)或颜色名称
background=#    背景图像  #=image-URL(图片所在路径)
text=#         非可链接文字的色彩
```

例如：

```
<html>
  <head>
    <title> 我的个人网站</title>
  </head>
  <body bgcolor="#00CCFF" text="#666666">
    <h1 align="center">欢迎访问我的网站。</h1>
    <h3 align="center">个人相册</h3>
    <h3 align="center">留言板</h3>
    <h3 align="center">与我联系</h3>
    <h5 align="right">制作人:沫沫</h5>
  </body>
</html>
```

3. 用表格定位图片

在站点根目录下新建一个文件夹如 **images**,复制 4 个扩展名为 gif 或者 jpeg(jpg)的图形文件到其中。在文本编辑器中输入如下的 HTML 代码程序,用 **photo. htm** 文件名保存在站点根目录 myweb 中,并在浏览器中运行。

```
<html>
  <head>
    <title> 我的个人网站</title>
  </head>
  <body bgcolor="#00CCFF" text="#666666">
    <h1 align="center">我的个人相册</h1>
    <p align="center">
       <font size="4">返回首页</font>
    </p>
    <table cellpadding="30" align="center">
       <tr>
          <td><img src="images/1.jpg" width="200" height="150"></td>
          <td><img src="images/2.jpg" width="200" height="150"></td>
          <td> <img src="images/3.jpg" width="200" height="150"></td>
          <td><img src="images/4.jpg" width="200" height="150"></td>
       </tr>
       <tr>
          <td>第一张相片的相关说明</td>
          <td>第二张相片的相关说明</td>
          <td>第三张相片的相关说明</td>
          <td>第四张相片的相关说明</td>
       </tr>
    </table>
  </body>
</html>
```

4. 设计表单

HTML 表单是 HTML 页面与浏览器端实现交互的重要手段。一个表单至少应该包括说明性文字、用户填写的表格、提交和重填按钮等内容。在 HTML 里，可以定义表单，并且使表单与服务器端的表单处理程序配合。

表单是一个包含表单元素的区域。表单元素是允许用户在表单中（如文本框、下拉列表、单选框、复选框等）输入信息的元素。

（1）＜form＞表单标记。表单使用表单标签定义，此标记的主要作用是设定表单的起止位置，成对出现，并指定处理表单数据程序的 URL 地址。

（2）＜input＞表单输入标记。此标记在表单中使用频繁，大部分表单内容需要用到此标记。其中 type 属性决定了输入数据的类型。其选项较多，各项的意义如下：

type=text	表示输入单行文本
typet=textarea	表示输入多行文本
type=password	表示输入数据为密码，用星号表示
type=checkbox	表示复选框
type=radio	表示单选框
type=submit	表示提交按钮，数据将被送到服务器
type=reset	表示清除表单数据，以便重新输入
type=file	表示插入一个文件
type=hidden	表示隐藏按钮
type=image	表示插入一个图像
type=button	表示普通按钮

在记事本中输入如下的 HTML 代码程序，用 **form. htm** 文件名保存在自己目录中，并在浏览器中运行。

```
<html>
  <head>
    <title>我的个人网站</title>
  </head>
<body bgcolor="#00CCFF" text="#666666">
  <h1 align="center">留言板</h1>
  <p align="center">
    <font size="4">返回首页</font>
  </p>
  <form>
    <table cellpadding="10" align="center">
      <tr>
        <td align="right">姓名:</td>
        <td align="left"><input type="text" size="10"></td>
      </tr>
      <tr>
        <td align="right">留言内容:</td>
        <td align="left">
          <textarea rows="5" cols="50"></textarea>
        </td>
      <tr>
        <tdcolspan="2" align="center">
```

```
        <input type="submit" value="发表留言">
      </td>
    </tr>
    </tr>
  </table>
 </body>
</html>
```

5. 设置超链接

（1）设置首页到其他页面的链接。用**记事本**打开 index. htm，其中部分代码修改如下：

```
<h3 align="center"><a href="photo.htm">个人相册</a></h3>
<h3 align="center"><a href="form.htm">留言板</a></h3>
<h3 align="center"><a href="mailto:123@ 163.com">与我联系</a></h3>
```

（2）设置 photo. htm 页面到首页的超链接。用**记事本**打开 photo. htm，其中部分代码修改如下：

```
<font size="4"><a href="index.htm">返回首页</a></font>
```

（3）设置 form. htm 页面到首页的超链接。用**记事本**打开 form. htm，其中部分代码修改如下：

```
<font size="4"><a href="index.htm">返回首页</a></font>
```

6. 设计个人网站

按照前面的步骤，设计属于自己的个人网站。使用 HTML 标记语言编写，网页要求颜色搭配协调、内容清晰。包含首页 index. htm，照片页 photo. htm，留言页 form. htm，并且设置页面间的超链接以及邮件链接。

实验 27 Dreamweaver 的使用

✳ 实验目的与要求

（1）掌握建立新站点的方法，学会设置站点参数和管理站点。
（2）掌握各种超链接的设置方法。
（3）熟悉使用 AP 元素来布局页面的方法。
（4）熟悉页面特效的应用。

✳ 实验内容与步骤

本次实验将制作一个个人网站，该个人网站首页（index. html）主要给出个人简介，包含**作品展示**（zuopin. html）和**我的简历**（resume. html）两个栏目，并且首页上提供电子邮件链接，方便访问者与站点制作者的联系。

假定将网站根目录设置在 D:\myhome 文件夹中，并建立两个子文件夹 **images** 和 **zuopin**，分别用于存放首页上的图片和作品图片，网站名为**我的站点**，本网站不使用服务器技术，连接到远程服务器的方式为**无**。

1. 建立站点

（1）打开 Dreamweaver 窗口，单击**站点**菜单中**新建站点**命令，弹出站点定义向导的第一步界面，要求为站点输入名称，如图 27.1 所示，录入名称**我的站点**。下面的文本框是站点的 URL 地址，此时还没有为此站点申请相应的域名，不需要填写；若已经申请了域名如 www. abc. com，则此处填写 **www. abc. com**。

（2）单击**下一步**按钮，进入向导的第二步界面，询问是否要使用服务器技术。选择否，表示该站点目前是一个静态站点没有动态网页；若选择是，则表明要使用服务器技术搭建动态站点，需进一步选择动态网页采用的脚本语言，如图 27.2 所示。当前我们选定**否，我不想使用服务器技术**单选按钮，只完成静态页面的制作。

（3）单击**下一步**按钮，进入向导的第二步界面，询问文件的存放与管理方式，如图 27.3 所示。遵循默认设置，并单击文本框右侧的文件夹图标，设置 D:\myhome 文件夹为文件存放位置，也可以直接在文本框中输入文件存放位置。

（4）单击**下一步**按钮，进入向导的第三步界面。在下拉列表框中选定**无**，如图 27.4 所示。

（5）单击**下一步**按钮，将显示设置概要，如图 27.5 所示。

（6）单击**完成**按钮，在**文件**面板中就出现了刚才所设置的站点信息，如图 27.6 所示。

图 27.1　站点定义向导第一步

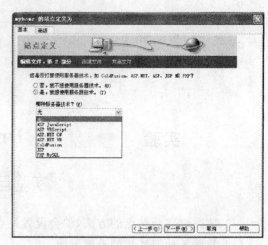

图 27.2　站点定义向导第二步

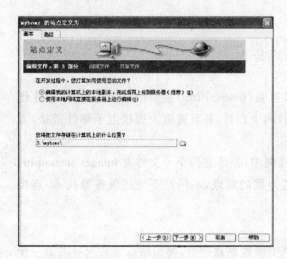

图 27.3　站点定义向导第三步

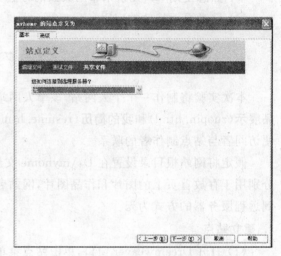

图 27.4　站点定义向导第四步

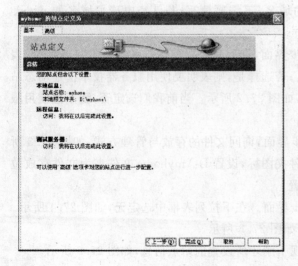

图 27.5　站点定义向导第五步

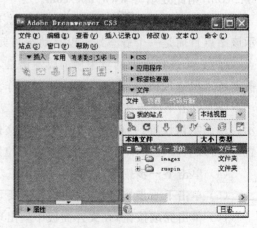

图 27.6　**文件**面板中的站点信息

2. 制作站点首页

（1）单击**文件**菜单中**新建**命令，弹出**新建文档**对话框。选择页面类型为 **HTML** 后，单击**创建按钮**。此时，在 Dreamweaver 中创建了一个名为 **Untitled-1** 的文档窗口。在开始页面内容的制作之前，先保存页面。单击**文件**菜单中**保存**命令，弹出**另存为**对话框。在**保存在**复选框中选定 **D:\myhome** 文件夹，填写文件名 **index. html**，其他设置采用默认项。单击**保存按钮**，完成首页的保存。

（2）单击**属性**面板中**页面属性**按钮，弹出**页面属性**对话框。选择**分类**列表中**外观**项，将字体的大小设置为 14 pt，文本颜色设置为♯006699。选择**分类**列表中**链接**项，将链接颜色设置为♯75B2FF，已访问链接设置为♯999999。选择**分类**列表中**标题/编码**项，将标题设置为**我的个人网站**，编码设置为简体中文（GB2312）。单击**确定按钮**。

（3）单击**插入**面板**布局**项中绘制 **AP Div** 按钮""，在 index. html 文档的编辑区中绘制一个 AP Div 矩形框，在**属性**面板中设置宽和高各为 500 px，左和上分别为 200 px 和 50 px，如下图 27.7 所示。

图 27.7　AP Div 属性面板的设置

（4）将光标定位 AP Div 矩形框中，单击**插入**面板**常用**项中**图片**按钮，弹出**选择图像源文件**对话框。选择 d:\myhome\images 下的 bk. jpg，单击**确定按钮**，弹出**图像标签辅助功能属性**对话框。直接单击**确定按钮**即可。

（5）将光标定位 AP Div 矩形框中，再次单击**插入**面板**布局**项中绘制 **AP Div** 按钮，在当前图像的水平和垂直方向上的中央位置，绘制一个 AP Div 矩形框，在**属性**面板中设置宽和高分别为 380 px 和 230 px，左和上分别为 260 px 和 190 px。

（6）将光标定位在刚刚绘制的 AP Div 矩形框中，单击**插入**面板**常用**项中**表格**按钮"图"，弹出**表格**对话框。设置 4 行 1 列宽度为 90％，边框粗细和单元格间距均为 0，单元格边距为 20，单击**确定按钮**完成表格的创建。

（7）在表格的 4 行中，依次分别录入**个人简历**、**作品展示**、**联系我**、**版权所有**，并将每一行的对齐方式设置为居中。完成后的效果图，如图 27.8 所示。

（8）选定第 3 行中的文字**联系我**，单击**插入**面板**常用**项中**电子邮件链接**按钮"图"，在弹出对话框中的 **E-mail** 文本框中输入自己的邮件地址，如 **123@163. com**。单击**确定按钮**，并保存当前网页。

3. 制作我的简历（resume. htm）

（1）单击**文件**菜单中**新建**命令，弹出**新建文档**对话框。选择页面类型为 HTML 后，单击**创建按钮**。此时，在 Dreamweaver 中创建了一个名为 **Untitled-2** 的文档窗口，在开始页面内容的制作之前，先以文件名 **resume. html** 将页面保存在 d:\myhome 文件夹中。

（2）单击**属性**面板中**页面属性**按钮，弹出**页面属性**对话框。选择**分类**列表中**外观**项，将字体的大小设置为 14 pt，文本颜色设置为♯006699。选择**分类**列表中**链接**项，将链接颜色设置为♯75B2FF，已访问链接设置为♯999999。选择**分类**列表中**标题/编码**项，将标题设置为**我的简历**，编码设置为简体中文（GB2312）。单击**确定按钮**。

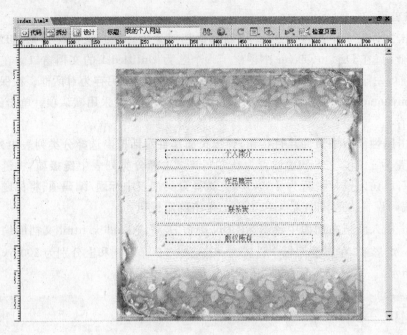

图 27.8　完成后的效果图

(3) 单击**插入**面板**常用**项中**表格**按钮,弹出**表格**对话框。设置 1 行 4 列宽度为 80%,边框粗细和单元格间距、边距均为 0,单击**确定**按钮完成表格的创建。在**属性**面板中设置对齐方式为居中对齐。

(4) 在表格的 4 列中,依次分别录入**基本信息**、**求职意向**、**工作经历**、**教育背景**。再次单击**插入**面板**常用**项中**表格**按钮,弹出**表格**对话框。设置 8 行 1 列宽度为 80%,边框粗细和单元格间距、边距均为 0,单击**确定**按钮完成表格的创建。在**属性**面板中设置对齐方式为居中对齐。在表格的第 2 行录入以下文字:

基本信息:

　　姓名:蔡女士

　　性别:女

　　民族:汉

　　目前所在地:广州海珠

　　年龄:24

　　户口所在地:广东中山

　　婚姻状况:未婚

在表格的第 4 行录入以下文字:

　　求职意向:

　　应聘职位:工艺品|珠宝设计鉴定、艺术|设计

　　可到职日期:随时

　　求职类型:全职

　　希望工作地区:广东广州

在表格的第 6 行录入以下文字:

　　工作经历:

　　　时间:2008 年 3 月到 2009 年 5 月

公司:广州豪柏钻石经济发展公司

公司性质:民营/私营公司

部门:设计部

职位:工艺品/珠宝设计鉴定

工作描述:负责新项目瑞尔珠宝订制业务工作。按订制客人的要求为客人设计款式,并跟踪制作过程,最后交付成品,满足客人拥有独一无二的首饰的愿望。期间还负责店面常规款设计,参与企划部讨论新一期主题,按主题设计新款式,最后负责产品上市主题陈列工作,包括橱窗设计。配合销售人员摆放陈列产品。

时间:2009 年 5 月到 2009 年 11 月

公司:广州银曼古贸易有限公司

公司性质:民营/私营公司

部门:设计部

职位:工艺品/珠宝设计鉴定

工作描述:负责 MGS 品牌设计工作,按订制计划每天完成一定量图稿,月结给上级审图。通过的图稿回厂打板,回馈意见再修改。再审样板合格后,批量生产。定期走市场,了解店面销售情况。另外新品牌筹划期还负责新店道具设计,配合 VI 设计首饰座。

在表格的第 8 行录入以下文字:

教育背景:

毕业院校:广东轻工职业技术学院

最高学历:大专

毕业日期:2008.6

所学专业:艺术

受教育培训经历:2005.09-2008.06　毕业于广东轻工职业技术学院

(5)将光标定位在第 2 个表格第 2 行中的文字**基本信息**之后,单击**常用**面板中**命名锚记**按钮"🖈",弹出**命名锚记**对话框。在**命名锚记**文本框中输入 **1**,如图 27.9 所示。单击**确定**按钮后,文字**基本信息**后面出现一个锚记标志,如图 27.10 所示。

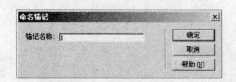

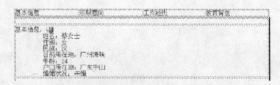

图 27.9　**命名锚记**对话框　　　　图 27.10　设置锚记后页面上的锚记标记

(6)同样方法,分别在第 4 行**求职意向**、第 6 行**工作经历**和第 8 行**教育背景**之后设置锚记标志,名称分别为 **2,3** 和 **4**。

(7)完成锚记设置后,返回当前页面顶部,分别为第一个表格的 4 个项目制作锚记链接。选定**基本信息**,在**属性**面板**链接**文本框内输入♯**1**(这里的"1"就是前面设置的锚记 1)。同样方法,分别为**求职意向**、**工作经历**和**教育背景**制作锚记链接,链接地址分别为♯**2**,♯**3** 和♯**4**。

(8)制作完成锚记链接,保存网页。按 F12 键进行预览,当单击页面最上方的 4 个链接时,网页会自动跳转到相关的位置处。

4. 制作作品展示页面(zuopin. htm)

此页面的内容留给读者自由创作。

5. 制作首页到栏目页的链接以及弹出窗口效果

（1）通过**文件**菜单中**打开**命令，在 Dreamweaver 中打开 index. html 网页，选定**个人简介**，在**属性**面板中创建无此链接，即在**链接**文本框中输入＃。

（2）单击**窗口**菜单中**行为**命令，打开**行为**面板。单击"＋"按钮，在弹出的下拉菜单中选择**打开浏览器窗口**命令，如图 27.11 所示。

（3）在弹出的**打开浏览器窗口**对话框中设置链接及窗口。在**窗口宽度**文本框和**窗口高度**文本框中分别输入 **500** 和 **400**，选定**需要时使用滚动条**复选框，如图 27.12 所示。单击**浏览**按钮选择需要链接的网页 **resume. html**。单击**确定**按钮，**行为**面板中将显示出设置的打开浏览器窗口行为项。

（4）在**行为**面板事件下拉列表中，默认的是 **onClick**，如图 27.13 所示。单击其右侧下拉按钮，在下拉列表中选择 **onMouseDown** 选项。保存网页，按 F12 键通过浏览器查看页面效果。

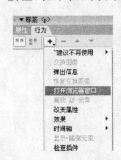 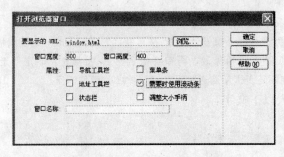 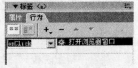

图 27.11　添加行为　　　　图 27.12　**打开浏览器窗口**对话框　　　图 27.13　行为具体设置

（5）选定 index. html 网页中**作品展示**，在**属性**面板中创建无此链接，并重复步骤（2）～（4），即可设置成同样的弹出窗口效果。

实验 28 数据恢复

实验目的与要求

学习使用软件恢复磁盘上被删除的数据。

实验内容与步骤

启动 EasyRecovery Professional 版,选择**数据恢复**选项,如图 28.1 所示。单击**删除恢复**按钮,选择驱动器,如图 28.2 所示。

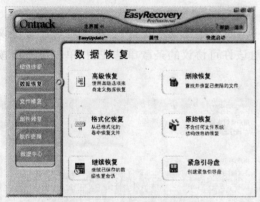

图 28.1　选择恢复类型

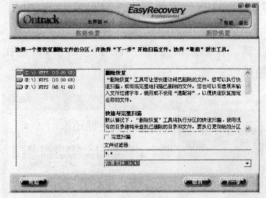

图 28.2　选择驱动器

单击**下一步**按钮,在列表中寻找要恢复的文件,如图 28.3 所示。被删除的文件一般都没有文件名,只能按照文件大小、修改时间、文件类型来判断。选定要恢复的文件,单击**下一步**按钮,设置恢复属性,如图 28.4 所示。

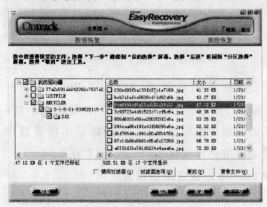

图 28.3　选定文件

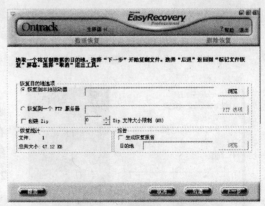

图 28.4　设置恢复属性

如果选定**恢复到本地驱动器**单选按钮,不要选择和要恢复的文件在同一驱动器,以免二次损坏。单击**下一步**按钮完成文件恢复。

实验 29 Windows 系统还原

❋ 实验目的与要求

(1) 学习使用 Windows 系统备份。

(2) 学习使用 Windows 系统还原。

❋ 实验内容与步骤

1. Windows 一键还原软件的安装

启动 Windows 一键还原安装程序,如图 29.1 所示。单击**下一步**按钮,进入**用户许可协议**步骤。仔细阅读完《用户许可协议》后,选定**我同意该许可协议的条款**单选按钮,单击**下一步**按钮继续安装。

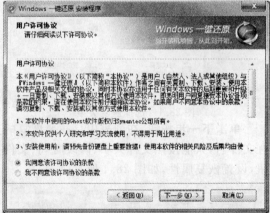

图 29.1 **Windows 一键还原**安装界面

图 29.2 《用户许可协议》

图 29.3 开始菜单中 **Windows 一键还原**程序组

安装软件的默认目录是 D:\WGHO 文件夹。单击**下一步**按钮,程序将自动安装完毕,并在桌面创建一个快捷方式,在**开始菜单所有程序**级联菜单中创建程序组,如图 29.3 所示。

2. Windows 一键还原的设置

启动 **Windows 一键还原**程序,单击**高级选项**按钮进入设置向导。选定**添加密码功能**和**添加开机启动热键**复选框。

注意 禁用 **IDE 设备**复选框根据需要选择。

单击**设置**按钮,系统会弹出**密码保护**对话框,进行添加密码功能的密码保护设置,如图29.4所示。系统会弹出**热键**对话框,进行添加开机热键设置。默认热键是 F9 键,如果有冲突,可以选择移除设置其他的热键,如图 29.5 所示。

设置完开机热键后,会弹出**延时**对话框,设置在开机启动时的延时,如图 29.5 所示。建议延时不要太短,以免画面很快过去来不及选择;也不要太长,建议设置为 10 秒。

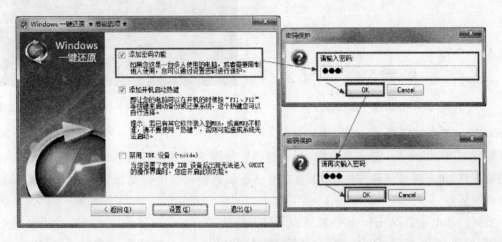

图 29.4 添加密码功能的密码保护设置

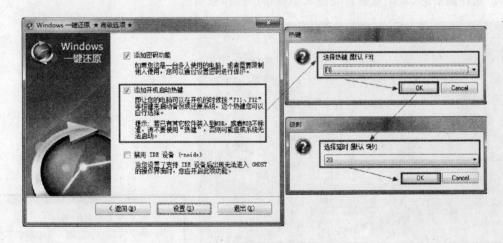

图 29.5 添加开机热键设置

3. 备份 Windows 系统

启动 Windows 一键还原软件,单击**备份系统**按钮,如图 29.6 所示。在弹出的提示对话框中,单击**是**按钮,如图 29.7 所示。在重新启动后可以看到系统菜单中多了一个 **Windows 一键还原**选项,如图 29.8 所示。

选定 **Windows 一键还原**选项,按 Enter 键会进入 DOS 下启动一键还原工具进行系统备份。备份完成后即会重新启动电脑。

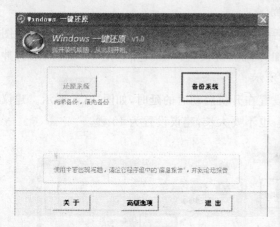

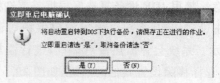

图 29.7　重启电脑提示对话框

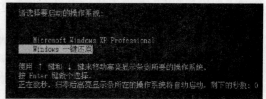

图 29.6　**Windows 一键还原窗口**

图 29.8　系统菜单中 **Windows 一键还原**选项

4. Windows 系统的还原

要使用 Windows 一键还原功能,首先要曾经使用该工具备份过系统。启动 Windows 一键还原软件,单击**系统还原按钮**,弹出重启电脑提示对话框。单击**是**按钮,选择重新启动电脑进行系统还原。

重新启动电脑后 Windows 一键还原软件开始使用上一次的备份文件 SYS.GGH 进行系统还原,如图 29.9 所示。完成到 100% 后,会弹出 **Windows 一键还原 结束**对话框,如图 29.10 所示。选择**重启**后,系统重新启动进入原备份的操作系统。

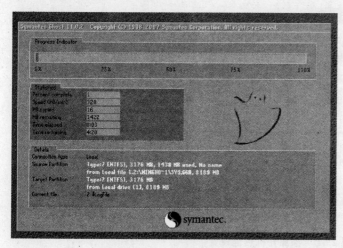

图 29.9　系统还原进程

图 29.10　**Windows 一键还原 结束**对话框

习 题 汇 编

❋ 习 题 一

一、选择题

1. 国家标准编码 GB 2312—80 中规定一级汉字总数为( )个。
   A. 6763
   B. 3088
   C. 3755
   D. 9771

2. 在实践活动中,管理和处理信息所采用的手段、方法、技巧称为( )。
   A. 信息科学
   B. 信息处理
   C. 信息技术
   D. 信息管理

3. 计算机中所有信息的存储都采用( )。
   A. 十进制
   B. 十六进制
   C. ASCII 码
   D. 二进制

4. 常用随时间变化的电磁波被称为( )。
   A. 信息
   B. 消息
   C. 信号
   D. 数据

5. 与十六进制数 AF 等值的十进制数是( )。
   A. 175
   B. 176
   C. 177
   D. 188

6. 计算机中所有信息的存储都采用( )。
   A. 十进制
   B. 十六进制
   C. ASCII 码
   D. 二进制

7. 下列不能用作存储容量单位的是( )。
   A. Byte
   B. MIPS
   C. KB
   D. GB

8. 下列一组数据中的最大数是( )。
   A. $(227)_8$
   B. $(1FF)_{16}$
   C. $(1010001)_2$
   D. $(789)_{10}$

9. 十进制数 0.6531 转换为二进制数为( )。
   A. 0.100101
   B. 0.100001
   C. 0.101001
   D. 0.011001

10. 按 16×16 点阵存放国标 GB 2312—80 中一级汉字(共 3755 个)的汉字库,大约需占存储空间( )。
    A. 1 MB
    B. 512 KB
    C. 256 KB
    D. 128 KB

11. 与十进制数 100 等值的二进制数是( )。
    A. 0010011
    B. 1100010

C. 1100100   D. 1100110

12. 在微型计算机中,应用最普遍的字符编码是( )。

     A. ASCII 码   B. BCD 码

     C. 汉字编码   D. 补码

13. 二进制数 01100100 转换成十六进制数是( )。

     A. 64   B. 63

     C. 100   D. 144

14. 在计算机内部,数据是以( )形式加工、处理和传送的。

     A. 二进制码   B. 八进制码

     C. 十六进制码   D. 十进制码

15. 对于 R 进制数来说,其基数能用的数字符号个数是( )。

     A. R−1   B. R

     C. R+1   D. 2R

16. "美国信息交换标准代码"的简称是( )。

     A. EBCDIC   B. ASCII

     C. GB2312—80   D. BCD

17. 关于基本 ASCII 码在计算机中的表示方法,准确的描述应是( )。

     A. 使用 8 位二进制数,最右边一位为 1

     B. 使用 8 位二进制数,最左边一位为 1

     C. 使用 8 位二进制数,最右边一位为 0

     D. 使用 8 位二进制数,最左边一位为 0

18. 数字字符 2 的 ASCII 码为十进制数 50,那么数字字符 5 的 ASCII 码为十进制数( )。

     A. 52   B. 53

     C. 54   D. 55

19. 已知英文大写字母 G 的 ASCII 码为十进制数 71,那么英文大写字母 W 的 ASCII 码为十进制数( )。

     A. 84   B. 85

     C. 86   D. 87

20. 如果表示 0 到 99 999 的十进制数,使用二进制最少要( )位。

     A. 16   B. 18

     C. 17   D. 100 000

21. $(24.6)_8 = ( )_{10}$

     A. 36.75   B. 10.5

     C. 40.5   D. 20.75

22. 两个八进制数 $(7)_8$ 和 $(4)_8$,相加后得( )。

     A. $(10)_8$ B. $(11)_8$

     C. $(13)_8$ D. 以上都不对

23. 两个十六进制数 7E5 和 4D3 相加后得( )。

     A. $(BD8)_{16}$ B. $(CD8)_{16}$

     C. $(CB8)_{16}$ D. 以上都不对

24. 下列表示方法错误的是( )。

     A. $(131.6)_{16}$ B. $(532.6)_5$

     C. $(1001)_2$ D. $(234.7)_8$

25. 十进制 84 等于( )。

A. $(10100100)_2$ B. $(224)_8$

C. $(054)_{16}$ D. $(1210)_4$

26. $(153.513)_{10} = ($ $)_8$

A. 267.54   B. 352.5

C. 231.406…   D. 以上都不对

27. 最少用(   )位二进制数表示任一4位长的十进制数。

A. 10   B. 14

C. 13   D. 16

28. 十进制数215对应的十六进制数为(   )。

A. B7   B. C6

C. D7   D. EA

二、填空题

1. 基本的 ASCII 码包含_____个不同的字符。

2. 8位无符号二进制数能表示的最大十进制数为_____。

3. $(110.011)_2 = ($_____$)_{10}$。

4. $(1001.001)_2 = ($_____$)_{10}$。

5. $(126.72)_8 = ($_____$)_2$。

6. $(25BC.AD)_{16} = ($_____$)_2$。

7. $(110110.1101)_2 = ($_____$)_8 = ($_____$)_{16}$。

8. $(101101.1001)_2 = ($_____$)_8 = ($_____$)_{16}$。

三、判断题

1. 消息就是数据。   (   )

2. 当今构成世界的三大要素是物质、能量、信息。   (   )

3. 信息化的四化包括智能化、电子化、全球化和非群体化。   (   )

4. 信息处理就是数据处理。   (   )

5. 消息是用文字、符号、数值、语言、音符、图形、图像、视频等数据表述的主观思维活动。 (   )

6. 汉字的内码是 ASCII 码。   (   )

7. 信息高速公路是指在高速公路上传输信息。   (   )

8. 社会的信息化,也就是信息社会。   (   )

9. 信息处理的一个基本规律是"信息不增原理"。   (   )

10. 数据是原始事实,而信息是数据处理的结果。   (   )

四、简答题

1. 什么是消息?

2. 什么是数据处理?

3. 什么是信息处理系统?

4. 什么是模拟信号和数字信号?

5. 什么是信息编码?

6. 将下列十进制数转换为二、八、十六进制以及8421BCD码:

(1) 123.25;   (2) 252.625。

❀ 习 题 二

一、选择题

1. 计算机键盘是一个(   )。

A. 输入设备　　　　　　　　　　　B. 输出设备

C. 控制设备　　　　　　　　　　　D. 监视设备

2. 计算机能直接执行的程序是（　　）。

A. 源程序　　　　　　　　　　　　B. 机器语言程序

C. BASIC 语言程序　　　　　　　　D. 汇编语言程序

3. 操作系统是一种（　　）。

A. 系统软件　　　　　　　　　　　B. 操作规范

C. 语言编译程序　　　　　　　　　D. 面板操作程序

4. 通常人们称一个计算机系统是指（　　）。

A. 硬件和固件　　　　　　　　　　B. 计算机的 CPU

C. 系统软件和数据库　　　　　　　D. 计算机的硬件和软件系统

5. 计算机能直接识别的语言（　　）。

A. 汇编语言　　　　　　　　　　　B. 自然语言

C. 机器语言　　　　　　　　　　　D. 高级语言

6. 程序是指（　　）。

A. 指令的集合　　　　　　　　　　B. 数据的集合

C. 文本的集合　　　　　　　　　　D. 信息的集合

7. 计算机的显示器是一种（　　）设备。

A. 输入　　　　　　　　　　　　　B. 输出

C. 打印　　　　　　　　　　　　　D. 存储

8. 微型计算机的核心部件是（　　）。

A. I/O 设备　　　　　　　　　　　B. 外存

C. 中央处理器　　　　　　　　　　D. 存储器

9.（　　）依次为输出设备、存储设备、输入设备。

A. CRT,CPU,ROM　　　　　　　　B. 绘图仪、键盘、光盘

C. 绘图仪、光盘、鼠标　　　　　　D. 磁带、打印机、激光打印机

10. 软盘驱动器的读写磁头是通过软盘上的（　　）进行工作的,因此应特别注意保护此处,不能用手捏此处。

A. 索引孔　　　　　　　　　　　　B. 写保护孔

C. 读写窗口　　　　　　　　　　　D. 护套

11. 对于内存中的 RAM,其存储的数据在断电后（　　）丢失。

A. 部分　　　　　　　　　　　　　B. 不会

C. 全部　　　　　　　　　　　　　D. 有时

12. 在计算机中,指令主要存放在（　　）中。

A. 寄存器　　　　　　　　　　　　B. 存储器

C. 键盘　　　　　　　　　　　　　D. CPU

13. 当前使用的计算机,其主要部件是由（　　）构成。

A. 电子管　　　　　　　　　　　　B. 集成电路

C. 晶体管　　　　　　　　　　　　D. 大规模集成电路

14. 存储程序的概念是由（　　）提出的。

A. 冯·诺伊曼　　　　　　　　　　B. 贝尔

C. 巴斯卡　　　　　　　　　　　　D. 爱迪生

15. 计算机可以直接执行的程序是（　　）。

A. 一种数据结构　　　　　　　　　B. 一种信息结构

C. 指令序列　　　　　　　　　　D. 数据集合

16. 目前我们使用的计算机是（　　）。
    A. 电子数字计算机　　　　　　B. 混合计算机
    C. 模拟计算机　　　　　　　　D. 特殊计算机

17. 最早计算机的用途是（　　）。
    A. 科学计算　　　　　　　　　B. 自动控制
    C. 系统仿真　　　　　　　　　D. 辅助设计

18. 关于计算机特点,以下论述中（　　）是错误的。
    A. 运算速度高　　　　　　　　B. 运算精度高
    C. 具有记忆和逻辑判断能力　　D. 运行过程不能自动、连续,需要人工干预

19. 硬盘1 GB的存储容量等于（　　）。
    A. 1024 KB　　　　　　　　　B. 100 KB
    C. 1024 MB　　　　　　　　　D. 1000 MB

20. 一个完整的计算机系统包括（　　）。
    A. 硬件系统和软件系统　　　　B. 主机和实用程序
    C. 运算器、控制器、存储器　　D. 主机和外设

21. 在外设中,绘图仪是属于（　　）。
    A. 输入设备　　　　　　　　　B. 输出设备
    C. 外存储器　　　　　　　　　D. 内存储器

22. 用来存储程序和数据的地方是（　　）。
    A. 输入单元　　　　　　　　　B. 输出单元
    C. 存储单元　　　　　　　　　D. 控制单元

23. 在计算机中访问速度最快的存储器是（　　）。
    A. 光盘　　　　　　　　　　　B. 软盘
    C. 磁盘　　　　　　　　　　　D. RAM

24. 专门负责整个计算机系统的指挥与控制的部件是（　　）。
    A. 输入单元　　　　　　　　　B. 输出单元
    C. 控制单元　　　　　　　　　D. 存储单元

25. 内存储器RAM的功能是（　　）。
    A. 可随意地读出和写入　　　　B. 只读出,不写入
    C. 不能读出和写入　　　　　　D. 只能写入,不能读出

26. 计算机运算的结果由（　　）显示出来。
    A. 输入设备　　　　　　　　　B. 输出设备
    C. 控制器　　　　　　　　　　D. 存储器

27. 微型计算机的主机应该包括（　　）。
    A. 内存、打印机　　　　　　　B. CPU和内存
    C. I/O和内存　　　　　　　　D. I/O和CPU

28. 一台完整的计算机是由（　　）、控制器、存储器、输入设备、输出设备等部件组成。
    A. 运算器　　　　　　　　　　B. 软盘
    C. 键盘　　　　　　　　　　　D. 硬盘

29. 计算机向使用者传递计算、处理结果的设备称为（　　）。
    A. 输入设备　　　　　　　　　B. 输出设备
    C. 微处理器　　　　　　　　　D. 存储器

30. 硬盘的读写速度比软盘快得多,容量与软盘相比（　　）。

A. 大得多　　　　　　　　　　　B. 小得多

C. 差不多　　　　　　　　　　　D. 小一点

31. 计算机中,运算器的主要功能是完成(　　)。

A. 代数和逻辑运算　　　　　　　B. 代数和四则运算

C. 算术和逻辑运算　　　　　　　D. 算术和代数运算

32. 计算机中用来保存程序和数据,以及运算的中间结果和最后结果的装置是(　　)。

A. RAM　　　　　　　　　　　　B. 内存和外存

C. ROM　　　　　　　　　　　　D. 高速缓存

33. 超市收款台检查货物的条形码,这属于对计算机系统的(　　)。

A. 输入　　　　　　　　　　　　B. 输出

C. 显示　　　　　　　　　　　　D. 打印

34. 下列不属于输入设备的是(　　)。

A. 光笔　　　　　　　　　　　　B. 打印机

C. 键盘　　　　　　　　　　　　D. 鼠标

35. 文字编辑软件主要用于(　　)。

A. 文字处理　　　　　　　　　　B. 编辑源程序

C. 文件管理　　　　　　　　　　D. 执行程序

36. 通常一个汉字占(　　)个字节。

A. 1　　　　　　　　　　　　　B. 2

C. 3　　　　　　　　　　　　　D. 4

37. 计算机辅助系统是计算机的一个主要领域,其中CAD的全称是(　　)。

A. 计算机辅助设计　　　　　　　B. 计算机辅助制造

C. 计算机辅助教学　　　　　　　D. 计算机辅助测试

38. 计算机的内存储器比外存储器(　　)。

A. 更便宜　　　　　　　　　　　B. 储存更多信息

C. 存取速度快　　　　　　　　　D. 虽贵,但能储存更多信息

39. 软盘的第(　　)磁道最重要,一旦损坏,该磁盘就不能使用了。

A. 0　　　　　　　　　　　　　B. 1

C. 18　　　　　　　　　　　　　D. 79

40. 存储器中的一个字节,可以存放(　　)。

A. 一个汉字　　　　　　　　　　B. 一个英文字母

C. 一个希腊字母　　　　　　　　D. 一个小数

41. 下面数据中最小的是(　　)。

A. 1000B　　　　　　　　　　　B. 1000O

C. 1000D　　　　　　　　　　　D. 1000H

42. 鼠标器具有简单、直观、移动速度快等优点,但(　　)不能用鼠标点击。

A. 键盘　　　　　　　　　　　　B. 菜单

C. 图标　　　　　　　　　　　　D. 按钮

43. 计算机显示器画面的清晰度决定于显示器的(　　)。

A. 亮度　　　　　　　　　　　　B. 色彩

C. 分辨率　　　　　　　　　　　D. 图形

44. 显示器是(　　)。

A. 输入设备　　　　　　　　　　B. 输出设备

C. 输入输出设备　　　　　　　　D. 存储设备

二、填空题

1. 世界上第一台具有存储程序功能的计算机是由著名数学家_____主持设计的,其工作原理是_____,奠定了现代计算的理论基础。

2. 计算机由运算器、_____、_____、_____和_____5大部分组成,其中_____和_____合称为中央处理器,也叫_____。

3. 自1946年世界上第一台计算机诞生以来,电子计算机的发展经历了4个阶段,各阶段的计算机所采用的电子元器件分别是电子管、_____、集成电路和_____。

4. 决定CPU性能的指标很多,其中主要是_____、_____和_____。

5. 计算机内存由_____和_____两部分组成。1 KByte(字节)=_____Byte=_____bit(二进制位),1024是2的_____次方。

6. 将十进制数139转换成二进制数是_____,转换成八进制数是_____,转换成十六进制数是_____。

7. 广义地讲,软件泛指计算机运行所需的各种数据、_____以及与之相关的文档资料。

8. CPU能够直接访问的存储器是_____。

9. 计算机能直接识别的语言是_____。

10. 管理和控制计算机系统软硬件资源的软件是_____。

11. 显示或打印汉字时,系统使用的是汉字的_____码。

12. 32位微型计算机中的32指的是_____。

13. 计算机中,运算器的主要功能是完成_____。

14. 为解决某一特定的问题而设计的指令序列称为_____。

15. _____是只在计算机内部存储、处理、传输汉字用的代码。

16. 已知英文字母m的ASCII码值为109,那么英文字母p的ASCII码值为_____。

17. 计算机的内存容量可能不同,而计算容量的基本单位都是_____。

18. 微型计算机的主频很大程度上决定了计算机的运行速度,它是指_____。

19. _____是指在对汉字进行传递和交换时使用的编码,也称_____。

20. 总线是系统中传递各种信息的通道,通常所说的总线一般指系统总线,系统总线分为_____、_____和_____。

21. 冯·诺伊曼型计算机工作原理的核心是_____和_____。

22. 一个机器周期包括_____、_____和_____等步骤。

三、判断题

1. 世界上第一台电子计算机是1946年在美国研制成功的。（　　）

2. 电子计算机的用途是进行各种科学研究的数值计算。（　　）

3. 电子计算机的计算速度很快但计算精度不高。（　　）

4. 计算机不但有记忆功能,还有逻辑判断功能。（　　）

5. 计算机能进行数值计算,也能进行事务管理工作,如办公自动化。（　　）

6. 计算机由于大小规模不一样,所以其工作原理和内部结构也不相同。（　　）

7. 一个完整的计算机系统由硬件系统和软件系统两大部分组成。（　　）

8. CPU是计算机的核心,它由运算、控制器和内存组成。（　　）

9. 为解决实际问题而设计的会计软件、企业管理软件都是一种应用软件。（　　）

10. 在微型计算机中将运算器和内存集成在一片半导体芯片上,这种芯片就称作微处理器。（　　）

11. 微型计算机的外存储器有磁盘和光盘,磁盘用电磁原理,光盘则用光学原理。（　　）

12. 计算机的硬件系统由运算器、控制器、存储器、输入设备和输出设备等组成。（　　）

13. 计算机的内存储器分为随机存储器(RAM)和只读存储器(ROM)两部分。（　　）

14. 微处理器芯片的位数是与微型计算机的字长有直接的关系,芯片位数越多,计算机能存储、传送及处理信息的功能越强。（　　）

15. 硬件系统是构成计算机主机的各种物理设备的总称,冯·诺伊曼结构计算机的硬件由运算器、控制器、存储器三大部件组成。 （ ）

16. 运算器和控制器合称中央处理器,CPU 和内存储器则合称计算机的主机,在微型机中主机安装在一块主机板上。 （ ）

17. 运算器是 CPU 中完成加、减、乘、除等算术运算的部件,而控制器即是完成与、或、非等逻辑运算的部件。 （ ）

18. 微型计算机是将运算器和控制器集成在一小块芯片上,这块芯片实际上就是微机的 CPU,又称为微处理器。 （ ）

19. 尽管内存储器直接与 CPU 进行数据交换,但由于它的存储容量较小,所以它存取数据的速度比外部存储器要慢得多。 （ ）

20. 内存储器分 ROM 和 RAM 两大类,其中 RAM 存储器只能从中读取代码,而不能以一般的方法向其写入代码。 （ ）

23. RAM 是一种既可从中读取数据又可向它写入数据的随机存储器,但关机后其中的数据将全部消失。 （ ）

22. CD-ROM 是一种读写光驱,即不仅可以通过激光扫描技术从光盘上读取信息,而且能改变成增删光盘上的内容。 （ ）

23. 对计算机进行管理和维护的软件应属于应用软件。 （ ）

24. 用户自行编制的软件可称之为系统软件。 （ ）

25. 程序设计语言分为机器语言、汇编语言和高级语言三大类。 （ ）

26. 现在用户大多使用汇编语言开发自己的程序。 （ ）

27. 用机器语言编写的计算机程序,使用的是八进制数。 （ ）

28. 常用微机系统中的字符编码是 ASCII 码。 （ ）

29. 一个微机有 640 KB 内存,指的是内存容量为 640 K 个字节。 （ ）

30. 微机的一个字节应有 8 个二进制数,而每一个数称为一个字位。 （ ）

31. 通常用存储容量、运算速度、主频、存取周期等指标评价计算机的性能。 （ ）

32. 微机的中央处理器也叫用微处理器。 （ ）

33. 微型计算机由主机和外部设备两大部分组成。 （ ）

34. 微机的主机内包括微处理器和内存储器。 （ ）

35. 内存储器的 ROM 是读写存储器,而 RAM 是只读存储器,用户不能写入信息。 （ ）

36. 软盘和硬盘都是存储信息的设备,它们都属于内存储器。 （ ）

37. 键盘和显示器是外部设备,它们都属于输出设备。 （ ）

38. 操作系统是用于管理、操纵和维护计算机各种资源或设备并使其正常高效运行的软件。 （ ）

39. FoxPro,SQL Server,BASIC 都是在微机上广为应用的数据库管理系统。 （ ）

40. 应用软件是为解决各类应用问题而设计的各种计算机软件,文字处理和电子表格软件都属于应用软件。 （ ）

41. 系统软件是为了管理和维护计算机资源而编写的程序和有关文档的总和,其中数据库管理系统最为重要,它是所有软件的核心。 （ ）

42. 用高级语言编写的程序称为源程序,只有将其翻译成机器语言的目标程序,计算机才能识别和执行。 （ ）

43. 媒体是指信息表示和传输的载体或表现形式,而多媒体技术是指利用计算机技术把文字、声音、图形、动画和图像等多种媒体进行加工处理的技术。 （ ）

44. 数字化是指各种媒体都以数字形式在计算机中进行存储和处理。 （ ）

45. 多媒体计算机是在普通计算机的基础上发展起来的,但它与一般计算机的体系结构根本不同。 （ ）

46. 多媒体计算机系统的软件同样可以分为系统软件和应用软件,但它们必须支持多媒体处理。 （ ）

47. 计算机高级语言是与计算机型号无关的计算机语言。（ ）

48. 程序一定要装到主存储器中才能运行。（ ）

49. 磁盘是计算机的主要外设,没有磁盘计算机就无法运行。（ ）

50. 存储单元的内容可以多次读出,其内容保持不变。（ ）

51. 当微机出现死机时,可以按机箱上的 RESET 键重新启动,而不必关闭主电源。（ ）

52. 计算机须要有主机、显示器、键盘和打印机这 4 部分才能进行工作。（ ）

53. 软件是对硬件功能的扩充。（ ）

54. 解释程序产生了目标程序,而汇编程序和编译程序不产生目标程序。（ ）

55. 软件通常分为操作系统和应用软件两大类。（ ）

56. 操作系统既是硬件与其他软件的接口,又是用户与计算机之间的接口。（ ）

57. 微处理器能直接识别并执行的命令语言称为汇编语言。（ ）

58. 一台普通 PC 机,增加声卡和光驱(CD-ROM)以后,便成了一台最简单的多媒体电脑。（ ）

59. 多媒体技术的主要特征有集成性、实时性、视频、音频性。（ ）

60. 多媒体技术是综合处理声、文、图等多种信息媒体,具有交互功能,对媒体数字化处理的技术。（ ）

四、多项选择题

1. 计算机硬件由( )5 大部件组成的。
   A. 中央处理器　　　　　　　　B. 运算器
   C. 控制器　　　　　　　　　　D. 存储器
   E. 输入设备　　　　　　　　　F. 输出设备
   G. 软盘　　　　　　　　　　　H. 硬盘

2. 主机是计算机的核心,组成它的设备包括( )。
   A. 控制器　　　　　　　　　　B. 鼠标器
   C. 驱动器　　　　　　　　　　D. 辅助存储器
   E. 显示器　　　　　　　　　　F. 软磁盘
   G. 主存储器　　　　　　　　　H. 运算器

3. 微处理器的性能由多种因素决定,其中最主要的是( )。
   A. 内存容量　　　　　　　　　B. 时钟频率
   C. 芯片位数　　　　　　　　　D. 主板类型

4. 中央处理器简称 CPU,主要包括( ),是计算机的核心部分。
   A. 中央处理器　　　　　　　　B. 运算器
   C. 控制器　　　　　　　　　　D. 存储器
   E. 输入设备　　　　　　　　　F. 输出设备
   G. 软盘　　　　　　　　　　　H. 硬盘

5. 下列有关微处理器的叙述中正确的是( )。
   A. 微处理器是一块集成有运算器和控制器的小芯片
   B. 微处理器就是微型计算机的 CPU
   C. 微型机的档次高低主要取决于微处理器
   D. 计算机的运算速度与微处理器时钟频率成反比

6. 微机内存储器分( )几类。
   A. 只读 CD-ROM　　　　　　　B. 只读存储器 ROM
   C. 随机读写存储器 RAM　　　　D. 只写一次内存

7. 在下列设备中属于输入设备的有( )。
   A. 键盘　　　　　　　　　　　B. 鼠标
   C. 扫描仪　　　　　　　　　　D. 麦克风

E. 显示器   F. 打印机

G. 音箱   H. 绘图仪

8. 在下列设备中属于输入设备的有( )。

    A. 显示器   B. 打印机

    C. 音箱   D. 绘图仪

    E. 光笔   F. 摄像机

    G. 麦克风   H. 游戏杆

9. 在下列设备中属于输出设备的有( )。

    A. 键盘   B. 鼠标

    C. 扫描仪   D. 麦克风

    E. 显示器   F. 打印机

    G. 音箱   H. 绘图仪

10. 在下列设备中属于输出设备的有( )。

    A. 显示器   B. 打印机

    C. 音箱   D. 绘图仪

    E. 光笔   F. 摄像机

    G. 麦克风   H. 游戏杆

11. 鼠标可分为( )两类。

    A. 机械式鼠标   B. 光电式鼠标

    C. 半导体式鼠标   D. 电子管式鼠标

12. 计算机断电后,保存在其中的信息不会丢失的存储设备是( )。

    A. ROM   B. RAM

    C. 软盘   D. 硬盘

    E. 光盘   F. 磁带

13. 在个人计算机系统中,常见的外存储器有( )。

    A. 光盘系统   B. ROM 和 RAM

    C. 磁盘系统   D. 缓冲存储器

14. 下列驱动器中可能是硬盘驱动器的是( )。

    A. A   B. B

    C. C   D. D

    E. E

15. 下列有关系统软件的说法中正确的有( )。

    A. 系统软件是为提高计算机效率和方便人们能用计算机资源而设计的各种软件

    B. 系统软件是为解决各类应用问题而设计的程序各运行程序时使用的数据的总称

    C. 系统软件的程序和数据都是以二进制数的形式存储在磁盘、磁带和硬件设备上

    D. 操作系统、编译程序、工具软件和数据库管理系统都属于系统软件

16. 下列有关应用软件的说法中正确的有( )。

    A. 应用软件是为提高计算机效率和方便人们使用计算机资源而设计的各种软件

    B. 应用软件是为解决各类应用问题而设计的程序和运行程序时使用的数据的总称

    C. 应用软件的程序和数据都是以二进制的形式存储在磁盘、磁带等硬件设备上

    D. 操作系统. ERP. MIS 和数据库管理系统都属于应用软件

17. 下列软件属于系统软件的是( )。

    A. 操作系统   B. 语言处理程序

    C. 企业管理软件   D. 各种用途的软件包

E. 数据库管理系统　　　　　　　　　F. 会计核算软件

18. 下列软件属于应用软件的是（　　）。

　　A. 数据库管理系统　　　　　　　　B. 会计核算软件

　　C. BASIC 语言　　　　　　　　　　D. 企业管理软件

　　E. 各种用途的软件包　　　　　　　F. 操作系统

19. 下列软件中属于系统软件的有（　　）。

　　A. FoxPro　　　　　　　　　　　　B. Windows

　　C. Word　　　　　　　　　　　　　D. Excel

　　E. PowerPoint　　　　　　　　　　F. C 语言编译程序

20. 下列软件属于操作系统的有（　　）。

　　A. Oracle　　　　　　　　　　　　B. Excel

　　C. Windows　　　　　　　　　　　D. Foxbase

　　E. FoxPro　　　　　　　　　　　　F. UNIX

　　G. SQL Server　　　　　　　　　　H. MS-DOS

21. 多媒体计算机允许处理（　　）等信息。

　　A. 文字　　　　　　　　　　　　　B. 声音

　　C. 图像　　　　　　　　　　　　　D. 动画

22. 多媒体计算机可以用于（　　）。

　　A. 编辑文章　　　　　　　　　　　B. 播放 CD 音乐

　　C. 进行辅助教学　　　　　　　　　D. 预防计算机病毒

23. 未来的多媒体电脑将具有以下一些特点（　　）。

　　A. 集成化即同时使用多媒体来表示信息

　　B. 交互性即人机之间能较友好地对话

　　C. 图形化即各种媒体都以图形形式在计算机中进行存储和处理

　　D. 数字化即各种媒体都以数字形式在计算机中进行存储和处理

24. 计算机病毒的主要特征有（　　）。

　　A. 传染性　　　　　　　　　　　　B. 破坏性

　　C. 激发性　　　　　　　　　　　　D. 隐藏性

25. 计算机病毒的主要特点是（　　）。

　　A. 计算机病毒是一种具有传染性和破坏性的计算机程序

　　B. 计算机病毒在计算机内部能反复进行自我繁殖和扩散

　　C. 计算机病毒只以软盘、硬盘和光盘为媒介进行传播

　　D. 计算机病毒可能修改或删去系统程序和数据文件，使系统陷于瘫痪

26. 计算机病毒的主要传播媒介是（　　）。

　　A. 键盘　　　　　　　　　　　　　B. 磁盘

　　C. 光盘　　　　　　　　　　　　　D. 鼠标

　　E. 网络　　　　　　　　　　　　　F. 扫描仪

27. 下列软件属于杀毒软件的是（　　）。

　　A. UNIX　　　　　　　　　　　　　B. 金山毒霸

　　C. 瑞星杀毒软件　　　　　　　　　D. 卡巴斯基（AVP）

28. 下列措施可以防范计算机病毒的是（　　）。

　　A. 使用可移动的存储设备前，一定要对它们进行病毒扫描

　　B. 不使用盗版或来历不明的软件

　　C. 注意关机以防病毒入侵

D. 经常用杀毒软件检查硬盘和外来盘

五、简答题

1. 计算机的发展史可分为哪几代？各自的主要特征是什么？
2. 计算机发展的趋势是什么？
3. 计算机的特点有哪些？
4. 计算机的应用领域有哪些？
5. 按规模和性能计算机可分为哪几类？
6. 计算机的硬件系统分为哪 5 部分？
7. 请写出三种常见的计算机输入设备。
8. 请写出三种常见的计算机输出设备。
9. 试写出三类系统软件。
10. 微型计算机的性能指标有哪 6 项？

❋ 习 题 三

一、选择题

1. Windows XP 是一个真正的（　）位操作系统。

   A. 8　　　　　　　　　　　　B. 16

   C. 24　　　　　　　　　　　 D. 32

2. Windows XP 的**开始**菜单,包括了 Windows XP 系统的（　）。

   A. 全部功能　　　　　　　　B. 部分功能

   C. 主要功能　　　　　　　　D. 初始化功能

3. 在 Windows XP 中,硬盘上被删除的文件或文件夹将存放在（　）中。

   A. 内存　　　　　　　　　　B. 外存

   C. 回收站　　　　　　　　　D. 剪贴板

4. Windows XP 的桌面指的是（　）。

   A. 整个屏幕　　　　　　　　B. 当前窗口

   C. 全部窗口　　　　　　　　D. 某个窗口

5. Windows XP 中,可以使用桌面上的（　）来浏览或查看系统提供的所有软、硬件资源。

   A. 公文包　　　　　　　　　B. 回收站

   C. 我的电脑　　　　　　　　D. 网上邻居

6. 对 Windows XP 系统,下列叙述中正确的是（　）。

   A. 多窗口层叠时,被覆盖的窗口便看不见

   B. 对话框的外形和窗口差不多,允许用户改变其大小

   C. Windows XP 的操作只能用鼠标

   D. 桌面上可同时容纳多个窗口

7. 在 Windows XP 的编辑状态下,启动汉字输入方法后,按（　）组合键能进行全角/半角的切换。

   A. Ctrl＋F9　　　　　　　　B. Shift＋空格

   C. Ctrl＋空格　　　　　　　D. Ctrl＋“.”

8. 关于 Windows XP 系统,下列叙述中错误的是（　）。

   A. Windows XP 为每一个任务自动建立一个显示窗口,其位置和大小不能改变

   B. 可同时运行多个程序

   C. Windows XP 打开的多个窗口,既可平铺,也可层叠

   D. Windows XP“任务栏”的位置是可以调整的

9. 在 Windows XP 窗口中,用鼠标拖动( ),可以移动整个窗口。

  A. 菜单栏   B. 标题栏

  C. 工具栏   D. 状态栏

10. 在 Windows XP 中选取某一菜单后,若菜单项后面带有省略号(…),则表示( )。

  A. 将弹出对话框   B. 已被删除

  C. 当前不能使用   D. 该菜单项正在起作用

11. 当一个应用程序窗口被最小化时,该应用程序将( )。

  A. 继续在前台执行   B. 被转入后台执行

  C. 被终止执行   D. 被暂停执行

12. 当一个文档窗口被关闭后,该文档将保存在( )中。

  A. 剪贴板   B. 回收站

  C. 内存   D. 外存

13. 下列叙述中,不正确的是( )。

  A. 不同文件之间可通过剪贴板交换信息

  B. 屏幕上打开的窗口都是活动窗口

  C. 应用程序窗口最小化成图标后仍在运行

  D. 在不同磁盘间可以用鼠标拖动文件名的方法实现文件的复制

14. Windows XP 的下列操作中,能进行中英文标点符号切换的是( )组合键。

  A. Ctrl＋F9   B. Shift＋空格

  C. Ctrl＋空格   D. Ctrl＋“.”

15. 在输入中文时,进行( )操作不能进行中英文切换。

  A. 按 Ctrl＋空格组合键

  B. 按 Shift＋空格组合键

  C. 使用任务栏右侧的语言"指示器"菜单

  D. 使用鼠标左键单击输入法状态窗口中最左边的中英文切换按钮

16. 下列操作中,能在各种中文输入法间切换的是按( )组合键。

  A. Ctrl＋Shift   B. Ctrl＋空格

  C. Alt＋Shift   D. Shift＋空格

17. 在用户删除( )中的文件或文件夹时,Windows XP 将删除的文件或文件夹放入"回收站",使其不被真正删除掉,以便需用时恢复。

  A. 硬盘   B. 软盘

  C. 光盘   D. 内存

18. 下列操作中,( )不能打开资源管理器。

  A. 左击**开始**按钮,选择**开始**菜单所有程序级联菜单中的 **Windows 资源管理器**命令

  B. 右击**开始**按钮,选择快捷菜单**资源管理器**命令

  C. 左双击**我的电脑**,从窗口中选择**资源管理器**命令

  D. 右击**我的电脑**,从快捷菜单中选择**资源管理器**命令

19. 在选定文件或文件夹后,不能完成文件或文件夹的复制的操作是( )。

  A. 单击工具栏上的**复制**按钮

  B. 在**编辑**菜单中选择**剪切**命令

  C. 按 Ctrl＋C 组合键

  D. 右击选定的文件或文件夹,选择快捷菜单中的**复制**命令

20. 在选定文件或文件夹后,单击工具栏上( )按钮,可以进行移动操作。

  A. **剪切**   B. **复制**

C. 删除　　　　　　　　　　　　D. 粘贴

21. 在 Windows XP 的"资源管理器"窗口中,用鼠标单击目录树窗口中的一个文件夹,则(　　)。

　　A. 删除文件夹　　　　　　　　B. 选定当前文件夹,显示其内容

　　C. 创建文件夹　　　　　　　　D. 弹出对话框

22. 在选定文件或文件夹后,不能修改文件或文件夹名称的操作是(　　)。

　　A. 右击文件名,然后选择**重命名**命令,键入新文件名后按回车键

　　B. 单击文件名,然后选择**重命名**命令,键入新文件名后按回车键

　　C. 按 F2 键,然后键入新文件名再按回车键

　　D. 在**文件**菜单中选择**重命名**命令,然后键入新文件名再按回车键

23. 在 Windows XP 中,(　　)可运行一个应用程序。

　　A. 按 Alt+F4 组合键　　　　　B. 右击该应用程序名

　　C. 双击该应用程序名　　　　　D. 用鼠标右键双击该应用程序名

24. 在 Windows XP 中,下列说法正确的是(　　)。

　　A. 只能打开一个应用程序窗口

　　B. 可以同时打开多个应用程序窗口,但其中只有一个是活动窗口

　　C. 可以同时打开多个应用程序窗口,被打开的窗口都是活动窗口

　　D. 可以同时打开多个应用程序窗口,但在屏幕上只能见到一个应用程序窗口

25. (　　),可以确保打开一个很久以前的、记不清用何种程序建立的文档。

　　A. 用**开始**菜单中的**文档**命令打开

　　B. 用"资源管理器"找到该文档,然后单击它

　　C. 用建立该文档的程序打开它

　　D. 用**开始**菜单中的**查找**命令找到该文档,然后双击它

26. 下列创建新文件夹的操作中,错误的是(　　)。

　　A. 在 MS-DOS 方式下用 MD 命令

　　B. 在**开始**菜单中,选择**运行**命令,再执行 MD

　　C. 在"资源管理器"窗口的**文件**菜单中选择**新建**命令

　　D. 用**我的电脑**确定磁盘或上级文件夹,然后选择**文件**菜单中的**新建**命令

27. 用鼠标拖放功能实现文件或文件夹的快速复制时,正确的操作是(　　)。

　　A. 用鼠标左键拖动文件或文件夹到目的文件夹上

　　B. 按住 Ctrl 键,然后用鼠标左键拖动文件或文件夹到目的文件夹上

　　C. 按住 Shift 键,然后用鼠标左键拖动文件或文件夹到目的文件夹上

　　D. 按住 Shift 键,然后用鼠标右键拖动文件或文件夹到目的文件夹上

28. 在 Windows XP"资源管理器"窗口中。若文件夹图标前面含有"－"符号,表示(　　)。

　　A. 含有未展开的子文件夹　　　B. 无子文件夹

　　C. 子文件夹已展开　　　　　　D. 可选

29. Windows XP"资源管理器"窗口中的工具栏的显示,是在该窗口的(　　)菜单中选择**工具栏**命令才显示的。

　　A. **文件**　　　　　　　　　　B. **编辑**

　　C. **查看**　　　　　　　　　　D. **工具**

30. 在 Windows XP 中,可用**我的电脑**或(　　)菜单打开控制面板窗口。

　　A. **命令**　　　　　　　　　　B. **编辑**

　　C. **开始**　　　　　　　　　　D. **快捷**

31. 在中文 Windows XP 下启动输入汉字后,(　　)按钮表示全角、半角字符切换按钮。

　　A. 正方形　　　　　　　　　　B. 月亮形

C. 三角形   D. 椭圆形

32. 在 Windows XP"资源管理器"窗口中,将硬盘上文件复制到软盘上,可使用(　)菜单中的**发送**命令。

　　A. **编辑**   B. **查看**

　　C. **工具**   D. **文件**

33. 在"资源管理器"窗口中,选择(　)菜单中的**复制**命令,可以进行文件或文件夹的复制。

　　A. **文件**   B. **编辑**

　　C. **查看**   D. **工具**

34. 在 Windows XP 桌面上,不能打开**我的电脑**的操作是(　)。

　　A. 左双击**我的电脑**图标

　　B. 右单击**我的电脑**图标,在快捷菜单中选择打开命令

　　C. 左单击**我的电脑**图标

　　D. 在"资源管理器"窗口中选定

35. 在 Windows XP 的"资源管理器"窗口中,要删除某些文件,首先要选中这些文件,然后选择**文件**菜单下的(　)命令。

　　A. **剪切**   B. **复制**

　　C. **删除**   D. **粘贴**

36. 安装 Windows XP 时,可选择的安装类型有(　)种。

　　A. 1   B. 4

　　C. 3   D. 2

37. 在 Windows XP 环境下,当微机新安装一台打印机时,使用前必须为该打印机安装(　)方能使用。

　　A. 打印纸   B. 命令

　　C. 菜单   D. 驱动程序

38. 在 Windows XP 中的**回收站**是(　)文件存放的容器。

　　A. 已删除   B. 关闭

　　C. 打开   D. 活动

39. 在微机中若只有一个软盘驱动器,在**我的电脑**窗口中显示软盘驱动器为(　)。

　　A. A：   B. C：

　　C. D：   D. B：

40. 在 Windows XP 中,将文件以列表方式显示,一般可按(　)种规则排序。

　　A. 2   B. 4

　　C. 3   D. 5

41. 在 Windows XP 的**我的电脑**窗口中,当选定某驱动器(如 A：)后,选择(　)菜单中的**格式化**命令可以完成所选中的磁盘格式化工作。

　　A. **文件**   · B. **编辑**

　　C. **查看**   D. **帮助**

42. 在 Windows XP 中要选定除已选定的文件和文件夹外的文件和文件夹,可选择(　)菜单中的**反向选择**命令。

　　A. **文件**   B. **编辑**

　　C. **查看**   D. **工具**

43. 在 Windows XP 中要选定不连续的文件或文件夹,先用鼠标左击第一个文件或文件夹,然后按住(　)键,用鼠标左击要选择的各个文件或文件夹。

　　A. Alt   B. Shift

　　C. Ctrl   D. Esc

44. 在 Windows XP 的"资源管理器"窗口中,复制一批文件可使用**编辑**菜单的(　)命令和粘贴命令。

A. 剪切　　　　　　　　　　　B. 删除

C. 撤销　　　　　　　　　　　D. 复制

45. 在 Windows XP 中,任务栏的主要功能是(　　)。

A. 显示当前窗口的图标　　　　B. 显示系统的所有功能

C. 显示所有已打开过的窗口图标　D. 实现任务间的切换

46. 当 Windows XP 正在运行某个应用程序时,若鼠标指针变为"沙漏"状,表明(　　)。

A. 当前执行的程序出错,必须中止其执行

B. 当前必须等待该应用程序运行完毕

C. 提示用户注意某个事项,并不影响计算机继续工作

D. 等待用户作出选择,以便继续工作

47. 下列关于 Windows XP 对话框的描述中,不正确的是(　　)。

A. 对话框的大小是可以调整改变的

B. 对话框的位置是可以移动的

C. 对话框是由系统提供给用户输入信息或选择某项内容的矩形框

D. 对话框可以由用户选中菜单中带有"…"省略号的选项弹出来

48. 在任务栏中的任何一个按钮都代表着(　　)。

A. 一个缩小的程序窗口　　　　B. 一个可执行程序

C. 一个不工作的程序窗口　　　D. 一个正在执行的程序

49. 在 Windows XP 环境中,当运行一个应用程序时就打开一个自己的窗口,关闭运行程序的窗口,就是(　　)。

A. 暂时中断该程序的运行,用户随时可加以恢复

B. 该程序的运行不受任何影响,仍然继续

C. 结束该程序的运行

D. 使该程序的运行转入后台继续工作

50. 在 Windows XP 中,选中某一菜单后,其菜单项前有"√"符号表示(　　)。

A. 该菜单项启用　　　　　　　B. 可复选的

C. 不可选的　　　　　　　　　D. 不起作用的

51. 下列操作中,(　　)不能打开控制面板窗口。

A. 在开始菜单的设置级联菜单中选取

B. 在开始菜单的运行级联菜单中选取

C. 在我的电脑窗口中选取

D. 在"资源管理器"窗口中选取

52. 在 Windows XP 中设置屏幕保护的一种最简单的方法是右击(　　),在快捷菜单中选择属性选项,然后在对话框中选定屏幕保护程序标签即可。

A. 任务栏　　　　　　　　　　B. 桌面

C. 我的电脑图标　　　　　　　D. 开始按钮

53. 下列操作中,(　　)能够更改任务栏的属性。

A. 在开始菜单的设置级联菜单中选择任务栏命令

B. 在开始菜单的查找级联菜单中选择任务栏命令

C. 在开始菜单的运行级联菜单中选择任务栏命令

D. 右击开始按钮,在快捷菜单中选择任务栏命令

54. Windows XP 的写字板中,保存新建文档以及将现有文档更名或存放到新位置,应使用(　　)菜单中的另存为命令。

A. 文件　　　　　　　　　　　B. 编辑

C. 视图   D. 插入

55. 下面关于 Windows XP 的功能特点描述中,错误的是( )。

A. Windows XP 是一个完整的 32 位操作系统,不再依赖于 DOS 操作系统

B. 对于大部分硬件设备都能实现"即插即用"

C. Windows XP 是一个单用户多任务操作系统

D. 一切操作都通过图形用户界面,不能执行 DOS 命令

56. 在 Windows XP 中,若将剪贴板上的信息粘贴到某个文档窗口的插入点处,正确的操作是( )。

A. 按 Ctrl+X 组合键   B. 按 Ctrl+V 组合键

C. 按 Ctrl+C 组合键   D. 按 Ctrl+Z 组合键

57. 在 Windows XP 中。若将鼠标在屏幕上产生的标记符号移到一个窗口的边缘时,便会变为一个双向的箭头,表明( )。

A. 可以改变窗口的大小形状

B. 可以移动窗口的位置

C. 既可以改变窗口的大小,又可以移动窗口的位置

D. 既不可以改变窗口的大小,也不可以移动窗口的位置

58. 下面关于 Windows XP 快捷菜单的描述中,不正确的是( )。

A. 快捷菜单可以显示出与某一对象相关的命令菜单

B. 按 Esc 键或单击桌面或窗口上任一空白区域,都能退出快捷菜单

C. 选定需要操作的对象,单击鼠标左键,屏幕上就会弹出相应的快捷菜单

D. 选定需要操作的对象,单击鼠标右键,屏幕上就会弹出相应的快捷菜单

59. 在 Windows XP 环境中,窗口标题栏的右边有一个标有空心方框的方形按钮,用鼠标左键单击它,可以( )。

A. 把该窗口最小化   B. 关闭该窗口

C. 把该窗口最大化   D. 将该窗口还原

60. 在 Windows XP 环境中,桌面上可以同时打开若干个窗口,但是其中只能有一个是当前活动窗口。指定当前活动窗口的正确方法是( )。

A. 用鼠标在该窗口内任意位置上单击

B. 用鼠标在该窗口内任意位置上双击

C. 将其他窗口都关闭,只留下一个窗口,即成为当前活动窗口

D. 将其他窗口都最小化,只留下一个窗口,即成为当前活动窗口

61. 在 Windows XP 中,有关文件名的叙述不正确的是( )。

A. 文件名中允许使用空格   B. 文件名中允许使用货币符号"$"

C. 文件名中允许使用星号"＊"   D. 文件名中允许使用汉字

62. 设 Windows XP 桌面上已经有某个应用程序的图标,要运行该程序,可以( )。

A. 用鼠标右键单击该图标   B. 用鼠标左键单击该图标

C. 用鼠标右键双击该图标   D. 用鼠标左键双击该图标

63. 下面关于 Windows XP 窗口描述中,( )是不正确的。

A. Windows XP 的桌面也是 Windows 窗口

B. Windows 窗口有应用程序窗口和文档窗口两种类型

C. 窗口是 Windows XP 应用程序的用户界面

D. 用户可以在屏幕上移动窗口和改变窗口的大小

64. 在"资源管理器"窗口中选定文件或文件夹后,若想将它们立即删除,而不是放到回收站中,正确的操作是( )。

A. 按 Delete(Del)键

B. 按 Shift+Delete(Del)组合键

C. 选择**文件**菜单中的**删除**命令

D. 用鼠标直接将文件或文件夹拖放到**回收站**图标中

65. 在 Windows XP 中,创建一个文档,应该( )。

A. 使用系统菜单里的**文档**命令

B. 在**我的电脑**窗口中使用**文件**菜单中的有关命令

C. 在"资源管理器"窗口中使用**编辑**菜单中的有关命令

D. 在应用程序的窗口中使用**文件**菜单中的有关命令

66. 在 Windows XP 中,所说的文档文件是指( )。

A. 文本文件、Word 2003 文档、图形文件和声音文件等

B. 文本文件和 Word 2003 文档

C. Word 2003 文档和图形文件

D. 文本文件和图形文件

67. 在 Windows XP 的"资源管理器"窗口中,显示指定文件夹里的文件信息,其显示方式是( )。

A. 只能显示文件名

B. 固定为显示文件的全部相关信息

C. 固定为显示文件的部分相关信息

D. 可以只显示文件名,也可以显示文件的全部或部分相关信息,由用户选择

68. 在 Windows XP 中,如果一个窗口被最小化,此时前台运行其他程序,则( )。

A. 被最小化的窗口及与之相对应的程序撤除内存

B. 被最小化的窗口及与之相对应的程序继续占用内存

C. 被最小化的窗口及与之相对应的程序被终止执行

D. 内存不够时会被自动关闭

69. 在 Windows XP 中,若想用键盘关闭所打开的应用程序,可以按( )组合键。

A. Ctrl+F4   B. Ctrl+Shift

C. Alt+F4   D. Ctrl+Esc

70. 在 Windows XP 资源管理器中,若用键盘打开查看菜单,需要同时按下( )。

A. Ctrl+Shift 键   B. Alt+V 键

C. Ctrl+空格键   D. Ctrl+Tab 键

71. 在 Windows XP 中,下列叙述中不正确的是( )。

A. 窗口主要由边框、标题栏、菜单栏、工作区、状态栏、滚动条等组成

B. 单击并拖动标题栏,可以移动窗口的位置

C. 不同应用程序窗口的菜单栏内容各不相同,但一般都有**文件**、**编辑**和**帮助**菜单项

D. 每一个窗口都有工具栏,位于菜单栏的下面

72. 在 Windows XP 中,允许用户将对话框( )。

A. 最小化   B. 最大化

C. 移动其位置   D. 改变其大小

73. 在"资源管理器"的左窗格中,单击文件夹的图标,则( )。

A. 在左窗口中显示其子文件夹

B. 在左窗口中扩展该文件夹

C. 在右窗口中显示该文件夹中的文件

D. 在右窗口中显示该文件夹中的子文件夹和文件

74. 在 Windows XP 的**我的电脑**或"资源管理器"窗口中,若要选定多个相邻的文件或文件夹以便对其进行某些处理操作(如移动、复制),正确的选择方法是( )。

A. 用鼠标左键逐个选定

B. 用鼠标右键逐个选定

C. 左单击第一个文件或文件夹图标,按住 Shift 键,再左单击最后一个文件或文件夹图标

D. 左单击第一个文件或文件夹图标,按住 Ctrl 键,再左单击最后一个文件或文件夹图标

75. 在 Windows XP 中,下列叙述正确的是( )。

A. 桌面上的图标,不能按用户的意愿重新排列

B. 只有对活动窗口才能进行移动、改变大小等操作

C. 回收站与剪贴板一样,是内存中的一块区域

D. 一旦屏幕保护开始,原来在屏幕上的当前窗口就被关闭了

76. 在 Windows XP 中关于**网上邻居**的叙述,错误的是( )。

A. 只有在用户机联网时,桌面上才会出现**网上邻居**图标

B. 通过**网上邻居**窗口,可以浏览与使用网上的全部计算机资源

C. 通过**网上邻居**窗口,可以浏览网上的计算机

D. 通过**网上邻居**窗口,不能浏览网上的打印机

77. 在 Windows XP 中使用系统菜单时,只要移动鼠标到某个菜单项上单击,就可以选定该菜单项。如果某菜单项尾部出现( )标记,则说明该菜单项还有下级级联菜单。

A. 省略号   B. 向右箭头

C. 组合键   D. 括号

78. 在 Windows XP 的各种对话框中,有些项目在文字说明的左边标有一个小方框,当小方框里有"√"符号时,表明( )。

A. 这是一个单选按钮,且已被选定

B. 这是一个单选按钮,且未被选定

C. 这是一个复选框,且已被选定

D. 这是一个复选框,且未被选定

二、填空题

1. Windows XP 中,窗口可分为_____窗口和文档窗口两类。

2. 只要用鼠标单击_____上的某个窗口,对应的窗口就被激活,变成当前窗口。

3. Windows XP 是基于_____界面的操作系统。

4. Windows XP 中支持长文件名,最多可达_____个字符。

5. 在 Windows XP 中,按_____快捷键可关闭应用程序。

6. 在 Windows XP 中,_____窗口是应用程序窗口的子窗口。

7. 在 Windows XP"资源管理器"的右窗格中,用鼠标左键_____某一图标,便可启动程序或打开文档。

8. 要删除选定的文件或文件夹,可按_____键。

9. 在 Windows XP 中,可以使用**系统工具**里的_____实现磁盘碎片整理。

10. 在 Windows XP 中,除了使用"资源管理器"来管理计算机软、硬件资源外,也可以使用_____来完成同样的工作。

11. 为了方便软件的安装和卸载,Windows XP 专门提供了_____功能。能彻底从平台上删除不需要的软件。

12. 若要对已创建的文档进行处理,需要先_____该文档。

13. Windows XP 任务栏上的内容为所有已打开的_____。

14. 在 Windows XP 的**关闭系统**对话框中,选择**重新启动系统并切换到 MS-DOS 方式**,系统便进入 MS-DOS 状态,若要返回 Windows XP,只需键入_____命令即可。

15. 在 Windows XP 的"资源管理器"中,欲删除待选定的文件或文件夹。可以选择**文件**菜单中的_____命令完成。

16. 在 Windows XP 中,用_____菜单中的**运行命令**,可以启动一个应用程序。

17. 在 Windows XP 中,**写字板**应用程序是存放在_____文件夹中。

18. 要改变 Windows XP 窗口的排列方式,只要右击_____的空白处,在快捷菜单中作出相应选择即可。

19. Windows XP 中,文件是指存储在_____上的信息的集合,每个文件都有一个文件名。

20. 在 Windows XP 中,文件或文件夹的管理可以在**我的电脑**或_____窗口中进行。

21. 在 Windows XP 中,使用菜单进行文件或文件夹的移动,需经过选定、_____、粘贴三个步骤。

22. 在 Windows XP 中,_____用于暂时存放从硬盘上删除的文件或文件夹。

23. Windows XP 中选择文件或文件夹时,可以进行反向选择,它是将原来的选择____,而将未被选择的所有文件和文件夹选中。

24. 在"资源管理器"窗口中,若要一次选择连续的几个文件,则先用鼠标左击第一个文件,然后按住_____键,再用鼠标左击最后一个文件。

25. 在 Windows XP 的"资源管理器"窗口中,若要选择全部文件或文件夹,可选择**编辑**菜单中的_____命令。

26. 在 Windows XP 的"资源管理器"窗口中对文件或文件夹图标可按名称、类型、大小、日期及_____ 5 种规则排序。

27. 在 Windows XP 中,选择_____菜单中的**文档命令**,可以打开最近刚打开过的一个文档文件。

28. 要将当前窗口的内容存入剪贴板,应按_____键。

29. 要将整个桌面窗口的内容存入剪贴板,应按_____键。

30. 要安装或删除一个应用程序,必须打开_____窗口,然后使用其中的**添加/删除程序**功能。

31. Windows XP 中"资源管理器"窗口分为左、右两个窗格,其中左窗格显示_____,右窗格显示指定的磁盘或文件夹包含的内容。

32. 在 Windows XP 中,若要更改任务栏的属性,可以右击_____,在快捷菜单中选择**属性**命令实现。

33. 在 Windows XP 中,用户可以同时打开多个窗口,窗口的排列方式有层叠式、_____两种。

34. 在 Windows XP 中,当用户打开多个窗口时,只有一个窗口处于激活状态,该窗口称为_____窗口。

35. 剪贴板是 Windows XP 中一个非常实用的工具,它的主要功能是在 Windows 程序和文件之间静态_____。

36. 在 Windows XP 下启动**写字板**应用程序的方法是首先单击**开始**按钮,然后选择____菜单,再择选**附件**级联菜单中的**写字板**命令即可。

37. 在 Windows XP"资源管理器"中通过**查看**菜单查到的文件,可用_____菜单中的命令进行剪切、复制等操作。

38. 在 Windows XP 中退出"资源管理器"窗口,可从_____菜单选择**关闭**命令。

39. 在 Windows XP 的"资源管理器"窗口中,对一个文件设置属性共有_____种。

40. 在**我的电脑**或"资源管理器"窗口中,可以使用_____菜单中的**新建命令**,创建新文件夹。

41. 在 Windows XP 中,当用户打开多个窗口时,只有当前窗口中的程序处于_____运行状态,其他窗口的程序则在_____运行。

42. 在 Windows XP 环境中,若单击某个窗口标题栏右边的第二个**最大化**按钮,则该窗口会放大到整个屏幕;而后此按钮就会变为_____按钮。

43. 在 Windows XP 中,当启动程序或打开文档时,若不知道某个文件位于何处,则可以使用系统提供的_____功能。

44. 在 Windows XP 中,文件夹是用来组织磁盘文件的一种_____数据结构。

45. 在**我的电脑**或"资源管理器"窗口中,当一个文件或文件夹被删除之后,如果用户还没有进行其他的操作,则可以在**编辑**菜单中选择_____命令,将其予以恢复。

46. 在 Windows XP 中,要创建文档。首先要_____生成文档的程序。

47. 在 Windows XP 中,当用户不小心对文件或文件夹的操作发生错误时,可以利用**编辑**菜单中的**撤销**

命令或按_____键,取消原来的操作。

48. 在"资源管理器"窗口中,若想显示隐含文件,可以利用_____菜单来进行设置。

49. 在"资源管理器"窗口中,利用_____菜单中的**属性**命令,可以设置所选取文件或文件夹的各种属性。

50. 在 Windows XP 中,可以直接使用鼠标拖放功能实现文件或文件夹的_____。

51. 在清空**回收站**之前,放在那里的文件_____从硬盘上删除。

52. 在 Windows XP 环境中,每个窗口最上面有一个标题栏,把鼠标光标指向该处,然后拖放,则可以_____该窗口。

53. 在 Windows XP 环境中,每个窗口的标题栏的右边都有一个标有短横线的方块,用鼠标单击它,可以把该窗口_____。

54. 在 Windows XP 的某个对话框中,按_____键与单击**确定**按钮的作用等效。

55. 在 Windows XP 的某个对话框中,按_____键与单击**取消**按钮的作用等效。

56. 在 Windows XP 中,无论是对复选框、单选框或对命令按钮的选取,如果是使用鼠标选取,则均为_____。

57. 在 Windows XP 中,文档窗口是应用程序的_____窗口。

58. 在 Windows XP 中,利用**控制面板**窗口中的_____向导工具,可以安装任何类型的新硬件。

59. 剪贴板是应用程序之间相互传递信息的_____之地。

60. 在 Windows XP 桌面上单击**开始**按钮,可以_____、打开文档、改变系统设置、获得帮助以及在计算机中查找指定信息等。

61. 在**我的电脑**窗口中用鼠标左键双击**软盘 A:**图标,将会_____该软盘的内容。

62. 为了更改**我的电脑**或"资源管理器"窗口里文件和文件夹的显示形式,应当在窗口的_____菜单中选择指定。

❋ 习 题 四

一、选择题

1. 打开一个 Word 文件后,文件名将显示在窗口的( )。
   A. 标题栏
   B. 菜单栏
   C. 工具栏
   D. 状态栏

2. 在 Word 文本编辑状态中,用键盘选择文本内容时,只要按下( )键同时进行光标定位操作就行了。
   A. Ctrl
   B. Alt
   C. Shift
   D. Tab

3. 在 Word 中,通过( )可以很方便地在文档中创建表格。
   A. 调用 Windows XP 的**画图**
   B. 单击**视图**工具栏中的**绘图**按钮
   C. 选择**格式**菜单中的**边框和底纹**命令
   D. 选择**表格**菜单中的**插入表格**命令

4. 在 Word 中图片不能设置的环绕方式为( )。
   A. 四周型
   B. 紧密型
   C. 上下型
   D. 浮动型

5. 要删除表格或单元格,首先选定表格或单元格,然后按( )键进行删除。
   A. Delete
   B. Backspace
   C. Alt
   D. Ctrl

6. 调用**自动套用格式**正确的方式是( )。
   A. 选择**表格**菜单中的**表格自动套用格式**命令
   B. 选择**编辑**菜单中的**表格自动套用格式**命令
   C. 选择**格式**菜单中的**表格自动套用格式**命令

D. 选择视图菜单中的**表格自动套用格式**命令

7. 以只读方式打开的 Word 文件,作了修改后要保存,应选择**文件**菜单中的( )命令。

    A. **保存**
    B. **全部保存**

    C. **另存为**
    D. **关闭**

8. 在 Word 中,要以级别化方式查看整个文档结构,应使用的视图方式是( )。

    A. **普通视图**
    B. **页面视图**

    C. **联机版式视图**
    D. **大纲视图**

9. Microsoft Word 是在( )基础上运行的。

    A. UCDOS
    B. Windows 3. x

    C. Windows XP
    D. DOS

10. 在 Word 主窗口的右上角,可以同时显示的按钮是( )。

    A. **还原和最大化**
    B. **还原、最大化和关闭**

    C. **最小化、还原和关闭**
    D. **最小化、还原和最大化**

11. 在 Word 中,插入图片可通过( )菜单中的**图片**命令进行操作。

    A. **文件**
    B. **编辑**

    C. **插入**
    D. **格式**

12. 在 Word 中,要给文档编页码,可以( )。

    A. 选择**文件**菜单中的**页面设置**命令
    B. 选择**编辑**菜单中的**定位**命令

    C. 选择**视图**菜单中的**页面**命令
    D. 选择**插入**菜单中的**页码**命令

13. 在 Word 中,按( )组合键可新建文档。

    A. Ctrl+O
    B. Ctrl+N

    C. Ctrl+S
    D. Ctrl+D

14. 双击文档中的图片,产生的效果是( )。

    A. 选定该图形

    B. 将该图形加文本框

    C. 弹出快捷菜单

    D. 启动图形编辑器进入图形编辑状态,并选定该图形

15. 在 Word 中,插入一个图形后,在拖动时按下( )键可保持图形的长宽比例不变。

    A. Shift
    B. Ctrl

    C. Alt
    D. Enter

16. 在 Word 的编辑状态下,下列 4 种组合键中,可以从当前输入汉字状态转换到输入 ASCII 字符状态的组合键是( )。

    A. Ctrl+空格键
    B. Alt+Ctrl

    C. Shift+空格键
    D. Alt+空格键

17. 在 Word 的编辑状态,选择**编辑**菜单中的**粘贴**命令后,( )。

    A. 剪贴板中的内容移到插入点
    B. 被选定的内容移到剪贴板

    C. 被选定的内容移到插入点处
    D. 剪贴板中的内容复制到插入点

18. 用 Word 制表时,若想在表中插入一新行,则先选定插入新行位置的( ),然后选择**表格**菜单中的**插入行**命令。

    A. 右面一行
    B. 上面或下面一行

    C. 上面或下面一列
    D. 左面一行

19. 在 Word 编辑状态下,利用( )中的命令可以选定单元格。

    A. **表格菜单**
    B. **插入菜单**

    C. **工具菜单**
    D. **格式菜单**

20. 在文档编辑中,如果想把一篇文章换一个名称或换一个位置保存,则可选择**文件**菜单中的( )命令。

   A. **打开**　　　　　　　　　　B. **新建**

   C. **保存**　　　　　　　　　　D. **另存为**

21. 在文档编辑状态下,在文档中选定一段文字后,按( )组合键可将其放入剪贴板中。

   A. Ctrl+A　　　　　　　　　　B. Ctrl+V

   C. Ctrl+C　　　　　　　　　　D. Ctrl+F

22. 在 Word 文档中,将光标直接移到文档尾的快捷键是( )。

   A. Page Up　　　　　　　　　　B. End

   C. Ctrl+End　　　　　　　　　　D. Home

23. 在以下 4 种操作中,( ),可以在 Word 窗口中的文档内选定整行。

   A. 将鼠标指针指向该行,并单击鼠标左键

   B. 将鼠标指针指向该行,并单击鼠标右键

   C. 将鼠标指针指向该行处的最左端,并单击鼠标左键

   D. 将鼠标指针指向该行处的最左端,按 Ctrl 键的同时单击鼠标左键

24. 在 Word 文档操作中,利用( )操作过程相互配合,可以将一段文本内容移到另一处。

   A. 选定、复制、粘贴　　　　　　B. 选定、剪切、粘贴

   C. 选定、剪切、复制　　　　　　D. 选定、粘贴、复制

25. 打印页码 **4-10,16,20** 表示打印的是( )。

   A. 第 4,10,16 和 20 页　　　　　B. 第 4 至 10 页和第 16 至 20 页

   C. 第 4 至 10 页和第 16,20 页　　D. 第 4 至 20 页

26. 若要进入页眉页脚编辑区,可以通过单击( )菜单,选择**页眉和页脚**命令实现。

   A. **文件**　　　　　　　　　　B. **编辑**

   C. **视图**　　　　　　　　　　D. **格式**

   E. **工具**

27. 某个文档基本页是纵向的,如果某一页需要横向页面,( )。

   A. 不可以这样做

   B. 在该页开始及完结处插入分节符,将该页页面设置为横向,应用范围内设为**本节**

   C. 将整个文档分为两个文档来处理

   D. 将整个文档分为三个文档来处理

28. 如果文档中的内容在一页没满的情况下需要强制换页,( )即可。

   A. 不可以这样做　　　　　　　　B. 插入分页符

   C. 多按几次回车到下一页　　　　D. 插入分节符

29. 插入分节符或分页符可使用( )命令。

   A. **插入菜单中的分隔符**　　　　B. **工具菜单中的选项**

   C. **格式菜单中的制表位**　　　　D. **插入菜单中的分节符**

30. 分栏排版可以通过( )菜单来实现。

   A. **格式菜单中的字符**　　　　　B. **格式菜单中的段落**

   C. **工具菜单中的首字下沉**　　　D. **格式菜单中的分栏**

31. 在 Word 中,变换视图模式可通过**视图**菜单中的相应命令来实现,但最快的方法是利用鼠标单击( )按钮。

   A. 垂直滚动条上方　　　　　　　B. 垂直滚动条下方

   C. 水平滚动条左侧　　　　　　　D. 水平滚动条右侧

32. Word 在( )菜单中提供了查找与替换功能,可以用于快速查找信息或成批替换信息。

A. 编辑   B. 文件

C. 视图   D. 工具

33. 在 Word 文档编辑状态下,文档内容要求采用居中对齐时,可选择( )命令。

     A. 格式菜单中的**字体**   B. 格式菜单中的**段落**

     C. 工具菜单中的**自动更正**   D. 工具菜单中的**修订**

34. 按( )组合键可以退出 Word 编辑状态。

     A. Ctrl+4   B. Alt+F4

     C. Alt+F   D. Esc

35. 在 Word 中,按 Delete 键来删除光标后面的字符,按( )键删除光标前面的字符。

     A. Backspace   B. Insert

     C. Alt   D. Ctrl

36. 在 Word 中,通过**设置图片格式**命令不会改变图片的( )。

     A. 大小   B. 颜色

     C. 环绕方式   D. 图形内容

37. 在 Word 的表格计算中,公式=**SUM(A1:B3)**的含义是( )。

     A. 1 行 1 列与 2 行 3 列相加   B. 1 行 1 列与 3 行 2 列相加

     C. 1 行 1 列与 1 行 3 列相加   D. 1 行 1 列至 3 行 2 列 6 个单元格相加

38. 下列说法中正确的是( )。

     A. 创建表格后,表格的大小、高度、宽度都是固定不变的

     B. 对表格中的内容进行计算可以选择插入菜单中的**公式**命令

     C. 创建表格只能采用**表格**菜单中的**插入表格**命令

     D. 表格中的内容可以用**表格**菜单中的**排序**命令进行排序

39. 在 Word 状态的编辑状态下,选择**文件**菜单中的**保存**命令后,( )。

     A. 可以将当前已保存过的文档存储在已有的任意文件夹内

     B. 只能将当前已保存过的文档存储在已有的原文件夹内

     C. 将所有打开的文件存盘

     D. 不能建立新文件夹来保存当前文件

40. 在 Word 的( )视图方式下,可以显示分页效果。

     A. 大纲   B. 主控文档

     C. 页面   D. 普通

41. 在 Word 的编辑状态,可以同时显示水平标尺和垂直标尺的视图方式是( )。

     A. 全屏显示视图   B. 页面视图

     C. 大纲视图   D. 普通视图

42. Word 在编辑一个文档完毕后,要想知道打印的效果,可使用( )功能。

     A. 打印预览   B. 模拟打印

     C. 提前打印   D. 屏幕打印

43. 在 Word 窗口的工作区里,闪烁的小垂直条表示( )。

     A. 光标位置   B. 按钮位置

     C. 鼠标图标   D. 接写错误

44. Word 提供了三种执行命令的方法,即菜单、工具栏按钮以及( )。

     A. 窗口命令   B. 对话框命令

     C. 快捷键   D. 任务栏

45. 常用的打印按钮可以在( )找到。

     A. 文本编辑区   B. 标题栏

C. 菜单栏   D. 工具栏

46. 所有段落格式排版都可以通过（　　）命令所打开的对话框来设置。

    A. **段落菜单中的格式**   B. **工具菜单中的选项**

    C. **格式菜单中的段落**   D. **格式菜单中的字符**

47. 如果已有页眉或页脚，再次进入页眉页脚区只需双击（　　）就行了。

    A. 文本区   B. 菜单区

    C. 工具栏区   D. 页眉页脚区

48. 在 Word 中，（　　），可以修饰表格。

    A. 选择**格式**菜单中的**边框和底纹**命令   B. 单击**插入表格**按钮

    C. 单击**常用工具栏**上的**格式刷**按钮   D. 调用**附件**中的**画图**程序

二、填空题

1. 在 Word 中的字体对话框中，可以设置的字形特点包括常规、_____、斜体和_____。

2. 选定文本后，拖动鼠标到需要处即可实现文本块的移动；按住_____键拖动鼠标到需要处即可实现文本块的复制。

3. 建立表格可以通过_____菜单中的**插入表格**命令来选择行数和列数。

4. 在编辑 Word 文档时，对于比较长的文档最佳显示方式是_____视图显示方式。

5. 在 Word 中输入文本时，按下_____键后将产生换行符及换行效果。

6. 段落对齐方式可以有两端对齐、居中、左对齐和右对齐 4 种方式，在_____上有这 4 个按钮。

7. 在 Word 中，为打印操作的便利，使用的打印快捷键是_____。

8. 在 Word 的编辑状态下，若退出"全屏显示"视图方式，应当按的功能键是_____。

9. 通过 Word _____菜单中的_____命令，可以插入特殊字符、国际字符和符号。

10. 在 Word 中设置段落对齐方式时，可使用**格式**菜单中的_____命令。

11. 工具栏上的按钮显示，_____（是否能够）自定义。

12. 在编辑 Word 文件时，组合键 Ctrl＋S 的作用是_____。

13. 在 Word 中，用户在用_____组合键将所选内容拷贝到剪贴板后，可以使用_____组合键粘贴到所需要的位置。

14. 在 Word 编辑状态下制作了一个表格，在 Word 默认状态下表格线显示为_____。

15. 在 Word 主窗口的_____，可以看到显示的_____、**还原**和**关闭**按钮。

16. 在 Word 中，插入一个图形后，在拖动时按下 Shift 键可保持图形的_____比例不变。

17. 在文档编辑中，如果想把一篇文章换一个_____、或换一个_____、或换一个_____保存，可选择**文件**菜单中的**另存为**命令。

18. 分栏排版可以通过"格式"/"_____"菜单来实现。

19. 在 Word 文档编辑状态下，如果文档已经保存过一次，则继续编辑该文档后，选择**文件**菜单中的_____命令，将当前文档存储在已有的原文件夹内。

20. Word 在编辑一个文档完毕后，要想知道它_____效果，可使用打印预览功能。

三、简答题

1. 怎样在 Word 文档中嵌入 Excel 工作表？

2. 如何创建文档大纲？

3. 简述合并和拆分单元格的操作步骤。

4. 简述如何给表格添加边框和底纹。

5. 如何在 Word 文档中插入剪贴画、图片文件？图片格式包括哪些内容，如何进行设置？

6. 如何在 Word 文档中插入艺术字？

7. 如何设置、定位书签？

❈ 习 题 五

一、选择题

1. 下列描述中,属于 Excel 核心功能的是( )。

    A. 在文稿中制作出来表格   B. 以表格的形式进行计算处理

    C. 有很强的表格修饰能力   D. 有很强的表格打印能力

2. Excel 中,有关行高的表述,下面错误的说法是( )。

    A. 整行的高度是一样的

    B. 在不调整行高的情况下,系统默认设置行高自动以本行中最高的字符为准

    C. 行增高时,该行各单元格中的字符也随之自动增高

    D. 一次可以调整多行的行高

3. 一个 Excel 应用文档就是( )。

    A. 一个工作表   B. 一个工作表和一个统计图

    C. 一个工作簿   D. 若干个工作簿

4. 一个 Excel 工作簿( )。

    A. 只包括一个工作表   B. 只包括一个工作表和一个统计图

    C. 最多包括三个工作表   D. 包括 1~225 个工作表

5. 一个工作表中的第 5 列编号为( )。

    A. 5   B. E5

    C. 5E   D. E

6. 如果在单元格 A5 中输入了公式=1/3 这样一个公式,按照缺省的格式规定被显示为0.33。后来在另一个单元格中的公式里引用了单元格 A5,实际上被使用的是( )。

    A. 分数 1/3 的值   B. 0.33

    C. 公式"=1/3"   D. 字符串"A5"

7. 在 Excel 窗口的编辑栏中,最左边有一个"名称框",里面显示的是当前单元格(即活动单元格)的( )。

    A. 填写内容   B. 值

    C. 位置   D. 名字或地址

8. 单元格地址 R5C8 的另一种表示是( )。

    A. E5   B. H5

    C. E8   D. H8

9. 下列 4 项中,能够作为单元格名称的是( )。

    A. GT54   B. R4C18

    C. FENSHU24   D. 8CLASS

10. Excel 窗口的编辑栏中包括( )。

    A. 常用工具按钮   B. 格式工具按钮

    C. 工作表选项卡   D. 名称框和编辑工作区

11. Excel 窗口中可以实现的是( )。

    A. 只能打开一个工作簿

    B. 只能打开一个工作簿,但可以用多个窗口显示其中的各个工作表

    C. 可以打开多个工作簿,而且可以同时显示它们的内容

    D. 可以打开多个工作簿,但同时只能显示其中一个工作簿的内容

12. 在 Excel 主窗口的工作区内,可以同时显示多个窗口、这些窗口显示( )。

    A. 已被打开的各个工作簿   B. 同一工作簿中的每个工作表

C. 同一工作表中的不同部分　　　　　D. 上述三种选项都可能

13. 当直接启动 Excel 而不打开一个已有的工作簿文件时,Excel 主窗口中(　　)。

    A. 没有任何工作簿窗口　　　　　　B. 自动打开最近一次处理过的工作簿

    C. 自动打开一个空工作簿　　　　　D. 询问是否打开最近一次处理的工作簿

14. 在 Excel 中,下面错误的表述是(　　)。

    A. Excel 提供了"自动套用格式"的功能,它是系统预先设计的表格格式

    B. "模板"实际上是具有某种样式数据格式的空白表格

    C. "模板"是由系统提供的,用户不能自己创建

    D. 在编辑过程中,对经常使用的格式,用户可自己建立一组"样式",它可包含多种格式

15. 对于一个新建的工作簿,存盘时(　　)。

    A. 只能使用**文件**菜单中的**保存**命令

    B. 只能使用**文件**菜单中的**另存为**命令

    C. 只能使用**文件**菜单中的**关闭**命令

    D. 使用**文件**菜单中的**保存**命令或**另存为**命令

16. 对当前工作簿文件设置保护措施、不能(　　)。

    A. 在**打开**命令的对话框中进行　　　B. 对当前工作簿在处理过程中进行

    C. 在**保存**命令的执行中进行　　　　D. 在**另存为**命令的对话框中进行

17. 如果一个工作簿中含有若干个工作表,则当"保存"时,(　　)。

    A. 存为一个磁盘文件

    B. 有多少个工作表就存为多少个磁盘文件

    C. 工作表数目不超过三个就存为一个磁盘文件,否则存为多个磁盘文件

    D. 由用户指定存为一个或若干个磁盘文件

18. 如果一个工作簿中含有若干个工作表,在该工作簿的窗口中(　　)。

    A. 只能显示其中一个工作表的内容

    B. 只能同时显示其中三个工作表的内容

    C. 能同时显示多个工作表的内容

    D. 可同时显示内容的工作表数目由用户设定

19. 运用**插入**菜单中**工作表**命令,可以建立一个新的空白工作表(　　)。

    A. 原先的当前工作表不变,新工作表插入到当前工作表之前

    B. 原先的当前工作表不变,新工作表插入到当前工作表之后

    C. 新工作表插入到当前工作表之前,然后把新工作表作为当前工作表

    D. 新工作表插入到当前工作表之后,然后把新工作表作为当前工作表

20. 如果需要删除多余的、不需要的工作表(　　)。

    A. 只能先选定一张工作表,然后加以删除

    B. 可以先选定一张或多张连续的工作表、然后加以删除

    C. 可以先选定若干张不连续的工作表、然后加以删除

    D. 以上 B 选项和 C 选项都对

21. 为了复制一个工作表,用鼠标拖动该工作表选项卡到达复制位置的同时,必须按下(　　)。

    A. Alt　　　　　　　　　　　　　　B. Ctrl

    C. Shift　　　　　　　　　　　　　D. Shift＋Ctrl

22. 通过"窗口分割"操作,可以在一个文档窗口中同时看到(　　)。

    A. 不同工作簿的内容　　　　　　　B. 同一工作簿中不同的工作表的内容

    C. 同一工作表的不同部分　　　　　D. 以上三个选项都对

23. 在 Excel 中,"冻结窗口"操作的前提条件是(　　)。

A. 有新建的文档窗口　　　　　　　　　B. 已经打开了多个文档窗口

C. 当前文档窗口已被分割　　　　　　　D. 没有条件

24. 窗口菜单中**新建窗口**命令的功能是在主窗口中（　）。

A. 新建一个文档窗口、在其中打开一个新的空工作簿

B. 新建一个文档窗口，在其中打开的仍是当前工作簿

C. 在当前文档窗口里关闭当前工作簿而打开一个新工作簿

D. 在当前文档窗口里为当前工作簿新建一个工作表

25. 一个 Excel 工作表最大的行号为（　）。

A. 28　　　　　　　　　　　　　　　　B. 256

C. 1024　　　　　　　　　　　　　　　D. 65536

26. Excel 中，工作簿文件的扩展名是（　）。

A. xls　　　　　　　　　　　　　　　　B. doc

C. xlt　　　　　　　　　　　　　　　　D. mem

27. 要想在屏幕上同时看到一个工作簿中的两个不同的工作表（　）。

A. 可以在同一个工作簿窗口实现

B. 可以在 Excel 主窗口中通过两个工作簿窗口来实现

C. 只能两次启动 Excel、通过两个主窗口来实现

D. 可以通过窗口分割来实现

28. 在工作表的某一单元格中，输入＝99-11-28，则该单元格内显示（　）。

A. ＝99-11-28　　　　　　　　　　　　B. **1999 年 11 月 28 日**

C. **60**　　　　　　　　　　　　　　　D. **99 -11 -28**

29. Excel 中模板文件的扩展名是（　）。

A. xlt　　　　　　　　　　　　　　　　B. xls

C. doc　　　　　　　　　　　　　　　　D. mem

30. Excel 中，对"清除"和"删除"功能的表述，哪个是错误的（　）。

A. 清除不能删掉单元格中某些类型的数据

B. 它们只对选定的单元格区域起作用，其他单元格中的内容不会受到影响

C. 清除的对象只是单元格中的内容

D. 删除的对象不只是单元格中的内容，而且还有单元格本身

31. 在 Excel 中，默认工作表的名称为（　）。

A. Work1,Work2,Work3　　　　　　　　B. Document1,Document2,Document3

C. Book1,Book2,Book3　　　　　　　　D. Sheet1,Sheet2,Sheet3

32. Excel 中，打印工作簿时下面的哪个表述是错误的（　）。

A. 可以打印整个工作簿

B. 一次可以打印一个工作簿中的一个或多个工作表

C. 在一个工作表中可以只打印某一页

D. 不能只打印一个工作表中的一个区域

33. Excel 中，有关列宽的表述，下面错误的说法是（　）。

A. 系统默认列的宽度是一致的

B. 不调整列宽的情况下，系统默认设置列宽自动以输入的最多字符的长度为准

C. 列宽不随单元格中的字符增多而自动加宽

D. 一次可以调整多列的列宽

34. 在 Excel 中，若要将光标移到工作表 A1 单元格，可按（　）键。

A. Home　　　　　　　　　　　　　　　B. PageDown

C. Ctrl＋Home   D. Ctrl＋End

35. 下列关于 Excel 的叙述中,正确的是(　　)。

    A. Excel 工作表的名称由文件名决定

    B. Excel 允许一个工作簿中包含多个工作表

    C. Excel 的图表必须与生成该图表的有关数据处于同一个工作表上

    D. Excel 将工作簿的每一个工作表分别作为一个文件夹保存

36. 在 Excel 中,若要向上移动一屏应使用(　　)键完成。

    A. Ctrl＋PageUp   B. Ctrl＋PageDown

    C. PageUp   D. PagcDown

37. 在 Excel 中,若要将光标移到单元格所在位置的 A 列,可按键(　　)。

    A. PageUp   B. Home

    C. PageDown   D. End

38. Excel 中工作簿的基础是(　　)。

    A. 工作表   B. 工作簿

    C. 数据   D. 图表

39. Excel 工作簿的默认名是(　　)。

    A. Book1   B. Excel1

    C. Document1   D. Sheet1

40. 在 Excel 中,有关单元格数据的输入、编辑,下面错误的表述是(　　)。

    A. 一个工作表中同时可以选定多个活动单元格

    B. 只允许向活动单元格中输入数据

    C. 单击单元格后便可以向该单元格输入数据

    D. 双击单元格后,可以编辑该单元格中已有的数据

41. 在 Excel 中,下面哪个表述是错误的(　　)。

    A. 选定某单元格时,可用鼠标指针指向它,单击鼠标左键即可

    B. 被选定的单元格称活动单元格

    C. 不允许一次选定多个单元格

    D. 当前工作表中的单元格只有唯一的列号、行号与之对应

42. 在 Excel 单元格中输入字符型数据 1234,正确的输入过程是(　　)。

    A. ＝'1234'   B. '1234'

    C. "1234"   D. '1234

43. 在 Excel 的"替换"操作中,下面说法正确的是(　　)。

    A. 只能在整个工作表中进行

    B. 只能替换与查找内容相匹配的英文字母和汉字,标点符号不行

    C. 可以删除与查找内容相匹配的字句

    D. 查找字句的字符个数与替换的字符个数必须相等

44. 在 Excel 中,单元格不能直接输入的常量类型是(　　)。

    A. 字符型   B. 数值型

    C. 备注型   D. 日期型

45. 在工作表的某个单元格内直接输入 **6-20**,Excel 认为这是一个(　　)。

    A. 数值   B. 字符串

    C. 时间   D. 日期

46. 如果在工作表的 A5 单元格中存有字符串**电子表格软件**,A6 单元格中存有字符串 **Excel**,那么当在 B3 单元之中输入＝**A5＆A6** 后,缺省情况下该单元格显示(　　)。

A. ＝A5＆iA6　　　　　　　　B. A5＆A6

C. 电子表格软件 ＆Excel　　　D. 电子表格软件 Excel

47. 如果在工作表的 A5 单元格中存有数值 24.5，那么当在 B3 单元格中输入＝A5×3"后，缺省情况下该单元格将显示（　）。

A. A53　　　　　　　　　　　B. 73.5

C. 3A5　　　　　　　　　　　D. A5×3

48. 如果在 C3 单元格中输入了数值 24，那么公式＝C3＞＝30 的值是（　）。

A. 24　　　　　　　　　　　　B. 30

C. －6　　　　　　　　　　　 D. FALSE

49. 公式＝24.75/3＞＝11.6 的值是（　）。

A. FALSE　　　　　　　　　　B. TRUE

C. 无法确定　　　　　　　　　D. 显示出错信息

50. 如果在 C3 单元格中输入了数值 24，在 C5 单元格中输入了字符串 computer，那么在 C8 单元格中输入公式＝C5＋C3 将要显示的是（　）。

A. computer　　　　　　　　　B. computer24

C. 24　　　　　　　　　　　　D. ＃VALUE!

51. 假设 D4 单元格内输入公式＝C3＋＄A＄5，再将该公式复制到 E7 单元格中的公式，实际上是（　）。

A. ＝C3＋＄A＄5　　　　　　　B. ＝D6＋＄A＄5

C. ＋C3＋＄B＄8　　　　　　　D. －D6＋B8

52. 在 Excel 公式中，下列 4 种单元格引用里混合引用是（　）。

A. B＄4　　　　　　　　　　　B. B4

C. ＄B＄4　　　　　　　　　　D. RCC4

53. 在 Excel 中，有关嵌入式图表，下列表述错误的是（　）。

A. 对生成后的图表进行编辑时，首先要激活图表

B. 图表生成后不能改变图表类型，如三维变二维

C. 表格数据修改后，相应的图表数据也随之变化

D. 图表生成后可以向图表中添加新的数据

54. 关于 Excel 函数的概念，下列各项中正确的是（　）。

A. 所有函数都有自变量　　　　B. 所有函数都有函数值

C. 所有函数的功能都能用公式取代　　D. 所有公式的功能都能用函数取代

55. 如果已经在 A1 到 A6 的 6 个单元格中填入了 6 个数，要求在 B1 单元格中运用求和函数计算它们总和的三倍，正确的做法是（　）。

A. 在 D1 单元格中填入＝SUM×3

B. 在 B1 单元格中填入＝3SUM×（A1A6）

C. 在 B1 单元格中填入＝SUM（A1:A6）＊3

D. 必须先在其他（例如 B2）单元格中计算出总和 SUM（A1:A6），然后在 B1 单元格中填入＝3×B2

56. 在 A1 单元格内输入一月，然后拖动该单元格填充柄至 A2，则 A2 单元格中内容是（　）。

A. 一月　　　　　　　　　　　B. 二月

C. 空　　　　　　　　　　　　D. 一

57. 如果在 D2 单元格内填写了字符串 COMPUTER，则函数 MID(D2,4,2) 的值为（　）。

A. COMP　　　　　　　　　　B. OMPU

C. UT　　　　　　　　　　　　D. PU

58. 如果在 X1，X2 单元格中已分别存放计算机应用能力考核和基础知识，那么函数 REPLACE(X1,11,4,X2) 的值是（　）。

A. 计算机应用能力考核基础知识　　　B. 计算机应用基础能力考核

C. 计算机应用基础知识能力考核　　　D. 计算机应用基础知识考核

59. 如果 X1,X2 单元格中已分别存放计算机应用能力考核和应用,那么函数 FIND(X2,X1,1)的值是( )。

　　A. 4

　　B. 6

　　C. 7

　　D. 8

60. 在 Excel 中,提取当前日期的函数是( )。

　　A. TODAY( )

　　B. NOW( )

　　C. DATE( )

　　D. DATE(TODAY)

61. 如果 Al 单元格的值为 3,Bl 单元格为空,C1 单元格为一个字符串,D1 单元格为 9,则函数 AVERAGE (A1:D1)的值是( )。

　　A. 2

　　B. 4

　　C. 6

　　D. 不予计算

62. 在 Excel 中,函数 MAX(0,−1,TRUE)的值是( )。

　　A. 1

　　B. 3

　　C. −1

　　D. 0

63. 如果 A1 单元格的值为 3,B1 单元格为空,Cl 单元格为一个字符串,D1 单元格为 9,则函数 MIN(A1, AVERAGE(A1:D1))的值是( )。

　　A. 3

　　B. 4

　　C. 6

　　D. 不予计算

64. 在 Excel 中,函数 SUM(A1:B4)的功能是( )。

　　A. 计算 A1+B4

　　B. 计算 A1+A2+A3+A4+Bl+B2+B3+B4

　　C. 按行计算 A 列 B 列之

　　D. 按列计算 1,2,3,4 行之和

65. 在工作表中,标识一个单元格,C3,C11,N3,N11 为 4 个顶点域,正确的定法是( )。

　　A. C3:C11:N3:N11

　　B. C3:N3

　　C. C3:C11

　　D. N11:C3

66. 在工作表中单元区域 D6:B6 包括的单元格个数是( )。

　　A. 3

　　B. 6

　　C. 9

　　D. 18

67. 单元区域(B14:C17　A16:D18　C15:E16)包括的单元格数目是( )。

　　A. 1

　　B. 6

　　C. 8

　　D. 12

68. 单元区域(B14:C17,A16:D18,C15:E16)包括的单元格数目是( )。

　　A. 6

　　B. 8

　　C. 12

　　D. 19

69. 在工作表中,标识一个由单元格 B5,B6,C5,C6,D6,D7,D8,D9 组成的区域,正确的写法是( )。

　　A. B5:D9

　　B. D5:C6:D6:D7

　　C. CX612

　　D. B6:C5,D6:D9

70. 不属于 Excel 的混合引用表示有( )。

　　A. $A3

　　B. E14

　　C. F$8

　　D. $C9

71. 在 Excel 中,连续选定 A 到 E 列单元格,下面哪个操作是错误的( )。

A. 单击列号 A,然后拖动至列号 E,再释放鼠标左键

B. 单击列号 A,再按下 Shift 键并单击列号 E,最后释放 Shift 键

C. 先按 Ctrl 键不放,再用鼠标左键单击 A,B,C,D,E 列号,最后释放 Ctrl 键

D. 直接单击 A,B,C,D,E 的每个列号

72. Excel 中可以使用的运算符中,没有( )运算符。

A. 算术   B. 关系

C. 字符   D. 逻辑

73. 在 Excel 中,将 3,4 两行选定,然后进行插入行操作,下面的表述哪个是正确的( )。

A. 在行号 2 和 3 之间插入两个空行   B. 在行号 3 和 4 之间插入两个空行

C. 在行号 4 和 5 之间插入两个空行   D. 在行号 3 和 4 之间插入一个空行

74. 用( ),使该单元格显示 0.5。

A. 3/6   B. "3/6"

C. ="3/6"   D. =3/6

75. 在 Excel 中,输入文字的方式除直接输入外,还可使用( )函数。

A. TEXT()   B. SUM()

C. AVERAGE()   D. COUNT()

76. 在 Excel 提供的 4 类运算符中,优先级最低的是( )。

A. 算术运算符   B. 关系运算符

C. 文本运算符   D. 引用运算符

77. 不属于 Excel 算术运算符的有( )。

A. *   B. /

C. '   D. ^

78. 在 Excel 中,双击列标右边界可以( )。

A. 自动调整列宽为最适合的列宽   B. 隐藏列

C. 锁定列   D. 选定列

79. 在 Excel 中,若单元格引用随公式所在单元格位置的变化而改变,则称之为( )。

A. 引用   B. 混合引用

C. 绝对引用   D. 相对引用

80. 在如下 Excel 运算符合中,优先最低级的是( )。

A. *   B. "

C. &   D. ^

81. 下列哪个不是 Excel 中常用的数据格式( )。

A. 分数   B. 科学计数法

C. 文字   D. 公式

82. 在 Excel 的默认情况下,在单元格中输入公式并确定后,单元格中显示( )。

A. ?   B. 计算结果

C. 公式内容   D. TRUE

83. 在 Excel 中,有关列的表述,下面正确的说法是( )。

A. 工作表中的列数不允许超过 256

B. 一次不能隐藏多列

C. 列可以隐藏,但该列内容可能会丢失

D. 输入的字符超宽时内容会丢失

84. 下列有关运算符的叙述中,不正确的是( )。

A. 关系运算符的优先级低于算术运算符

B. 算术运算符的操作数与运算结果均为数值类型数据

C. 关系运算符的操作数可能是字符串或数值类型数据

D. 关系运算符的运算结果是 TRUE,FALSE 或两者都不是

85. 在 Excel 中,下面表述正确的是(　　)。

　　A. 单元格的名称是不能改动的　　　　B. 单元格的名称可以有条件的改动

　　C. 单元格的名称是可以改动的　　　　D. 单元格是没有名称的

86. 已知工作表中 J7 单元格中为公式＝F7＊＄D2,在第 4 行处插入一行,则插入后 J8 单元格的公式为(　　)。

　　　　A. ＝F8＊＄D＄3　　　　　　　B. ＝F8＊＄D2

　　　　C. ＝F7＊＄D3　　　　　　　　D. ＝F7＊＄D＄2

87. 对工作表内容进行编辑操作时,第一步应当是(　　)。

　　A. 使用**编辑菜单中填充**命令　　　B. 使用**插入**菜单中**单元格**命令

　　C. 使用**格式菜单中单元格**命令　　　D. 选定当前单元格或一个单元区域

88. 在 Excel 窗口中,工作表以上一行左端有一个"名称框"其中显示(　　)。

　　A. 当前工作簿文件名　　　　　　　B. 当前工作表的名字

　　C. 当前单元格的标识　　　　　　　D. 当前输入或编辑内容

89. 在 Excel 中选定多个不连续的单元格区域时,配合鼠标操作所需要的是(　　)键。

　　A. Alt　　　　　　　　　　　　　B. Ctrl

　　C. Shift　　　　　　　　　　　　D. Enter

90. 在 Excel 工作表的左上角,行号和列标交叉处按钮的作用是(　　)。

　　A. 选定行号　　　　　　　　　　　B. 选定列号

　　C. 选定整个工作表　　　　　　　　D. 无作用

91. 如果打算在工作表的某个单元格内输入两行字符,在输完第一行后需要按(　　)键。

　　A. Enter 键　　　　　　　　　　　B. Alt＋Enter 键

　　C. Ctrl＋Enter 键　　　　　　　　D. ↓键

92. 在编辑 Excel 工作表时,如果输入分数,应当首先输入(　　)。

　　A. 数字、空格　　　　　　　　　　B. 字母、0

　　C. 0、空格　　　　　　　　　　　D. 空格、0

93. 在编辑 Excel 工作表时,如果把一串阿拉伯数字作为字符而不是数值输入,应当(　　)。

　　A. 在数字前加"　　　　　　　　　B. 在数字前加'

　　C. 在数字前后加""　　　　　　　　D. 在数字前加:

94. 如果已经在 A1 到 A10 这 10 个单元格中输入了数字,要求在 D1 单元格中显示这 10 个数的平均值,应当输入(　　)。

　　　　A. ＝AVERAGE(A1:A10)　　　　B. AVERAGE(A1:A10)

　　　　C. ＝AVER(A1:A10)　　　　　　D. AVER(A1:A10)

95. 在 Excel 工作表中可以运用鼠标拖动的方法填入序列数据,具体操作方法是先填入第一个数据,然后(　　)。

　　　　A. 用鼠标指向该单元格,按下左键开始拖动

　　　　B. 用鼠标指向该单元格,按住 Ctrl 键后再按下左键开始拖动

　　　　C. 用鼠标指向该单元格边框右下角的"填充柄",按下左键开始拖动

　　　　D. 用鼠标指向该单元格边框右下角的"填充柄",按下右键开始拖动

96. 通过**编辑菜单中填充**命令,在下列几项中不能生成的是(　　)。

　　　　A. 递增的等差序列　　　　　　　B. 递减的等比列

　　　　C. 按字母排列的序列　　　　　　D. 已经定义的序列

97. 在 Excel 工作表中,用鼠标单击一个已有内容的单元格并通过按键输入一个字符,再按回车键,则这个新输入的字符( )。

    A. 完全取代原有内容   B. 插入到原有内容左端

    C. 取代原有的内容中左端第一字符   D. 插入到原有内容右端

98. 在 Excel 工作表中编辑一个单元格内容后,确认这次的修改,应当单击( )。

    A. "="按钮   B. "√"按钮

    C. "X"按钮   D. Esc 键

99. 当使用鼠标拖动的方法把一个单元复制到不相邻的另一个单元格时,应当首先把鼠标光标指向( )。

    A. 该单元格内部,然后按住 Ctrl 键的情况下拖动

    B. 该单元格的边框,然后在按住 Ctrl 键的情况下拖动

    C. 该单元格的边框,然后拖动

    D. 该单元格边框的右下角(控制点),然后拖动

100. 有关 Excel 工作表的操作,下面哪个表述是错误的。( )

    A. 工作表名默认是 Sheet1,Sheet2,Sheet3,…,用户可以重新命名

    B. 在工作簿之间允许复制工作表

    C. 一次可以删除一个工作簿中的多个工作表

    D. 工作簿之间不允许移动工作表

101. 如果在工作表的 C8 单元格中写有公式=SUM(B5:C7),也就是说进行求和的单元区域范围包括 6 个单元格,当把该公式复制到单元格 D6 以后,按照公式进行求和的单元区域范围包括( )。

    A. 6 个单元格   B. 4 个单元格

    C. 3 个单元格   D. 2 个单元格

102. 如果在工作表中已经填写了内容,现在需要在第 4 行和第 5 行之间插入 2 个空行,首先需要选取的行号是( )。

    A. 4   B. 5

    C. 4、5   D. 5、6

103. 如果在工作表的 A1 到 A10 单元格中填有 10 个数,在 Bl 单元格中填有公式"=SUM(A1,A10)"。现在第 4 行和第 5 行之间插入 2 个空行,B1 中的公式( )。

    A. 不变   B. 变为=SUM(A3:A12)

    C. 变为=SUM(A1,A12)   D. 变为=SUM(A1:A4,A7:A12)

104. 要在工作表已有内容的一个区域内插入一个空单元格,( )。

    A. 是不可能的   B. 只能插入一个整行或整列

    C. 插入位置上原有内容被清除   D. 插入位置上原有内容被顺次移动

105. 如果已经在工作表中的 D4,D5 单元格中填写了数值,在 E8 中填写了公式"=D4+D5'',后来又删除了单元格 D4,则 E8 的内容( )。

    A. 不变   B. 变为 D5

    C. D5+D6   D. ♯REF

106. 在 Excel 中,所有文件数据的输入及计算都是通过( )来完成的。

    A. 工作簿   B. 工作表

    C. 活动单元格   D. 文档

107. 在工作表中的按照缺省的规定,单元格中的数值在显示时( )。

    A. 靠右对齐   B. 靠左对齐

    C. 居中   D. 不定

108. 在工作表中调整单元格的列宽可以用鼠标拖动( )。

    A. 列名左边的边框线   B. 列名右边的边框线

C. 行号上面的边框线　　　　　　　D. 行号下面的边框线

109. Excel 中的"样式"不包括下列各项中的（　　）。

    A. 对齐　　　　　　　　　　　　　B. 行高列宽

    C. 边框　　　　　　　　　　　　　D. 图案

110. 在工作表的某一单元格中如果已经键入了字符串 **ABCD**，将其填充柄向下拖动 4 格，结果是（　　）。

    A. 选定了这 5 个单元格构成的区域　B. 填充了序列数据

    C. 将 ABCD 复制到这连续的 4 格中　D. 将 ABCD 移动到最后一格中

111. 在 Excel 编辑状态，**编辑**菜单中**复制**命令的功能是将选定的文本或图形（　　）。

    A. 复制到另一个文件插入点位置　　B. 由剪贴板复制到插入点

    C. 复制到文件的插入点位置　　　　D. 复制到剪贴板上

112. 在工作表中调整单元格的行高可以用鼠标拖动（　　）。

    A. 列名左边的边框线　　　　　　　B. 列名右边的边框线

    C. 行号上面的边框线　　　　　　　D. 行号下面的边框线

113. 在 Excel 中，当用户使用多个条件查找符号条件的记录数据时，可以使用逻辑运算符，AND 的功能是（　　）。

    A. 查找的数据必须符合所有条件　　B. 查找的数据至少符合一个条件

    C. 查找的数据不必符合所有条件　　D. 查找的数据不符合任何条件

114. Excel 中的统计图表（　　）。

    A. 是使用者的自行绘制的插图

    B. 是使用者选择使用的对电子表格的一种格式修饰

    C. 是根据电子表格数据自动作出的，并随时与该数据动态对应

    D. 是根据电子表数据自动作出的，但作成后即与该数据没有联系了

115. 在 Excel 中制作统计图表所依据的数据源应当是（　　）。

    A. 一个数值数据　　　　　　　　　B. 一个任意类型的数据

    C. 一组或若干组系列数值数据　　　D. 若干组任意类型的数据

116. 下列类型的统计图表中，具备 X 轴、Y 轴的是（　　）。

    A. 雷达图　　　　　　　　　　　　B. 条形图

    C. 圆环图　　　　　　　　　　　　D. 饼形图

117. 在 Excel 中，下面表述正确的是（　　）。

    A. 要改动图表中的数据，必须重新建立图表

    B. 图表中数据是可以改动的

    C. 图表中数据是不能改动的

    D. 改动图表中的数据是有条件的

118. 在 Excel 中，有关图表的操作，下面正确的表述是（　　）。

    A. 创建的图表只能放在含有用于创建图表数据的工作表之中

    B. 图表建立之后，不允许再向图表中添加数据，若要添加只能重新建立

    C. 图表建立后，可改变其大小，移动、删除等，但不能改变其类型，如柱形图改为饼形图

    D. 若要修饰图表，必须先选定图表，将其激活

119. 使用"图表向导"制作统计图表的 4 个步骤中，第一步是（　　）。

    A. 指定图表数据源　　　　　　　　B. 确定图表位置

    C. 设置图表选项　　　　　　　　　D. 选择图表类型

120. 在 Excel 中选取了数据源区域后按 F11 键，会自动制作出一个（　　）。

    A. 操作者指定类型的嵌入式图表　　B. 条形的嵌入式图表

    C. 柱形的独立图表　　　　　　　　D. 操作者指定类型的独立图表

121. 对于一个已经制作好的柱形图表,如果想修改其中某个系列的柱形颜色,应当( )。

    A. 首先选取原始数据表格中该数据系列

    B. 首先选取图表中该系列的柱形

    C. 首先单击**编辑**菜单

    D. 首先单击**格式**菜单

122. 在 Excel 中,表示单元格地址时,工作簿文件名必须使用( )引起来。

    A. { }   B. ( )

    C. " "   D. [ ]

123. 使用"图表导向"制作统计图表的 4 个步骤中,最后一步是( )。

    A. 指定图表数据源   B. 确定图表位置

    C. 设置图表选项   D. 选择图表类型

124. 用 Excel 可以创建各类图表,如条形图、柱形图等。为了显示数据系列中每一项占该系列数值总和的比例关系,应该选择( )图表。

    A. 条形图   B. 柱形图

    C. 饼图   D. 折线图

125. 在 Excel 中,不能用( )的方法建立图表。

    A. 在工作表中插入或嵌入图表   B. 添加图表工作表

    C. 从非相邻选定区域建立图表   D. 建立数据库

二、填空题

1. 在 Excel 中,文档使用的默认扩展名为_____。

2. 在 Excel 中,表示单元格地址时,工作表与单元格名之间必须使用_____分隔。

3. 在 Excel 中,工作簿名称放置在工作区域顶端的_____中。

4. 在 Excel 中,若要将光标向右移到下一个工作表屏幕的位置,可按_____键。

5. 在 Excel 中,若要把全部单元格选定,可按_____键。

6. 如果 A1 单元格的内容为＝A3,A2 单元格为一个字符串,A3 单元格为数值 22,A4 单元格为空,则函数 COUNT(A1:A4)的值是_____。

7. 在 Excel 中,若活动单元格在 F 列 4 行,其引用的位置以_____表示。

8. 假设在 E6 单元格内输入公式＝E3＋＄C8,再将该公式复制到 A5 单元格,则在 A5 单元格中的公式实际上是_____;如果是将该公式移动到 A5 单元格,则在 A5 单元格中的公式实际上是_____。

9. 如果在工作表中已经填写了内容,现在需要在 D 列和 E 列之间插入 3 个空白列,首先需要选取的列名称是_____。

10. 在 Excel 中,若想输入当天时间,可以通过_____组合键快速完成。

11. 在 Excel 中,若想输入当天日期,可以通过_____组合键快速完成。

12. 在 Excel 中,被选定的单元格称为_____。

13. 在 Excel 工作表中,如未特别设定格式,则文字数据会自动_____对齐。

14. 在 Excel 中,单元格内最多可输入_____个字符。

15. 在 Excel 文字处理时,强迫换行的方法是在需要执行的位置按_____键。

16. 在 Excel 中,若单元格引用不会因公式所在单元格位置的变化而变化,则称为_____。

17. 在 Excel 中,单元格范围引用符号为_____。

18. 在 Excel 中,若要将光标移到工作表 A1 单元格,可按_____键

19. Excel 中输入分数时,应先输入_____和_____。

20. Excel 规定,公式必须用_____开头。

21. 工作表的最大行可达_____,最大列可达_____。

22. 任一时刻所操作的单元格成为_____单元格,又叫活动单元格。

23. 在 Excel 中,一个工作簿文件就是一个扩展名为_____的文件。

24. 函数 SUM(A1:A3)相当于求_____。

25. Excel 中,除了可以直接在单元格中输入函数外,还可以单击常用工具栏上_____按钮来输入函数。

26. 选定区域 C3:F3,单击**自动求和**按钮,则在 G3 单元格中自动填入公式_____。

27. 若在 A2 单元格中输入=**8^2**,则显示结果为_____。

28. 在 Excel 中,将图表与工作表放在工作簿不同工作表中,称为_____。

三、简答题

1. 在 Excel 中,对数字单元格进行修改时,如果出现＃＃＃＃＃,试说明原因?

2. 在 Excel 中,引用单元格时如果加了 $,是何意思?

3. 在 Excel 中,如何操作"填充序列"?

4. 在 Excel 中出现＃DIV/0! 错误信息是什么原因?

5. 在 EXCEL 中输入如 1-1,1-2 之类的格式后它即变成 1 月 1 日,1 月 2 日等日期形式,怎么办?

6. 如何快速地将数字作为文本输入?

❉ 习 题 六

一、选择题

1. 如果要从第 3 张幻灯片跳到第 5 张幻灯片,使用**幻灯片放映**菜单中( )命令能完成这一操作。
   A. 幻灯片切换
   B. 动作设置
   C. 自定义动画
   D. 预设动画

2. **标尺**命令在( )菜单中。
   A. 编辑
   B. 格式
   C. 工具
   D. 视图

3. 设计幻灯片母版的命令位于( )菜单中。
   A. 格式
   B. 视图
   C. 工具
   D. 编辑

4. 18 号字体比 9 号字体( )。
   A. 小
   B. 大
   C. 没法比较
   D. 有时大有时小

5. 退出 PowerPoint 2003 的正确操作是( )。
   A. 单击**文件**菜单中**关闭**命令
   B. 单击**文件**菜单中**另存为**命令
   C. 单击**文件**菜单中**退出**命令
   D. 单击**文件**菜单中**打印**命令

6. 以下不是 PowerPoint 中的视图按钮的是( )。
   A. 普通视图按钮
   B. 幻灯片浏览视图按钮
   C. 幻灯片放映视图按钮
   D. 大纲视图按钮

7. 在下列操作中不能完成演示文稿的保存工作的是( )。
   A. 单击**常用**工具栏中**保存**按钮
   B. 按 Ctrl＋O 组合键
   C. 单击**文件**菜单中**保存**命令
   D. 单击**文件**菜单中**另存为**命令

8. 在演示文稿中,对插入的图片,不能进行的操作是( )。
   A. 裁剪
   B. 放大或缩小
   C. 移动其位置
   D. 修改图片的内容

9. 以下哪种方法不能把文字信息加入到幻灯片中( )。
   A. 使用文本框
   B. 使用艺术字

C. 在自选图形上右击选择**添加文字**   D. 插入声音

10. PowerPoint 2003 演示文稿的默认扩展名是（   ）。

    A. ppt   B. doc

    C. txt   D. xls

11. 以下操作中能退出 PowerPoint 的是按（   ）组合键。

    A. Ctrl＋F4   B. Ctrl＋S

    C. Ctrl＋V   D. Alt＋F4

12. 要修改幻灯片中文本框的内容，以下操作正确的是（   ）。

    A. 选定文本框中要修改的内容，重新输入新的文字

    B. 先删除文本框，然后再插入一个文本框

    C. 用新插入的文本框覆盖原来的文本框

    D. 以上说法都不正确

13. 如果要将幻灯片的方向改变为纵向，可通过（   ）菜单。

    A. **文件→页面设置**   B. **文件→打印**

    C. **格式→幻灯片板式**   D. **格式→应用设计模板**

14. 如果要使某个幻灯片与其母版不同，（   ）。

    A. 是不可以的   B. 设置该幻灯片不使用母版

    C. 直接修改该幻灯片   D. 重新设置母版

15. 在（   ）视图下不能显示幻灯片中插入的图片对象。

    A. 大纲   B. 幻灯片母版

    C. 幻灯片   D. 幻灯片放映

16. 按（   ）键可以停止正在放映的幻灯片。

    A. Ctrl＋O   B. Ctrl＋F

    C. Ctrl＋X   D. Esc

17. 对存放在硬盘中的 PowerPoint 演示文稿进行修改时，以下正确的操作是（   ）。

    A. 单击**文件**菜单中**打开**命令，然后在**打开**对话框中选择该文件

    B. 单击**文件**菜单中**新建**命令，然后在**新建**对话框中选择该文件

    C. 单击**编辑**菜单中**打开**命令，然后在**打开**对话框中选择该文件

    D. 单击**编辑**菜单中**新建**命令，然后在**新建**对话框中选择该文件

18. 下列有关插入图片、自绘图形等对象的操作说法正确的是（   ）。

    A. 在幻灯片中插入的图片或图形都是一个独立的对象，所以不能将它们组合成一个对象

    B. 如果插入的对象有重叠的时候，可以通过"叠放次序"来设置其显示的顺序

    C. 幻灯片中的图片不能作为动作按钮使用

    D. 在图形上面不能添加文本信息

19. **文件**菜单中**新建**命令，其快捷键是（   ）。

    A. Ctrl＋P   B. Ctrl＋O

    C. Ctrl＋S   D. Ctrl＋N

20. 添加与编辑幻灯片"页眉与页脚"操作的命令位于（   ）菜单中。

    A. **插入**   B. **格式**

    C. **视图**   D. **编辑**

21. 在幻灯片的"动作设置"对话框中设置的超链接对象不允许的是（   ）。

    A. 下一张幻灯片   B. 一个应用程序

    C. 其他演示文稿   D. "幻灯片"中的一对象

22. 修改项目符号的颜色、大小是通过（   ）菜单打开对话框来实现的。

A. 格式→幻灯片配色方案　　　　B. 格式→字体

C. 插入→符号　　　　　　　　　D. 格式→项目符号

23. 在 PowerPoint 中的( )视图下,不能对幻灯片的内容进行修改。

    A. 幻灯片放映　　　　　　　　B. 幻灯片浏览

    C. 大纲视图　　　　　　　　　D. 普通视图

24. 在幻灯片编辑的状态下,以下不能重新更改幻灯片的版式是( )。

    A. 单击鼠标右键,在弹出的菜单中选择"幻灯片设置"

    B. 选择插入→幻灯片版面设置选项

    C. 选择格式→幻灯片版面设置选项

    D. 在视图菜单中选择任务窗格选项

25. 在 PowerPoint 的幻灯片中要输入文字,以下说法正确的是( )。

    A. 选定幻灯片直接输入文字　　B. 选定图片直接输入文字

    C. 应单击占位符,然后直接输入文字　　D. 删除文本框,然后直接输入文字

26. 文件菜单中打开命令,其快捷键是( )。

    A. Ctrl+N　　　　　　　　　B. Ctrl+P

    C. Ctrl+O　　　　　　　　　D. Alt+O

27. 以下关于自绘图形操作不正确的是( )。

    A. 通过插入菜单中图片命令可以插入自绘图形

    B. 自绘图形内不能添加文本

    C. 鼠标拖动可以改变自绘图形的大小和位置

    D. 在同一张幻灯片中的自绘图形可以任意的组合,形成一个对象

28. 在 PowerPoint 中创建新的演示文稿可以使用文件菜单中新建命令或使用( )中的新建按钮来完成。

    A. 大纲工具栏　　　　　　　　B. 常用工具栏

    C. 格式工具栏　　　　　　　　D. 动画效果工具栏

29. 使用( )菜单中页眉和页脚命令可为演示文稿加上页眉和页脚。

    A. 视图　　　　　　　　　　　B. 插入

    C. 格式　　　　　　　　　　　D. 编辑

30. 在 PowerPoint 中,对先前做过的有限次操作,以下说法正确的是( )。

    A. 不能对已做的操作进行撤销

    B. 能对已做的操作进行撤销,也能恢复撤销后的操作

    C. 能对已做的操作进行撤销,但不能恢复撤销后的操作

    D. 不能对已做的操作进行撤销,也不能恢复撤销后的操作

31. 在 PowerPoint 中,窗口左下端视图切换的按钮有( )个。

    A. 2　　　　　　　　　　　　B. 3

    C. 4　　　　　　　　　　　　D. 5

32. 下述有关演示文稿存盘操作的描述,正确的是( )。

    A. 选择文件菜单中保存命令,可将演示稿存盘并退出编辑

    B. 选择文件菜单中另存为命令,可保存演示文稿的备份

    C. 若同时编辑多个演示文稿,单击工具栏中的保存按钮,打开的所有文稿均保存

    D. 选择文件菜单中关闭命令,则将演示文稿存盘并退出 PowerPoint

33. 在幻灯片编辑状态下,用鼠标拖动方式进行复制操作,需按下( )键。

    A. Shift　　　　　　　　　　B. Ctrl

    C. Alt　　　　　　　　　　　D. Alt+Ctrl

34. PowerPoint 是电子讲演稿软件,它( )。

A. 在 DOS 环境下运行　　　　　　　B. 在 Windows 环境下运行

C. 在 DOS 和 Windows 环境下运行　D. 可以不要任何环境,独立在运行

35. 如果计算机没有连接打印机,PowerPoint 将(　　)。

A. 不能进行幻灯片的放映也不能打印

B. 可以进行幻灯片的放映,但不能打印

C. 按文件的大小,有的能进行幻灯片的放映,有的不能放映

D. 按文件的类型,有的可以进行幻灯片的放映,有的不能放映

二、填空题

1. 在 PowerPoint 中,要看幻灯片的最终效果,需要在**幻灯片放映**菜单中单击_____。

2. 如果要在一个演示文稿中制作多张幻灯片,则在_____菜单中选择**新幻灯片**。

3. 如果要做两个相同效果的艺术字,选择一个已经做好的艺术字,在**编辑**菜单中选择**复制**,然后选择**编辑**菜单中的_____。

4. 当第一次保存演示文稿时,会出现一个标题为_____的对话框。

5. 在打印对话框里设定好有关信息后,然后单击_____按钮后即可开始打印。

6. 在幻灯片中对所有键入的文字,一经_____,则可以使用粗体、斜体或者加上下划线。

7. 在幻灯片的编辑过程中,按下_____键则可以观看放映。

8. 在**页面设置**对话框中设置好选项以后,单击_____按钮则变成了所需的页面设置。

9. 在 PowerPoint 中,当按下_____键时,在屏幕上则出现 Office 助手对话框。

10. 在 PowerPoint 中有三个视图切换按钮,分别为_____、幻灯片浏览视图、幻灯片放映视图按钮。

11. 在幻灯片中画一个矩形,在绘图工具条上选择_____按钮则可以用颜色来填充这个矩形。

12. **填充效果**对话框中有 4 个选项卡,分别为_____、_____、_____、图片。

13. 为了给艺术字做一个动画效果,需要在**幻灯片放映**菜单中选择_____来完成。

14. PowerPoint 是在_____操作系统中运行的软件。

15. PowerPoint 中要显示或者隐藏**任务窗格**,需要在_____菜单下单击**任务窗格**。

16. 对于已经打开的多个演示文稿,**页面设置**命令只对_____演示文稿起作用。

17. PowerPoint 生成的演示文稿,其扩展名为_____。

18. 若要在幻灯片中添加动作按钮,可选择_____菜单中**动作按钮**级联菜单,再选择所需的按钮式样。

19. 当幻灯片中的默认占位符不够用时,可以添加_____对象来替代占位符。

20. 若想创建具有一定主题内容的演示文稿,可通过选择**新建演示文稿**任务窗格中的_____命令来实现。

三、简答题

1. 列举你能知道的创建 PowerPoint 文稿的方法。

2. 利用模板为幻灯片创建背景风格。

3. 如何为动画添加声音效果?

4. 如何控制在幻灯片中的切换效果?

5. PowerPoint 的文档是否可以转换成 Web 文档?

❋ 习 题 七

一、选择题

1. 下列属于多媒体技术发展方向的是(　　)。

(1) 简单化,便于操作;　　　　　(2) 高速度化,缩短处理时间;

(3) 高分辨率,提高显示质量;　　(4) 智能化,提高信息识别能力。

A. (1)(2)(3)　　　　　　　　　B. (1)(2)(4)

  C. (1)(3)(4)   D. 全部

2. 下列采集的波形声音( )的质量最好。

  A. 单声道、8 位量化、22.05 kHz 采样频率

  B. 双声道、8 位量化、44.1 kHz 采样频率

  C. 单声道、16 位量化、22.05 kHz 采样频率

  D. 双声道、16 位量化、44.1 kHz 采样频率

3. 衡量数据压缩技术性能好坏的重要指标是( )。

  (1) 压缩比;   (2) 标准化;

  (3) 恢复效果;   (4) 算法复杂度。

  A. (1)(3)   B. (1)(2)(3)

  C. (1)(3)(4)   D. 全部

4. 下列关于 Premiere 软件的描述正确的是( )。

  (1) Premiere 是一个专业化的动画与数字视频处理软件;

  (2) Premiere 可以将多种媒体数据综合集成为一个视频文件;

  (3) Premiere 具有多种活动图像的特技处理功能;

  (4) Premiere 软件与 Photoshop 软件是一家公司的产品。

  A. (1)(2)   B. (3)(4)

  C. (2)(3)(4)   D. 全部

5. ( )是多媒体创作工具的标准中应具有的功能和特性。

  (1) 超链接能力;   (2) 动画制作与演播;

  (3) 编程环境;   (4) 模块化与面向对象化。

  A. (1)(3)   B. (2)(4)

  C. (1)(2)(3)   D. 全部

6. 音频卡是按( )分类的。

  A. 采样频率   B. 采样量化位数

  C. 声道数   D. 压缩方式

7. 即插即用视频卡在 Windows 环境中安装后仍不能正常使用,假设是因为与其他硬件设备发生冲突,下述解决方法( )是可行的。

  (1) 在系统硬件配置中修改视频卡的系统参数;

  (2) 在系统硬件配置中首先删除视频卡,然后重新启动计算机,让系统再次自动检测该即插即用视频卡;

  (3) 在系统硬件配置中修改与视频卡冲突设备的系统参数;

  (4) 多次重新启动计算机,直到冲突不再发生。

  A. 仅(1)   B. (1)(2)

  C. (1)(2)(3)   D. 全部

8. CD-ROM 是由( )标准定义的。

  A. 黄皮书   B. 白皮书

  C. 绿皮书   D. 红皮书

9. 下列关于 dpi 的叙述( )是正确的。

  (1) 每英寸的 bit 数;   (2) 每英寸像素点;

  (3) dpi 越高图像质量越低;   (4) 描述分辨率的单位。

  A. (1)(3)   B. (2)(4)

  C. (1)(4)   D. 全部

10. ( )是多媒体教学软件的特点。

(1) 能正确生动地表达本学科的知识内容；

(2) 具有友好的人机交互界面；

(3) 能判断问题并进行教学指导；

(4) 能通过计算机屏幕和老师面对面讨论问题。

A. (1)(2)(3)　　　　　　　　　　B. (1)(2)(4)

C. (2)(4)　　　　　　　　　　　D. (2)(3)

11. 媒体在计算机领域的含义包含了（　　）。

A. 是指存储信息的实体　　　　　B. 是指传递信息的载体

C. 包含了 A 和 B　　　　　　　D. 不包含 A 和 B

12. "媒体"的概念范围是相当广泛的,以下属于媒体类型的是（　　）。

A. 感觉媒体　　　　　　　　　　B. 表示媒体

C. 传输媒体　　　　　　　　　　D. 包含 A,B 和 C

13. 多媒体是指能够同时获取、处理、编辑、存储和展示两个以上不同类型信息媒体的技术,这些信息媒体包括（　　）。

A. 文字、声音、图形、图像、动画、视频等

B. 文字、声音、光盘、U 盘

C. 声音、图形、电视

D. 打印机、光驱

14. 多媒体技术应该具有（　　）的特性。

A. 集成性、交互性、实时性、非循环性　　B. 集成性、简单性、复杂性、非循环性

C. 集成性、顺序性、实时性、排错性　　　D. 复杂性、相互性、适应性、非循环性

15. 促进多媒体技术发展的关键技术是（　　）。

A. 存储技术、网络传输技术、多媒体压缩技术、人机交互技术等

B. CPU 技术、硬盘技术、USB 接口技术、人机交互技术等

C. 视频技术、网络电视技术、电子商务技术、人机交互技术等

D. 存储技术、网络传输技术、信息采编技术、信息交流技术等

16. 多媒体技术的启蒙时间是（　　）。

A. 1946 年　　　　　　　　　　B. 20 世纪 80 年代

C. 20 世纪 90 年代　　　　　　D. Windows 操作系统诞生的时代

17. 多媒体技术能够更加有效地集成与综合,构架在一个统一的平台上,未来的发展方向是实现三电合一和三网合一。三电指的是（　　）。

A. 电信、电脑和电视　　　　　　B. 电信、电脑和电器

C. 强电、弱电和电器　　　　　　D. 有线电话、无线电话和移动电话

18. 多媒体数据的特点为（　　）。

A. 数据量巨大、数据类型多等　　B. 表示容易、交流方便等

C. 容易识别、容易存储等　　　　D. 易于携带、易于传输

19. 声音信号能够进行压缩的基本依据是（　　）。

A. 声音信号的冗余度、人耳朵的听觉关系、声音波形的相关性

B. 声音信号的强度、人耳朵的听觉关系、声音波形的大小

C. 声音信号的穿透力、声音的疏密程度、声音波形的相关性

D. 声音信号传输的距离、人耳朵的听觉关系、声音波形的长短

20. PCM 编码是对连续语音信号进行空间采样、幅度量化及用适当码字将其编码的总称。PCM 编码是（　　）的工程师发明的。

A. 法国　　　　　　　　　　　　B. 美国

C. 英国　　　　　　　　　　D. 中国

二、填空题

1. 文本、声音、_____、_____和_____等信息的载体中的两个或多个的组合成为多媒体。

2. 多媒体技术具有_____、_____、_____和高质量等特性。

3. 音频主要分为_____语音和_____。

4. 目前常用的压缩编码方法分为_____和_____两类。

5. 多媒体应用系统的开发一般包括下列几个步骤:确定_____;明确_____;准备_____;集成一个多媒体应用系统。

6. 多媒体创作系统提供一种将_____结合在一起的集成环境,是为完成_____任务的软件系统。

7. 根据通信结点的数量,视频会议系统可分为_____和_____两类。

8. 多媒体数据库涉及影响到传统数据库的_____、_____、_____数据操纵以及应用等许多方面。

9. 普通计算机变成多媒体计算机要解决的关键技术是_____、_____、_____和_____。

10. 音频卡的主要功能是_____、_____、_____和_____。

11. 多媒体计算机获取常用的图形、静态图像和动态图像(视频)的方法是_____、_____、_____和_____。

12. 多媒体与其他传统媒体的最大区别在于多媒体具有_____特性。

13. 随着光盘、大容量的硬盘出现,多媒体信息的_____问题得以解决。

14. 为了使多媒体技术能够更加有效地集成与综合,构架在一个统一的平台上,未来的发展方向是实现三电合一和三网合一。三电合一是指将_____、_____和_____通过多媒体数字化技术相互渗透融合。

15. 多媒体数据的特点是_____、_____、_____数据类型间区别大等特点。

16. 信息的_____包含了数值、文字、语言、音乐、图形、动画、静态图像和电视视频图像等多种媒体由模拟量转化为数字量的一个过程,这个过程包含了信息的吞吐、存储和传输等问题。

17. 数据_____技术不仅解决了对数据的存储问题,同时又提高了数据的传输效率,更重要的是使计算机对数据的处理更为容易,更为方便。

18. _____是在时域上进行处理,力图使重建的语音波形保持原始语音信号的形状,它将语音信号作为一般的波形信号来处理,具有适应能力强、话音质量好等优点,缺点是压缩比偏低。

19. _____是对连续语音信号进行空间采样、幅度量化及用适当码字将其编码的总称。

20. MPEG 组织 1995 年推出的 MPEG-2 标准是在 MPEG-1 标准基础上的进一步扩展和改进,主要是针对数字视频广播、高清晰度电视和数字视盘等制定的 4 M～9 Mbit/s _____及其伴音的编码标准。

21. 多媒体计算机技术是结合_____、_____、影像、声音、动画等各种媒体的一种应用,并且是建立在数字化处理的基础上的。

三、简答题

1. 多媒体数据具有哪些特点?

2. 图形和图像有何区别?

3. 什么是超文本,超文本的主要成分是什么?

4. 简述 JPEG 和 MPEG 的主要差别。

5. 音频录制中产生声音失真的原因及解决方法?

6. 简述多媒体视频会议系统的结构。

❋ 习　题　八

一、选择题

1. Access 数据库是( )。

A. 层次数据库   B. 网状数据库

C. 关系数据库   D. 面向对象数据库

2. 如果在创建表中建立"时间"字段,其数据类型应当是(   )。

A. 文本   B. 数字

C. 日期   D. 备注

3. Access 中表和数据库的关系是(   )。

A. 一个数据库可以包含多个表   B. 一个表可以单独存在

C. 一个表可以包含多个数据库   D. 一个数据库只能包含一个表

4. 在 Access 数据库系统中,数据最小的访问单位是(   )。

A. 字节   B. 字段

C. 记录   D. 表

5. 在 Access 表中,只能从两种结果中选择其一的字段类型是(   )。

A. 是/否类型   B. 数字类型

C. 文本类型   D. OLE 对象型

6. 利用系统提供的数据库模板来选择数据库类型并创建所需的表、窗体及报表,这种创建数据库的方法是(   )。

A. 数据库向导   B. 创建空数据库

C. 复制数据库   D. 复制数据表

7. Access 数据库中,(   )是其他数据库对象的基础。

A. 报表   B. 查询

C. 表   D. 模块

8. 在 Access 中,空数据库是指(   )。

A. 没有基本表的数据库   B. 没有窗体、报表的数据库

C. 没有任何数据库对象的数据库   D. 数据库中数据是空的

9. 货币类型是什么数据类型的特殊类型(   )。

A. 数字   B. 文本

C. 备注   D. 自动

10. 涉及多个表的查询中,这些表中的数据一般应该具有(   )关系。

A. 无   B. 一对多

C. 多对多   D. 关联

11. 下列不属于 Access 中控件的是(   )。

A. 列表框   B. 分页符

C. 换行符   D. 矩形

12. 在 Access 中,没有数据来源的控件类型是(   )。

A. 结合型   B. 非结合型

C. 计算型   D. 以上都不对

13. 不是用来作为表或查询中是/否值的控件是(   )。

A. 复选框   B. 切换按钮

C. 选项按钮   D. 命令按钮

14. 下列关于控件的叙述中,正确的是(   )。

A. 在组合框中每次只能选择一个数据项

B. 列表框比组合框具有更强的功能

C. 使用标签工具可以创建附加到其他控件上的标签

D. 在列表框中每次只能选择一个数据项

15. 如果在窗体上输入的数据总是取自某组固定内容的数据,则为了保证输入数据的正确,同时提高数据的输入速度,可以使用( )控件来完成。

    A. 文本框   B. 列表框

    C. 选项按钮   D. 复选框

16. 在 Access 中,窗体可以基于( )来创建。

    A. 报表   B. 查询

    C. 窗体   D. 模块

17. 在 Access 窗体中,用来执行某项操作的控件是( )。

    A. 选项按钮   B. 切换按钮

    C. 命令按钮   D. 选项卡

18. 决定窗体结构和外观的是( )。

    A. 控件   B. 标签

    C. 属性   D. 按钮

19. Access 支持的查询类型有( )。

    A. 选择查询、交叉表查询、参数查询、SQL 查询和操作查询

    B. 基本查询、选择查询、参数查询、SQL 查询和操作查询

    C. 多表查询、单表查询、交叉表查询、参数查询和操作查询

    D. 选择查询、统计查询、参数查询、SQL 查询和操作查询

20. 根据指定的查询条件,从一个或多个表中获取数据并显示结果的查询称为( )。

    A. 交叉表查询   B. 参数查询

    C. 选择查询   D. 操作查询

21. 下列关于条件的说法中,( )是错误的。

    A. 同行之间为逻辑"与"关系,不同行之间为逻辑"或"关系

    B. 日期/时间类型数据需要在两端加 #

    C. 文本类型数据需要在两端加上双引号("")

    D. 数字类型数据需要在两端加上双引号("")

22. 若要查询为 70～80 分之间(包括 70 分,不包括 80 分)的学生的信息,查询条件设置正确的是( )。

    A. >69 or <80   B. Between 70 With 80

    C. >=70 and <80   D. in(70,79)

23. 若要在文本型字段执行全文搜索,查找 Access 开头的字符串,正确的表达式是( )。

    A. Like"*Access*"   B. Like"Access"

    C. Like"*Access"   D. Like"Access*"

24. Access 提供的参数查询可在执行时显示一个对话框以提示用户输入信息,只要在一般查询条件中写上( ),并在其中输入提示信息,就形成了参数查询。

    A. ()   B. <>

    C. {}   D. []

25. 使用查询向导,不可以创建( )。

    A. 单表查询   B. 多单表查询

    C. 带条件的查询   D. 不带条件的查询

26. 若要用设计视图创建一个查询,查找所有姓"张"的女同学的姓名、性别,正确的设置查询条件的方法应为( )。

    A. 在**条件**单元格键入姓名="张" AND 性别="女"

    B. 在**性别**对应的**条件**单元格键入女

    C. 在**姓名**对应的**条件**单元格中输入 Like"张 *";在**性别**对应的**条件**单元格中输入女

D. 在**条件单元格键入性别＝"女" AND 姓名＝"张＊"**

27. （　）是数据库中的最小存取单位。

  A. 表   B. 记录

  C. 字段   D. 窗体

28. 数据库系统的核心是（　）。

  A. 数据库   B. 数据库管理系统

  C. 数据模型   D. 软件工具

29. 在 Access 数据库对象中,体现数据库设计目的的对象是（　）。

  A. 表   B. 模块

  C. 查询   D. 报表

30. 窗体中只用于打印的节是（　）。

  A. 页面页眉节   B. 窗体页眉节

  C. 窗体页脚节   D. 组页脚节

31. 在 Access 中,在"查找和替换"时可以使用通配符,其中可以用来通配任何单个字符的通配符是（　）。

  A. ?   B. !

  C. &   D. ＊

32. 在数据管理技术的发展过程中,经历了人工管理阶段、文件系统阶段和数据库系统阶段。其中数据独立性最高的阶段是（　）。

  A. 数据库系统   B. 文件系统

  C. 人工管理   D. 数据项管理

33. 已知一个 Access 数据库,其中含有系别、男、女等字段,若要统计每个系男女教师的人数,则应使用（　）查询。

  A. 选择查询   B. 操作查询

  C. 参数查询   D. 交叉表查询

34. 将 Access 某数据库中 C＋＋程序设计语言课程不及格的学生从**学生**表中删除,要用（　）查询。

  A. 追加查询   B. 生成表查询

  C. 更新查询   D. 删除查询

35. 在 Access 中有一**年龄**字段,数据类型定义为数字数据类型,并且在字段属性的有效性规则内输入＞**18 and ＜40**,那么该字段（　）。

  A. 要求输入大于 18 且小于 40 的数字   B. 要求输入大于 18 或小于 40 的数字

  C. 要求输入大于 18 的数字   D. 要求输入小于 40 的数字

36. Access 自动创建窗体的方式有（　）种。

  A. 2   B. 3

  C. 4   D. 5

37. 使用窗体向导创建基于一个表的窗体,可选择的布局方式有（　）种。

  A. 4   B. 6

  C. 2   D. 3

38. 创建表结构的方法有（　）种。

  A. 2   B. 3

  C. 4   D. 5

39. 在 Access 数据库中,带条件的查询需要通过准则来实现的,准则是运算符、常量、字段值等的任意组合,下面（　）选项不是准则中的元素。

  A. SQL 语句   B. 函数

C. 属性 D. 字段名

40. Access 进行数据库设计时,要按照一定的设计步骤,下列设计步骤的顺序正确的是(　　)。
    A. 需求分析、确定所需字段、确定联系、确定所需表、设计优化
    B. 需求分析、确定所需字段、确定所需表、确定联系、设计优化
    C. 需求分析、确定所需表、确定联系、确定所需字段、设计优化
    D. 需求分析、确定所需表、确定所需字段、确定联系、设计优化

41. Access 中,以下控件中的(　　)允许用户在运行时输入信息。
    A. 文本框 B. 标签
    C. 列表框 D. 选项按钮

42. 如果要从表中选择所需的值,而不想浏览数据表或窗体中的所有记录,或者要一次指定多个准则,即筛选条件,可使用(　　)方法。
    A. 按选定内容筛选 B. 内容排除筛选
    C. 按条件筛选 D. 高级筛选/排序

43. Access 提供的筛选记录的常用方法有三种,(　　)不是常用的。
    A. 按选定内容筛选 B. 内容排除筛选
    C. 按窗体筛选 D. 高级筛选/排序

44. 使用窗体向导创建窗体,打开**窗体向导**对话框后,第二步需要(　　)。
    A. 确定窗体上使用的布局
    B. 确定窗体上使用哪些控件
    C. 确定所需的样式
    D. 指定窗体标题

45. 关系数据库系统中所管理的关系是(　　)。
    A. 一个 mdb 文件 B. 若干个 mdb 文件
    C. 一个二维表 D. 若干个二维表

46. Access 数据库的类型是(　　)。
    A. 层次数据库 B. 网状数据库
    C. 关系数据库 D. 面向对象数据库

47. Access 表中字段的数据类型不包括(　　)。
    A. 文本 B. 备注
    C. 通用 D. 日期/时间

48. 以下关于查询的叙述正确的是(　　)。
    A. 只能根据数据表创建查询 B. 只能根据已建查询创建查询
    C. 可以根据数据表和已建查询创建查询 D. 不能根据已建查询创建查询

49. 下面关于列表框和组合框的叙述正确的是(　　)。
    A. 列表框和组合框不可以包含几列数据
    B. 可在列表框中输入新值,而组合框不能
    C. 可以在组合框中输入新值,而列表框不能
    D. 在列表框和组合框中均可以输入新值

50. 一个同学可以同时借阅多本图书,一本图书只能有一个同学借阅,学生和图书之间的联系为(　　)。
    A. 一对多 B. 多对多
    C. 多对一 D. 一对一

51. 同一个表的主键字段的任意两个记录值(　　)。
    A. 不能全同 B. 可全同
    C. 必须全同 D. 以上都不是

52. 一个关系数据库表中的各条记录（ ）。
    A. 前后顺序不能任意颠倒，一定要按照输入的顺序排列
    B. 前后顺序可以任意颠倒，不影响库中的数据关系
    C. 前后顺序可以任意颠倒，但排列顺序不同，统计处理的结果就可能不同
    D. 前后顺序不能任意颠倒，一定要按照关键字段值的顺序排列

53. Access 提供的数据类型，不包括（ ）。
    A. 文字   B. 备注
    C. 货币   D. 日期/货币

54. Access 不可以导入或链接数据源的是（ ）。
    A. Access   B. FoxPro
    C. Excel   D. PowerPoint

55. Access 的参照完整性规则不包括（ ）。
    A. 更新规则   B. 删除规则
    C. 查询规则   D. 插入规则

56. 关系数据库管理系统所管理的关系是（ ）。
    A. 一个 DBF 文件   B. 若干个二维表
    C. 一个 DBC 文件   D. 若干个 DBC 文件

57. 要控制两个表中数据的完整性和一致性可以设置参照完整性，要求这两个表（ ）。
    A. 是同一个数据库中的两个表   B. 不同数据库的两个表
    C. 两个自由表   D. 一个是数据库表另一个是自由表

58. 如果经常定期性地执行某个查询，但每次只是改变其中的一组条件，那么就可以考虑使用（ ）。
    A. 选择查询   B. 参数查询
    C. 交叉表查询   D. 操作查询

59. 如果在数据库中已有同名的表，（ ）查询将覆盖原有的表。
    A. 交叉表   B. 追加
    C. 更新   D. 生成表

60. 如果想找出不属于某个集合的所有数据，可使用（ ）操作符。
    A. AND   B. Like
    C. Not in   D. OR

61. 窗体是由不同种类的对象所组成，每一个对象都有自己独特的（ ）。
    A. 字段   B. 属性
    C. 节   D. 工具栏

62. 通常情况下窗体的设计工作区只打开窗体的（ ）。
    A. 主体   B. 窗体的页眉/页脚
    C. 页面的页眉   D. 页面的页脚

63. （ ）不是数据库管理系统。
    A. VB   B. Access
    C. Sybase   D. Oracle

64. （ ）不是 Access 的数据库对象。
    A. 表   B. 查询
    C. 窗体   D. 文件夹

65. Access 是（ ）公司的产品。
    A. 微软   B. IBM
    C. Intel   D. Sony

66. 在创建数据库之前,应该( )。

    A. 使用设计视图设计表   B. 使用表向导设计表

    C. 思考如何组织数据库   D. 给数据库添加字段

67. 表是由( )组成的。

    A. 字段和记录   B. 查询和字段

    C. 记录和窗体   D. 报表和字段

68. 创建涉及两个表的查询通常需要这两个表之间具有( )的关系。

    A. 没有关系   B. 随意

    C. 一对多或者一对一   D. 多对多

69. 可用来存储图片的字段是( )类型字段。

    A. OLE   B. 备注

    C. 超链接   D. 查阅向导

70. 完整的交叉表查询必须选择( )。

    A. 行标题、列标题和值   B. 只选行标题即可

    C. 只选列标题即可   D. 只选值

71. Access 共提供了( )种数据类型。

    A. 8   B. 9

    C. 10   D. 11

72. ( )是连接用户和表之间的纽带,以交互窗口方式表达表中的数据。

    A. 窗体   B. 报表

    C. 查询   D. 宏

73. ( )是一个或多个操作的集合,每个操作实现特定的功能。

    A. 窗体   B. 报表

    C. 查询   D. 宏

74. 学生和课程之间是典型的( )关系。

    A. 一对一   B. 一对多

    C. 多对一   D. 多对多

75. Access 数据库使用( )作为扩展名。

    A. xls   B. mdb

    C. db   D. dbf

76. ( )数据类型可以用于为每个新记录自动生成数字。

    A. 数字   B. 超链接

    C. 自动编号   D. OLE 对象

77. 在 Access 中,动作查询不包括( )。

    A. 更新查询   B. 选择查询

    C. 删除查询   D. 生成表查询

二、填空题

1. 表是由一些行和列组成的,表中的一列称为一个_____,表中的一行称为一个_____。

2. Access 数据库文件的扩展名是_____。

3. Access 中,可以通过_____视图向表中输入数据,也可以利用窗体视图通过窗体向表中输入记录。

4. 在输入表中记录时,_____类型的字段值不需要用户输入,而系统会自动给它一个值。

5. 对于保存表中 OLE 对象型的数据,系统提供了_____和_____两种方法。

6. 组合框和列表框的区别在于,组合框可以用来_____。

7. 在 Access 中,控件的类型可分为结合型、_____和_____。

8. 在 Access 中,用户可以创建自定义窗体,创建自定义窗体可依靠_____来实现,它提供了多种控件。

9. 既可以进行选择,又能够输入文本的控件是_____。

10. 自行创建窗体的工作应该在_____视图中进行。

11. Access 中,对数据库中的表的记录排序时,可以有_____两种排序。

12. Access 中,对数据库表中的记录进行排序时,数据类型为_____的字段不能排序。

13. 窗体是数据库系统中用户和应用程序之间的主要界面,用户对数据库的_____都可以通过窗体来完成。

14. 窗体由多个部分组成,每个部分称为一个_____。

15. 一个关系数据库表结构的定义主要包括表名、字段名、_____和主关键字。

16. 关系数据库中可命名的最小数据单位是_____名。

17. 已知系(系编号、系名称、系主任、电话、地点)和学生(学号、姓名、性别、入学日期、专业、系编号)两个关系,系关系的主关键字是_____,学生关系的主关键字是_____,这两个关系的关联字段是_____。

18. 窗体有纵栏式窗体、_____、数据表窗体、主/子窗体、图表窗体和数据透视窗体 6 种类型。

19. 创建纵栏式窗体,可以在“**数据库**”窗口中的对象列表中单击**窗体**对象,再单击工具栏上**新建**按钮,出现**新建窗体**对话框,从列表中选择_____选项。

20. 控件的类型可以分为结合型、非结合型与计算型。结合型控件主要用于显示、输入、更新数据库中的字段;非结合型控件_____;计算型控件用表达式作为数据源。

21. _____一般显示对所有记录都要显示的内容、使用命令的操作说明等,也可设置命令按钮。

22. 在关系数据库中,唯一标识一条记录的一个或多个字段称为_____。

23. 在关系数据库模型中,二维表的列称为属性,二维表的行称为_____。

24. Access 数据库包括表、查询、_____、报表、数据访问页、宏和模块等基本对象。

25. 窗体中的数据来源主要包括表和_____。

26. 表是_____的集合,一个数据库可以有多个数据表,一表由多个具有不同数据类型的_____组成.在一个表中最多可以建立_____个主键。

27. Access 的窗体有 3 种视图:_____用来创建和修改设计对象的窗口,窗体视图是能够同时输入、修改和查看完整的记录数据的窗口,_____以行列方式显示表、窗体、查询中的数据,以及查找、修改、删除数据。

28. 查询的数据来源可以是_____或_____。

29. 窗体由上而下被分成 5 个节,它们分别是_____、页面页眉、_____、页面页脚、_____。

30. 每个查询都有三种视图,即设计视图、_____、_____。

三、判断题

1. 数据库中的每一个表都必须有一个主关键字段。 （ ）

2. 设置文本型字段默认值时不用输入引号,系统自动加入。 （ ）

3. 所有数据类型都可以建立索引。 （ ）

4. 用鼠标选择记录时,按住 Shift 键可以选定不相连的多个记录。 （ ）

5. 一个表只能建立一个索引。 （ ）

6. 已创建的表间关系不能删除。 （ ）

7. 在使用向导创建报表时,可以从多个表或多个查询中选取字段。 （ ）

8. 数据库是按一定组织方式存储的相互有关的数据集合。 （ ）

9. SQL 查询必须在选择查询的基础上创建。 （ ）

10. 关系中的元组和属性分别对应二维表中的记录和字段。 （ ）

11. 表的主键可由一个或多个其值能唯一标识该表中任何记录的字段组成。 （ ）

12. 在表设计器中,“邮政编码”字段可以设置成数字类型,也可以设置为文本类型。 （ ）

13. 数据访问页不是 Access 数据库的一种对象。 （ ）

14. 数据表视图是 Access 的窗体窗口具有的视图。　　　　　　　　　　　　（　）
15. 数据库由表组成。　　　　　　　　　　　　　　　　　　　　　　　　（　）
16. Access 和 Excel 没什么区别，都能对数据进行处理。　　　　　　　　　（　）
17. 数据模型有层次模型、网状模型、关系模型三种。　　　　　　　　　　（　）
18. Access 是一种关系型数据库管理系统。　　　　　　　　　　　　　　（　）
19. 窗体和报表的作用不一样。　　　　　　　　　　　　　　　　　　　（　）
20. 控件的类型可以分为结合型和非结合型两种。　　　　　　　　　　　（　）
21. 组合框和列表框没有区别。　　　　　　　　　　　　　　　　　　　（　）
22. 宏是一种操作命令。　　　　　　　　　　　　　　　　　　　　　　（　）
23. 数字型是默认的字段数据类型。　　　　　　　　　　　　　　　　　（　）
24. 可以通过拖动的方式导出表到 Excel 工作表中。　　　　　　　　　　（　）

四、简答题

1. 一个 Access 数据库一般包括哪些对象？说明其中的三个对象的作用。
2. 简述 Access 数据库的作用。
3. 窗体的数据源有哪几类？
4. 简述文本框控件的作用。
5. 简述查询和表的区别。
6. 简述查询操作和筛选操作的区别。
7. 动作查询分为几种？它们各用于什么场合？
8. 简述设计表要定义哪些内容？
9. 举两个例子说明应用"是/否"型数据类型的场合。

❋ 习 题 九

一、选择题

1. 计算机网络是一门综合技术，其主要技术是（　）。
   A. 计算机技术与多媒体技术　　　　B. 计算机技术与通信技术
   C. 电子技术与通信技术　　　　　　D. 数字技术与模拟技术
2. 在计算机网络发展历程中，（　）对其形成与发展影响最大。
   A. NFSNET　　　　　　　　　　　B. ARPANET
   C. DATAPAC　　　　　　　　　　D. CYCLADES
3. 下列网络属于广域网的是（　）。
   A. 校园网　　　　　　　　　　　　B. 公司内部网络
   C. 两用户之间的对等网　　　　　　D. 通过电信从上海到北京的计算机网络
4. 计算机网络拓扑结构是指对计算机物理网络进行几何抽象后得到的网络结构，它反映出网络各实体间的（　）。
   A. 结构关系　　　　　　　　　　　B. 主从关系
   C. 接口关系　　　　　　　　　　　D. 层次关系
5. 点对点式网络与广播式网络的根本区别是（　）。
   A. 点对点式网络只有两个结点，广播网络中有多个结点
   B. 所采用的拓扑结构不同
   C. 点对点式网络需进行路由选择，而广播式网络无需进行路由选择
   D. 点对点式网络独占通信信道，广播式网络共享通信信道
6. 不同的计算机网络采用的通信协议是不同的。Internet 采用（　）协议。

A. Token Ring	B. CSMA/CD
C. TCP/IP	D. X. 25

7. 计算机网络的最重要的功能是( )。

A. 节省费用	B. 数据交换
C. 资源共享	D. 提高可靠性

8. 计算机网络可分为广域网、城域网和局域网,其划分的主要依据是网络的( )。

A. 拓扑结构	B. 控制方式
C. 作用范围	D. 传输介质

9. WAN 的中文意思是( )。

A. 广域网	B. 局域网
C. 城域网	D. 因特网

10. 数据传输率是指每秒钟传送的( )。

A. 二进制位数	B. 字节数
C. 字长	D. 字数

11. ( )是为通信双方能有效地进行数据交换而建立的规则、标准或约定。

A. 接口	B. 体系结构
C. 层次	D. 网络协议

12. 完成路径选择功能是在 TCP/IP 的协议栈的( )。

A. 网络接口层	B. 应用层
C. 互联网络层	D. 运输层

13. TCP 协议位于 TCP/IP 参考模型的( )。

A. 应用层	B. 网络接口层
C. 运输层	D. 互联网络层

14. 计算机网络的分层以其协议的集合称为( )。

A. 计算机网络层次	B. 计算机网络的体系结构
C. 计算机网络拓扑结构	D. 计算机网络协议

15. 为解决解决了不同计算机系统之间及不同网络之间互联的问题,国际标准化组织 ISO 提出了( )的国际标准。

A. TCP/IP	B. OSI
C. IPX/SPX	D. SLIP/PPP

16. OSI 参考模型的意义是( )。

A. 首次提出网络协议的概念

B. 首次提出网络体系结构的概念

C. 建立了标准的网络体系结构

D. 不仅定义了每一层的功能,而且规定了每层的实现细节

17. 计算机网络体系结构中最重要的一层,其协议也是最复杂的一层是( )。

A. 网络层	B. 运输层
C. 会话层	D. 表示层

18. 下列协议中为运输层面向连接的协议是( )。

A. IP	B. UDP
C. TCP	D. FTP

19. TCP/IP 参考模型的应用层对应于 OSI 参考模型的( )。

A. 下三层	B. 上四层
C. 下四层	D. 上三层

20. TCP/IP 协议是（　　）。

    A. 国际标准　　　　　　　　　　　　B. 事实上的工业标准

    C. 一种行业标准　　　　　　　　　　D. 一种企业标准

21. TCP/IP 协议所采用的通信方式是（　　）。

    A. 电路交换方式　　　　　　　　　　B. 报文交换方式

    C. 线路交换方式　　　　　　　　　　D. 分组交换方式

22. Internet 的核心协议是（　　）。

    A. HTTP　　　　　　　　　　　　　B. SMTP/POP3

    C. DNS　　　　　　　　　　　　　 D. TCP/IP

23. OSI 参考模型的最底层是（　　）。

    A. 物理层　　　　　　　　　　　　　B. 网络层

    C. 数据链路层　　　　　　　　　　　D. 运输层

24. 在 OSI 参考模型中,不同系统对等层之间按相应协议进行通信,同一系统不同层之间通过（　　）进行通信。

    A. 电缆　　　　　　　　　　　　　　B. 接口

    C. 协议　　　　　　　　　　　　　　D. 约定

25. 在 OSI 参考模型中,为用户提供可靠的端到端服务,透明地传送报文的是（　　）。

    A. 网络层　　　　　　　　　　　　　B. 物理层

    C. 运输层　　　　　　　　　　　　　D. 数据链路层

26. 在 IP 地址的 5 种类别中,B 类地址的最高标识位为（　　）。

    A. 00　　　　　　　　　　　　　　　B. 01

    C. 10　　　　　　　　　　　　　　　D. 11

27. A 类地址允许的网络数为（　　）。

    A. 128　　　　　　　　　　　　　　B. 126

    C. 16777214　　　　　　　　　　　D. 16777216

28. 每个 C 类地址允许的主机数为（　　）。

    A. 256　　　　　　　　　　　　　　B. 128

    C. 64　　　　　　　　　　　　　　　D. 65536

29. 在下列 IP 地址中,（　　）属于 B 类地址。

    A. 211.168.0.7　　　　　　　　　　B. 155.155.155.155

    C. 10.10.10.10　　　　　　　　　　D. 192.168.1.100

30. IP 地址（　　）在 Internet 上将被路由器阻截,只能用于内部网络上。

    A. 127.0.0.1　　　　　　　　　　　B. 192.168.100.1

    C. 125.125.0.1　　　　　　　　　　D. 222.222.1.1

31. 地址（　　）用于网络软件测试以及本地机进程间通信,称为环回地址。

    A. 127.0.0.1　　　　　　　　　　　B. 192.168.0.1

    C. 0.0.0.0　　　　　　　　　　　　D. 255.255.255.0

32. 由于数字形式的 IP 地址难以记忆,所以人们往往采用有意义的字符形式即域名来表示 IP 地址,而把域名翻译成 IP 地址的软件称为（　　）。

    A. Linux　　　　　　　　　　　　　B. UNIX

    C. DNS　　　　　　　　　　　　　 D. IE

33. 顶级域名(最高层域)分为（　　）两大类。

    A. 常用域和地区域　　　　　　　　　B. 通用域和地区域

    C. 通用域和国家域　　　　　　　　　D. 常用域和国家域

34. 顶级域名 EDU 表示（　　）。
    A. 商业组织　　　　　　　　　　B. 政府部门
    C. 教育机构　　　　　　　　　　D. 非营利组织

35. （　　）是指中国教育和科研计算机网。
    A. CHINANET　　　　　　　　　　B. CHINAUNICOM
    C. CERNET　　　　　　　　　　　D. EDU

36. 为用户提供因特网接入服务的电信营运商称为（　　）。
    A. SIP　　　　　　　　　　　　　B. CPI
    C. ICP　　　　　　　　　　　　　D. ISP

37. ICP 与 ISP 最明显的区别是（　　）。
    A. 因特网接入服务　　　　　　　　B. 不提供因特网接入服务
    C. 不提供视频点播服务　　　　　　D. 提供视频点播服务

38. 非对称数字用户环路的英文缩写是（　　）。
    A. HDSL　　　　　　　　　　　　B. ADSL
    C. SDSL　　　　　　　　　　　　D. VDSL

39. 下列硬件中哪一个不是 ADSL 接入方式的必备硬件（　　）。
    A. 调制解调器　　　　　　　　　　B. 语音分离器
    C. 网络适配器　　　　　　　　　　D. 电话机

40. HFC 是在（　　）基础上发展起来的。
    A. PSTN　　　　　　　　　　　　B. CATV
    C. DDN　　　　　　　　　　　　　D. ISDN

41. Cable Modem 的工作方式是（　　）带宽。
    A. 共享　　　　　　　　　　　　　B. 分散
    C. 独占　　　　　　　　　　　　　D. 集中

42. 在常用的传输介质中,带宽最宽、信号传输衰减最小、抗干扰能力最强的一类是（　　）。
    A. 双绞线　　　　　　　　　　　　B. 同轴电缆
    C. 光缆　　　　　　　　　　　　　D. 无线信道

43. 无线接入方式是对有线接入方式的（　　）。
    A. 替代　　　　　　　　　　　　　B. 扩充
    C. 改造　　　　　　　　　　　　　D. 没有关系

44. 以下的上网方式中,一般网速最快的是（　　）。
    A. Modem 拨号入网　　　　　　　B. ADSL 接入
    C. 局域网接入　　　　　　　　　　D. 无线接入

45. Internet 目前最流行的应用模式是（　　）。
    A. 基于数据库的客户机/服务器模式　　B. 集中式模式
    C. 基于 Web 的客户机/服务器的模式　　D. 分布式计算模式

46. Client/Server 的中文含义是（　　）。
    A. 客户机/服务器　　　　　　　　B. 浏览器/服务器
    C. 用户/服务　　　　　　　　　　D. 请求/服务

47. 访问 Web 服务器需要的客户端软件是（　　）。
    A. 搜索引擎　　　　　　　　　　　B. 过滤器
    C. 新闻组　　　　　　　　　　　　D. 浏览器

48. 在 Internet 浏览时,浏览器和 Web 服务器之间传输网页所使用的协议是（　　）。
    A. UDP　　　　　　　　　　　　　B. TCP

C. TELNET
D. HTTP

49. HTML 是一种专门用于 WWW 应用的编程语言,HTML 的中文意思是( )。

A. 统一资源定位符
B. 资源管理器

C. 超文本标记语言
D. 页面

50. 启动 IE 浏览器后,将自动加载( )。

A. 历史记录
B. 雅虎网站的页面

C. 收藏夹的页面
D. IE 中设定的起始页面

51. 百度是一个( )。

A. 新闻组
B. 聊天室

C. 搜索引擎
D. 解压软件

52. 专门提供网上信息检索的网站称为( )。

A. BBS
B. 门户网站

C. 搜索引擎
D. 电子邮件系统

53. 在以下的高层协议中,发送电子邮件的协议是( )。

A. TCP
B. SMTP

C. POP3
D. IP

54. Internet 工程任务组(IETF)提出制定的下一代的 IP 协议,简称为( )协议。

A. IPv6
B. IPv4

C. IPv5
D. IPv3

55. IPv6 地址为( )位。

A. 32
B. 48

C. 64
D. 128

56. 目前互联网上最主要的应用是( )。

A. Web
B. FTP

C. E-mail
D. 游戏

57. 双绞线分很多种,( )是目前主要应用的。

A. 五类
B. 超五类

C. 六类
D. 七类

58. 命令( )用于测试网络的联通性。

A. ping
B. nslookup

C. tracert
D. ipconfig

59. 数据链路层将网络层交下来的数据报按照链路层协议进行组装然后进行传输,其传输的数据单位是( )。

A. 数据
B. 数据帧

C. 数据包
D. 数据段

60. 双绞线水晶头的做法有两种,A 标和 B 标,下列( )是 B 标的线序。

A. 橙白、橙、绿白、绿、蓝白、蓝、棕白、棕

B. 橙白、橙、绿白、蓝、蓝白、绿、棕白、棕

C. 绿白、绿、橙白、橙、蓝白、蓝、棕白、棕

D. 绿白、绿、橙白、蓝、蓝白、橙、棕白、棕

二、多项选择题

1. 下列选项中属于 ISP 的有( )。

A. 中国电信
B. 中国联通

C. 雅虎中国
D. 网易

2. 与 TCP/IP 参考模型中网络接口层对应的 OSI 参考模型层是( )。

    A. 物理层   B. 数据链路层

    C. 网络层   D. 运输层

3. 在下列说法中正确的有( )。

    A. 一台主机的 IP 地址不论属于哪类网络均与其他主机处于平等地位

    B. 一个主机可以有一个或多个 IP 地址

    C. 两个或多个主机能共用一个 IP 地址

    D. 一个主机可以有一个或多个域名

4. 局域网接入需要( )。

    A. 调制解调器   B. 网络适配器

    C. IP 地址   D. 安装 TCP/IP 软件

5. 下列描述中正确的有( )。

    A. 布线工程中,双绞线的长度不能超过 90 m

    B. 用于电信号与光信号转换的设备叫光电转换器或者光纤模块

    C. 目前一般校园网骨干的传输速率是 1000 M

    D. 因价格原因,目前网络接入设备主要采用 Hub,骨干采用交换机

6. 有线通信介质包括( )。

    A. 电线   B. 双绞线

    C. 同轴电缆   D. 光纤

7. 在下列 IP 地址中属于私有地址的有( )。

    A. 10.10.10.10   B. 127.0.0.1

    C. 172.31.1.1   D. 192.168.0.1

8. 在 TCP/IP 参考模型中,应用层是最高的一层,它包括了所有的高层协议。下列协议中属于应用层协议的是( )。

    A. HTTP   B. FTP

    C. UDP   D. SMTP

9. 当前典型的宽带网络接入技术有( )。

    A. ADSL   B. 局域网

    C. 光纤网络   D. 电话交换网络

10. 在以下 4 个 WWW 网址中,正确的有( )。

    A. www.sohu.com   B. www.pku.cn.edu

    C. www.org.cn   D. www.tj.net.jp

11. 下面有关搜索引擎的说法正确的有( )。

    A. 当前搜索引擎一般都是网站提供的免费服务

    B. 搜索引擎可实现对关键字或词的搜索

    C. 利用搜索引擎一般都能查到相关主题

    D. 每个网站都有自己的搜索引擎

12. 用 IE 浏览网页,在地址栏中输入网址时,不可以省略的是( )。

    A. telnet://   B. bbs://

    C. http://   D. ftp://

13. 标准的 URL 的组成包括( )。

    A. 通信协议   B. 主机域名

    C. 路径名   D. 文件名

14. 下列硬件中,Windows XP 中拨号入网的必备硬件包括( )。

A. 计算机   B. 调制解调器

C. 电话机   D. 电话线

15. 关于因特网中的电子邮件,以下说法正确的有( )。

    A. 电子邮件应用程序的主要功能是创建、发送、接收和管理邮件

    B. 电子邮件应用程序通常使用 SMTP 接收邮件、POP3 发送邮件

    C. 电子邮件由邮件头和邮件体两部分组成

    D. 利用电子邮件可以传送多媒体信息

16. 下列有关电子邮件的叙述正确的有( )。

    A. 电子邮件可以带附件

    B. E-mail 地址具有特定的格式<邮箱名>@<邮件服务器域名>

    C. 目前邮件发送时一般采用 TCP 协议

    D. 用 Outlook Express 收发电子邮件之前,必须先进行邮件账户的设置

17. 局域网的特点包括( )。

    A. 数据传输高   B. 覆盖范围大

    C. 误码率低   D. 延迟小

18. IPv6 相比 IPv4 而言,具有如下优势( )。

    A. 地址数量大   B. 路由聚合方便

    C. 地址记忆更方便   D. 可更好的支持 QOS 和安全性

19. 目前的主要无线接入技术有( )。

    A. WLAN   B. WCDMA

    C. 红外线   D. CDMA2000

20. 互联网的基本功能是( )。

    A. 共享资源   B. 交流信息

    C. 发布和获取信息   D. 网络游戏

三、填空题

1. 计算机网络从结构上可以分成_____和_____两部分。

2. 国际标准化组织于 80 年代初正式颁布了著名的 OSI 参考模型,其中译名为_____。

3. 联网计算机在通信过程中必须遵守相同的_____。

4. 网络按照覆盖范围的差异可以将网络划分成_____、_____、_____。

5. 请列举几项 TCP/IP 网络模型中应用层的相关协议_____、_____、_____。

6. 计算机网络的功能主要体现在_____、_____、_____三个方面。

7. 为通信双方能有效地进行数据交换而建立的规则、标准或约定,称为_____。

8. 数据传输率是指每秒钟传送的二进制位数,习惯上又把数据传输速率称为_____。

9. 计算机网络的分层以其协议的集合称为_____。

10. OSI 参考模型从下到上包括_____、_____、_____、_____、_____以及_____,共 7 层。

11. 在 OSI 参考模型中,不同系统对等层之间按相应的_____进行通信,同一系统不同层之间则通过_____进行通信。

12. 在 OSI 参考模型中,网络层使用_____提供的服务,并为_____提供服务。

13. TCP/IP 协议簇中,运输层的两个主要协议是_____和_____。

14. 在 Internet 上,网络之间的数据传输主要依赖_____协议。

15. _____协议适用于对速度要求较高而功能简单的类似请求/响应方式的数据通信。

16. 一个 IP 地址中包含两部分信息,即_____和_____。

17. 在 A,B,C 类地址中,主机号全 1 的地址用于广播,称为_____地址;主机号各位全为 0 的网络号称为_____地址。

18. 在 Internet 上要访问对方的计算机必须知道对方的_____或_____。

19. IPv6 的地址长度为_____位。

20. 顶级域名(最高层域)分为_____和_____两大类。

21. 装有 DNS 软件的主机,称为_____,它是一种能够实现名字解析的分层结构数据库。

22. 为用户提供信息内容服务的电信营运商称为_____。

23. Modem 拨号入网接入方式传输速率低,且_____与_____不能同时进行。

24. 电信提供到户的宽带网服务主要是_____。

25. CATV 的传输方向是_____的,只有下行信道,不能上传信息。

26. HFC 是在_____网的基础上发展起来的。

27. WWW 服务器的客户端必须安装有客户端软件_____。

28. _____是 WWW 上的一种编址机制,用于对 WWW 的众多资源进行标识,以便于检索和浏览。

29. 在 Internet 中,WWW 服务使用_____协议。

30. 超文本是一种人机界面友好的计算机文本显示技术或称为_____技术,超文本文件的扩展名一般为_____或_____。

31. 搜索引擎的种类很多,但大体下可以划分为_____和_____两大类。

32. 将远程主机中的文件传回到本地机的过程称为_____,而把将本地机中的文件传送并装载到远程主机中的过程称为_____。

33. FTP 服务器向客户提供_____和_____两种访问方式。

34. 一般,在网络中发送邮件的服务器为_____,而接收邮件的服务器称为_____。

四、简答题

1. 计算机网络的发展可划分为几个阶段? 每个阶段有什么特点?

2. 计算机网络主要有哪些功能?

3. 计算机网络的分类方法有哪些?

4. 局域网、城域网与广域网的主要特征是什么?

5. 局域网的拓扑结构分为几种? 它们各有什么特点?

6. 分层是计算机网络系统的一个重要概念,分层结构有哪些优点?

7. OSI 参考模型共分为哪几层? 简要说明各层的功能。

8. TCP/IP 模型分为几层? 每层包含的主要协议有哪些?

9. 何为报文分组交换方式,它有什么特点?

10. 什么是 IP 地址? 它们分几类?

11. 列出 A 类、B 类和 C 类 IP 地址中用于内部网络和私有 IP 地址范围。

12. 域名服务器是如何工作的?

13. 用户可通过几种方式接入 Internet?

14. ADSL 是一种什么技术?

15. 如何使用常用网络命令检查网络情况?

16. 简述 Client/Server 交互模式的特点。

17. URL 是由几部分组成的? 每部分的作用是什么?

18. FTP 有什么特点? 如何访问 FTP 服务器?

19. 简述电子邮件的特点和系统组成。

20. 什么是下一代互联网? 它有什么特点?

❀ 习 题 十

一、选择题

1. 下面关于 HTML 的说法中,不正确的是( )。

    A. 它是一种用于网页制作的排版语言

    B. 它是 Web 最基本的构成元素

    C. 用任何文本编辑器都可以完成网页的制作

D. HTML 编码中区分大小写

2. URL 全称是（　　）。

    A. 联合地址分布器　　　　　　　　　B. 超级链接

    C. 统一资源定位器　　　　　　　　　D. 超级文本标记语言

3. 下列标记中可以放在<HEAD>标记中的是（　　）。

    A. <A>　　　　　　　　　　　　　　B.

    C. <P>　　　　　　　　　　　　　　D. <TITLE>

4. 网页中 font 标记将文字的大小可以分为（　　）级。

    A. 4　　　　　　　　　　　　　　　B. 5

    C. 6　　　　　　　　　　　　　　　D. 7

5. HTML 中定义一个书签应使用的语句是（　　）。

    A. < a target="#object-name">text</a>

    B. <a href="#object-name">text</a>

    C. <a link="#object-name">text</a>

    D. <a name="#object-name">text</a>

6. 下列 HTML 标记中,没有属性的是（　　）。

    A. body　　　　　　　　　　　　　B. br

    C. hr　　　　　　　　　　　　　　D. table

7. 浏览网页时,当鼠标移至某处时,鼠标指针变成手形,表示该处一定是（　　）。

    A. 图片　　　　　　　　　　　　　B. 网址

    C. 链接点　　　　　　　　　　　　D. 文字

8. BODY 元素可以支持很多属性,其中用于定义未访问的链接的颜色属性是（　　）。

    A. alink　　　　　　　　　　　　B. link

    C. bgcolor　　　　　　　　　　　D. vlink

9. 浏览网页过程中,鼠标移动到超级链接上时,其形状一般为（　　）。

    A. I形　　　　　　　　　　　　　B. 小箭头形

    C. 小手形　　　　　　　　　　　　D. 沙漏形

10. 静态网页保存的扩展名为（　　）。

    A. htm　　　　　　　　　　　　　B. fla

    C. swf　　　　　　　　　　　　　D. asp

11. 用于设置页面标题的标记是（　　）。

    A. < title>　　　　　　　　　　　B. < caption>

    C. < head>　　　　　　　　　　　D. < html>

12. 若要以标题2、居中、红色显示**我的网站**,以下用法中,正确的是（　　）。

    A. < h2 align="center"><color color="#ff0000">我的网站</h2></color>

    B. < h2 align="center"><font color="#ff0000">我的网站</h2></font>

    C. <h2 align="center"><color color="#ff0000">我的网站</color></h2>

    D. <h2 align="center"><font color="#ff0000">我的网站</font></h2>

13. 以下超链接到电子邮件的正确格式是（　　）。

    A. maiil to://abc@abcd.com　　　　B. mail to:abc@abcd.com

    C. mail to:abc@abcd.com　　　　　D. mailto:abc@abcd.com

14. 在 Dreamweaver 设计窗口中按（　　）键可以预览页面。

    A. F12　　　　　　　　　　　　　B. Alt＋F12

    C. F8　　　　　　　　　　　　　　D. Alt＋F8

15. 在网页中,必须使用( )标记来完成超链接。

    A. <a>…</a>
            B. <p>…</p>

    C. <link>…</link>
            D. <li>…</li>

16. Web 浏览器的作用是( )。

    A. 负责下载并显示网页,能将 Web 文档的 HTML 编码解释,并显示为在浏览器上所见的 Web 页面

    B. 运行在服务器仅供服务器维护员使用的专用浏览器

    C. 浏览 Web 页面部分内容比整个页面内容要快

    D. 下载网页时不是根据页面中的 HTML 编码分别下载信息,而是一种随机性的下载方式

17. 下列不属于 Dreamweaver 菜单项的是( )。

    A. 文件
            B. 工具

    C. 视图
            D. 修改

18. 下列选项中属于"所见即所得"型网页制作专用工具的是( )。

    A. HotDog
            B. HomeSite

    C. Office
            D. Dreamweaver

19. 在 HTML 页面中插入图片时,关于图像边框属性的说法错误的是( )。

    A. 图像和文字之间的距离是可以调整的

    B. 可以用 vspace 属性调整图像和文字之间的上下距离

    C. 默认值为 1

    D. 单位为像素

20. 在 Dreamweaver 中,菜单栏下面默认的工具栏是( )。

    A. 标签栏
            B. 编辑栏

    C. 文档工具栏
            D. 插入栏

21. 万维网作为互联网的一个子系统,已发展成一个 Internet 网点(Site)组;并创建了它自己的 Web 文档或称网页,以供用户浏览。在万维网中,信息的载体是( )。

    A. 协议
            B. 传输介质

    C. 网页
            D. 浏览器

22. 在互联网上最为常用的图片格式是( )。

    A. JPEG 和 PSD
            B. PNP 和 BMP

    C. AVI 和 FLASH
            D. GIF 和 JPEG

23. 关于 HTML 文档的描述正确的是( )。

    A. <HTML>和</HTML>是最基本的两个标记

    B. 浏览器能够看到 HTML 文档的内容,主要原因是 HTML 文档是可执行的文档

    C. HTML 文档可以是一门开发语言,可以编译成机器语言

    D. HTML 文档是 ASCII 文件,无其他特殊功能

24. 网页制作工具按照其工作方式可分为( )。

    A. HTML 语言和非 HTML 语言两大类

    B. DHTML 方式和 JavaScript 方式两大类

    C. 标注型网页制作工具和所见即所得型网页制作工具两大类

    D. 基于 Windows 记事本型工具和 HTML 编辑器型工具

25. 〈img src="name"align="left"〉意思是( )。

    A. 图像向左对齐
            B. 图像向右对齐

    C. 图像与底部对齐
            D. 图像与顶部对齐

26. 不能使用 CENTER 属性的标记是( )。

A. <BODY>   B. <TITLE>

C. <P>   D. <H3>

27. 下列标记不能改变文字颜色的是(   )。

A. <FONT COLOR=RED>   B. <FONT COLOR="RED">

C. <FONT COLOR=#FF0000>   D. <FONT COLOR=#12>

28. 下列标记不正确的是(   )。

A. <a href="test1.htm">test</a>

B. <a href="test1.htm# Nokia8850">Nokia 8850</a>

C. <a name="test.htm">test</a>

D. <a href="#test.htm">test</a>

29. 关于标记<title>的说法不正确的是(   )。

A. <title>是标题标记,它只能出现在文件体中即<head></head>之间

B. <title>是标题标记,格式为:<title>文件标题</title>

C. <title>和<TITLE>是一样的,不区分大小写

D. HTML 文档中必须使用<title>标记

30. 在 HTML 的<th>和<td>标记中,不属于 valign 属性的是(   )。

A. top   B. middle

C. low   D. bottom

二、填空题

1. 当用户访问一个网站时,该网站中首先被打开的页面称为。

2. 网页中插入图像的格式一般有三种,即_____、_____和_____。

3. HTML 的注释标记为_____。

4. _____是网页与网页之间联系的纽带,也是网页的重要特色。

5. 网页中通常用_____进行页面的布局。

6. 有如下的一段 html 代码:

```
<html>
<head>
<meta http-equiv="Content-Type" content="text/html;charset=gb2312">
<title>我的家园</title>
</head>
<body>
<img src="bx.gif"  width="450" height="350">
</body>
</html>
```

以上代码存放在名为 index.htm 的文件中,假设代码是正确的,则网页的标题是_____;网页中显示的图片文件名是_____;它的宽是_____,高是_____。

三、判断题

1. 只能为表格设置背景,而不能单独为单元格设置背景。   (   )

2. 图片不能作为网页的背景。   (   )

3. 定位在网页中某个位置的超链接叫做书签。   (   )

4. HTML 代码都必须成对使用,有开始就必须有结束,不能省略。   (   )

5. 页面中的文字内容,只有用默认字体设置,访问者查看才可正常显示。   (   )

6. 用 H1 标记符修饰的文字通常比用 H6 标记符修饰的要小。   (   )

7. HTML 标记符通常不区分大小写。   (   )

8. 网页中的图片越大其浏览的速度越快。　　　　　　　　　　　　　　( )

9. 超链接只能指向其他网页或网站地址。　　　　　　　　　　　　　　( )

10. 网站就是一个链接的页面集合。　　　　　　　　　　　　　　　　( )

四、简答题

1. URL 由哪几部分组成？请举例说明。

2. 什么是主页？网页与主页有什么区别？

3. 浏览器有什么作用？目前常用的浏览器有哪几种？

4. 简述 HTML 文件的基本格式。

五、操作题

以下操作使用记事本直接编写代码完成。

1. 建立一个 HTML 文档，使网页在被浏览时显示文字"欢迎访问我的第一个网页"。

2. 在上一题的文字下方，插入一个 4 行 2 列的表格，在表格中填写自己的姓名，学号，院系，班级替换 * 号，用一幅图片替换图中的日落图片。表格下方给出一个超链接，链接到自己的 E-mail 地址。效果图如下左图所示。

姓名	到站时间	开车时间
北京	10:30	10:50
上海	14:20	14:50

3. 上右图所示的表格所对应的 HTML 代码如下，但不完整，请填空。

其中，要求页面背景色为白色，网页标题为**列车时刻表**，表宽 500 像素，边框粗细为 1 像素，表的第一行为标题行，单元格内容居中，字体大小不做限制。

```
<html>
<head><title>列车时刻表</title></head>
<body _____="#ffffff">
<_____ width="550" border="1">
<tr align="center"><th>站名</th><th>到站时间</th><th>开车时刻</th></tr>
<tr align="center"><td>北京</td><td>10:30</td><td>10:50</td></tr>
<tr align="center"><td>上海</td><td>14:20</td><td>14:50</td></tr>
</_____>
</body>
</html>
```

❈ 习题十一

一、选择题

1. 计算机病毒是可以造成机器故障的( )。

A. 一种计算机设备　　　　　　　　B. 一块计算机芯片

C. 一种计算机部件　　　　　　　　D. 一种计算机程序

2. 计算机病毒属于一种( )。

A. 特殊的计算机程序　　　　　　　B. 游戏软件

C. 已被破坏的计算机程序 D. 带有传染性的生物病毒

3. 计算机病毒是一个在计算机内部或系统之间进行自我繁殖和扩散的（　　）。

    A. 文档文件 B. 机器部件

    C. 微生物"病毒" D. 程序

4. 计算机感染病毒后,会出现（　　）。

    A. 计算机电源损坏 B. 系统瘫痪或文件丢失

    C. 显示器屏幕破裂 D. 使用者受感染

5. 通常情况下,下面现象中（　　）不是病毒破坏造成的。

    A. 显示器显示不正常 B. 磁盘不正常读写

    C. 常常显示内存不足 D. 突然停电

6. 计算机病毒不可能具有（　　）。

    A. 可触发性和传染性 B. 潜伏性和隐蔽性

    C. 传染性和破坏性 D. 自行痊愈性和天生免疫性

7. 计算机病毒通常会依附于其他文件而存在,是指计算机病毒具有（　　）。

    A. 触发性 B. 传染性

    C. 寄生性 D. 破坏性

8. 计算机病毒侵入系统后,一般不立即发作,而是等待"时机"一到才发作这种特性称为（　　）。

    A. 传染性 B. 寄生性

    C. 潜伏性 D. 隐蔽性

9. 一种病毒的出现,使得人们对计算机病毒只破坏计算机软件的认识发生了改变,这种计算机病毒是（　　）。

    A. 冲击波 B. 木马病毒

    C. backdoor D. CIH

10. 电子邮件的发件人利用某些特殊的电子邮件软件,在短时间内不断重复地将电子邮件发送给同一个接收者,这种破坏方式叫做（　　）。

    A. 邮件病毒 B. 邮件炸弹

    C. 木马 D. 蠕虫

11. 以下肯定不是计算机感染病毒的迹象的是（　　）。

    A. 计算机运行程序异常,反应迟缓

    B. 没有操作情况下,磁盘自动读写

    C. 软驱弹不出软盘

    D. 设备有异常现象,如显示怪字符,磁盘读不出来等

12. 有关计算机病毒描述正确的（　　）。

    A. 它和生物病毒一样,可以感染人

    B. 只要开机,病毒就会发作

    C. 病毒是人为制作的程序

    D. 只要系统速度变慢,电脑一定是感染上了病毒

13. 计算机病毒主要会造成下列哪一项的损坏（　　）。

    A. 显示器 B. 电源

    C. 磁盘中的程序和数据 D. 操作者身体

14. 计算机病毒（　　）。

    A. 易防范 B. 不传染

    C. 可发作 D. 会自行消失

15. VBS脚本病毒有很强的自我繁殖能力,其自我繁殖是指（　　）。

A. 复制   B. 移动

C. 人与计算机间的接触   D. 程序修改

16. 冲击波病毒发作时会导致（　　）。

A. 无法收发电子邮件   B. word 文档无法打开

C. Windows 被重新启动   D. 用户密码丢失

17. 下面几种情况通常哪个不会对我们的电脑造成危害（　　）。

A. 病毒发作   B. 有人从网络攻击

C. 操作系统有漏洞   D. 杀毒

18. 下面关于计算机病毒的描述中,错误的是（　　）。

A. 计算机病毒只感染扩展名为 exe 的文件

B. 计算机病毒具有传染性、隐蔽性、潜伏性

C. 计算机病毒可以通过磁盘、网络等媒介传播、扩散

D. 计算机病毒是人为编制的具有特殊功能的程序

19. 小李发现一个怪现象,有一个 exe 文件昨天还是 15 KB 今天变成了 15 MB,这有可能是（　　）。

A. 15 KB＝15 MB,没什么奇怪的

B. 15 KB 变成 15 MB,可能被压缩软件压缩了

C. 有可能染病毒了

D. 这个文件随着时间流逝变大了

20. 计算机启动时运行的计算机病毒称为（　　）。

A. 恶性病毒   B. 良性病毒

C. 引导型病毒   D. 文件型病毒

21. 通常所说的"宏病毒",主要是一种感染（　　）类型文件的病毒。

A. COM   B. DOC

C. EXE   D. TXT

22. 通过电子邮件传播的病毒,往往不存在于邮件的（　　）。

A. 附件中   B. 地址中

C. 主题中   D. 正文中

23. 目前,U 盘成为计算机病毒传播的主要途径之一,下面哪种方法可以在一定程度上防止计算机病毒的传播（　　）。

A. 打开 U 盘时用鼠标双击   B. 经常用消毒水消毒

C. 使用 U 盘时先查毒   D. 打开 Windows 的自动播放功能

24. 如果想使一台装有重要资料的计算机避免被同一局域网中的其他机器传染上病毒,下面哪种方法可以做到（　　）。

A. 把计算机放到离别的计算机很远的地方

B. 把计算机的网线拔掉不和别的机器联网

C. 把计算机安装两块网卡

D. ABC 都可以

25. 计算机病毒一般不会通过下面的哪个操作进行传播（　　）。

A. 通过宽带上网   B. 通过局域网聊天

C. 用电脑观看正版光盘电影   D. 使用电脑向 MP3 播放器中复制歌曲

26. 已感染病毒的 U 盘在一台未感染病毒的计算机上使用,该计算机（　　）感染病毒。

A. 可能会   B. 一定会

C. 一定不会

27. 计算机病毒的常见传染方式是通过软盘、光盘和（　　）。

A. 显示器　　　　　　　　　　B. CPU

C. 内存　　　　　　　　　　　D. 计算机网络

28. 下列哪种方式能在不到一天的时间里使校园网内大多数计算机感染病毒（　　）。

A. 使用盗版光盘　　　　　　　B. 网络传播

C. 使用移动硬盘　　　　　　　D. 运行游戏软件

29. 使计算机病毒传播范围最广的媒介是（　　）。

A. 硬盘　　　　　　　　　　　B. 软盘

C. 内存　　　　　　　　　　　D. 网络

30. 在网络环境下使用计算机，下列叙述错误的是（　　）。

A. 可能有黑客入侵　　　　　　B. 可能感染病毒

C. 安装了杀毒软件可以保证不感染病毒　　D. 病毒可能通过邮件形式传播

31. 关于 CIH 病毒，下列说法正确的是（　　）。

A. 只破坏计算机程序和数据　　B. 只破坏计算机硬件

C. 可破坏计算机程序和数据及硬件　　D. 只破坏计算机软件

32. 病毒传播的途径是（　　）。

A. 电子邮件　　　　　　　　　B. 下载软件

C. 浏览网页　　　　　　　　　D. 以上都是

33. 关于计算机中木马的叙述，正确的是（　　）。

A. 正版的操作系统不会受到木马的侵害

B. 计算机木马不会危害数据安全

C. 计算机中的木马是一种计算机硬件

D. 计算机木马经常通过系统漏洞危害计算机系统或网络

34. 以下关于计算机病毒的叙述中，正确的是（　　）。

A. 只要安装了杀毒软件，就不会感染计算机病毒

B. 通常应及时升级杀毒软件

C. 只要不从网络上下载盗版软件，就不会计算机感染病毒

D. 仅浏览网页是不会感染计算机病毒的

35. 计算机操作系统在安装完毕后，为保证系统不受病毒破坏，下面的操作最可靠的是（　　）。

A. 安装文字处理软件

B. 安装补丁程序及杀毒软件

C. 上网下载并安装最新杀毒软件及补丁程序

D. 连通其他人的机器，共享并安装杀毒软件

36. 关于查杀病毒软件，下面的说法正确的是（　　）。

A. 多安几种杀毒软件

B. 杀毒软件都可以自动升级

C. 杀毒软件都要占用系统资源

D. 杀毒软件在清除病毒代码后，不会对应用程序产生任何副作用

37. 下列叙述中，哪一种说法正确（　　）。

A. 反病毒软件通常滞后于计算机新病毒的出现

B. 反病毒软件总是超前于病毒的出现，它可以查杀任何种类的病毒

C. 感染过计算机病毒的计算机具有对该病毒的免疫性

D. 计算机病毒会危害计算机用户的健康

38. 怀疑计算机感染病毒后，首先应采取的合理措施是（　　）。

A. 重新安装操作系统　　　　　B. 用杀毒软件查杀病毒

C. 对所有磁盘进行格式化　　　　　D. 立即关机，以后不再使用

39. 目前使用的防杀病毒软件的目的是（　　）。

    A. 检查硬件是否带毒　　　　　　B. 检测和清除病毒

    C. 恢复被感染的数据　　　　　　D. 传递正确数据

40. 关于计算机软件升级，以下属于不良习惯的是（　　）。

    A. 从软件开发商网站下载升级包　　B. 利用软件的在线升级功能自动升级

    C. 购买新版软件的盗版光盘　　　　D. 以上都是不良习惯

41. 关于计算机软件升级，以下做法正确的是（　　）。

    A. 只要有新版本推出就马上购买　　B. 从不进行软件升级

    C. 利用软件的在线升级功能自动升级　D. 购买新版软件的盗版光盘

42. 对于一张加了写保护的 U 盘（　　）。

    A. 不会传染病毒，也不会感染病毒　　B. 既向外传染病毒，又会感染病毒

    C. 不会传染病毒，但会感染病毒　　　D. 会传染病毒，但不会感染病毒

43. 在网吧里面登陆自己的网络银行，这种做法是（　　）。

    A. 安全的　　　　　　　　　　　B. 违法的

    C. 不安全的　　　　　　　　　　D. 禁止的

44. 计算机黑客是（　　）。

    A. 利用不正当手段非法进入他人计算机的人

    B. 计算机专业人士

    C. 晚上使用计算机的人

    D. 匿名进入计算机网络的人

45. 私自侵入并控制其他计算机系统的"不速之客"称为（　　）。

    A. 红客　　　　　　　　　　　　B. 黑客

    C. 病毒　　　　　　　　　　　　D. 闪客

46. 下面哪种手段不能防止计算机中信息被窃取（　　）。

    A. 用户识别　　　　　　　　　　B. 权限控制

    C. 数据加密　　　　　　　　　　D. 数据压缩

47. 通过网络盗取他人的资料是（　　）。

    A. 违法行为　　　　　　　　　　B. 传播病毒

    C. 正当行为　　　　　　　　　　D. 制造病毒

48. 为了防止网络病毒的攻击，下面做法正确的是（　　）。

    A. 随意打开来历不明的软件

    B. 安装并启用防火墙

    C. 在局域网上完全共享自己的文件夹

    D. 当浏览器出现"是否要下载 ActiveX 控件或 Java 脚本"警告对话框，立即下载安装

49. 以下哪种方法不能有效地防止黑客的入侵（　　）。

    A. 及时更新操作系统的版本，打补丁　B. 使用检查入侵的工具

    C. 及时清除检查日志　　　　　　　D. 安装防火墙

50. 信息技术的高度发展带来的社会问题可能有（　　）。

    A. 国际安全问题　　　　　　　　B. 信息垃圾问题

    C. 国际犯罪问题　　　　　　　　D. 以上答案均对

51. 下列有关因特网的描述正确的是（　　）。

    A. 因特网上所有的网络信息都是合法的

    B. 因特网不会传播病毒，所有网络信息都是安全的

C. 因特网有大量信息,我们应该甄别后再利用

D. 我们只能在因特网上浏览中文网站的信息

52. 下列说法正确的是( )。

A. 只要安装了防火墙,可保证计算机万无一失

B. 杀毒软件可查杀任何病毒

C. 计算机中即使安装了杀毒软件,也不能保证计算机不感染病毒

D. 只要安装了杀毒软件,计算机就不会感染病毒

53. 要想安全的使用网上银行业务,应该( )。

A. 用自己的生日或电话号码作为密码

B. 核对所登录的网址与协议书中的法定网址是否相符

C. 经常在网吧中使用网上银行

D. 不用查看交易情况和核对对账单

54. 熊猫烧香病毒的作者被判刑,说明( )。

A. 蓄意传播病毒是违法的   B. 国家对危害信息安全的行为严惩不贷

C. 危害信息安全的行为要付出惨重代价 D. 以上都对

55. 以下叙述正确的是( )。

A. 传播计算机病毒是一种犯罪的行为

B. 在自己的商业软件中加入防盗版病毒是国家允许的

C. 在论坛上发表见解,是没有任何限制的

D. 利用"黑客"软件对民间网站进行攻击是不犯法的

56. 以下哪种软件是杀毒软件( )。

A. Windows XP   B. KV3000

C. 金山词霸 2002   D. Flash 5.0

57. 以下软件中哪个不是杀毒软件( )。

A. KV3000   B. Windows NT

C. 瑞星   D. 金山毒霸

58. 不属于预防和杀除病毒的正确做法是( )。

A. 安装相关的漏洞补丁程序   B. 使用最新版本的杀毒软件

C. 禁止使用数据库软件   D. 必要时断开因特网连接

59. 信息安全的内容不包括( )。

A. 保密性   B. 控制性

C. 完整性   D. 有效性

二、填空题

1. 病毒的概念:_____的或者在计算机程序中插入的破坏计算机功能或者毁坏数据,影响计算机使用,并能_____的一组_____。

2. 病毒按照寄生方式分类,分为_____、_____(感染 COM,EXE,SYS 文件)_____。

3. _____是计算机病毒最基本的特征,也是计算机病毒与正常程序的本质区别。

4. 第一个有关信息技术安全评价的标准诞生于 20 世纪 80 年代的美国,就是著名的_____。

5. 在密码学中通常将源信息称为明文,将加密后的信息的称为_____。这个变换处理过程称为_____,它的逆过程称为_____。

6. 恶意程序通常是指带有攻击意图所编写的一段程序。这些威胁可以分成_____和_____两个类别。

7. 恶意程序主要包括_____、_____、_____、_____、_____、_____等。

8. 用于加密和解密的钥匙,称为_____。

9. 常见加密技术可以分为_____,_____和_____三类。

10. 数字签名技术是_____加密算法的典型应用。

11. 根据防火墙所采用的技术不同,可以分为_____、_____、_____和_____4种基本类型。

三、多项选择题

1. 恶意程序主要包括( )。

    A. 陷门   B. 逻辑炸弹

    C. 特洛伊木马   D. 蠕虫

    E. 细菌   F. 病毒

2. 计算机病毒有哪些特点( )。

    A. 寄生性   B. 传染性

    C. 潜伏性   D. 隐蔽性

    E. 破坏性   F. 可触发性

3. 按照计算机病毒存在的媒体进行分类根据病毒存在的媒体,病毒可以划分为( )。

    A. 网络病毒   B. 文件病毒

    C. 引导型病毒   D. 以上三种的混合型

4. 在美国国家信息基础设施(NII)的文献中,给出了安全的5个属性是( )。

    A. 可用性   B. 可靠性

    C. 完整性   D. 保密性

    E. 实时性   F. 不可抵赖性

5. 信息安全技术主要包括( )。

    A. 核心基础安全技术   B. 安全基础设施技术

    C. 基础设施安全技术   D. 应用安全技术

    E. 支撑安全技术

6. 计算机感染病毒可能有什么症状( )。

    A. 计算机系统经常无故发生死机   B. 计算机存储的容量异常减少

    C. 键盘输入异常   D. Windows操作系统无故频繁出现错误

    E. 文件无法正确读取、复制或打开

7. 计算机病毒的传染途径有( )。

    A. 通过硬盘   B. 通过光盘

    C. 通过键盘   D. 通过网络

8. 常见的加密技术有( )。

    A. 对称加密算法   B. 非对称加密算法

    C. Hash算法   D. 结点算法

9. 根据防火墙所采用的技术不同,可以分为4种基本类型,即( )。

    A. 包过滤型   B. 网络地址转换

    C. 代理型   D. 隔离型

    E. 监测性

10. 信息安全的内容包括( )。

    A. 保密性   B. 控制性

    C. 完整性   D. 有效性

四、判断题

1. 计算机网络信息安全机制中加密机制是提供数据保密的基本方法,用加密方法和认证机制相结合,可提供数据的保密性和完整性。   ( )

2. 计算机网络信息安全中,对称密码技术是在试图解决密钥分配和数字签名的过程中发展起来的。

                                                                    ( )

3. 被动防御保护技术主要有防火墙技术、入侵检测系统、安全扫描器、口令验证、审计跟踪、物理保护及安全管理等。 （ ）

4. 防火墙技术的核心的控制思想是包过滤技术。 （ ）

5. 安全服务是指对应的网络协议层次对信息的保密性、完整性和真实性进行保护和鉴别，以便防御各种安全威胁和攻击。 （ ）

五、简答题

1. 计算机安全定义？

2. 什么是计算机病毒？

3. 什么是密码技术？

4. 什么是数字签名？

❋ 习题十二

一、选择题

1. （ ）属于无损压缩。

A. MPEG
B. MP3

C. JPG
D. RAR

2. （ ）不属于下载方式。

A. HTTP 方式
B. BBS 方式

C. FTP 方式
D. ED2K 方式

3. （ ）不属于音频的播放器。

A. Foobar
B. Winamp

C. 灵格斯
D. 千千静听

4. （ ）不属于网络电视软件。

A. PPLive
B. PPStream

C. UUSee
D. Winamp

5. （ ）不属于 IM 软件。

A. UUSee
B. IRC

C. ICQ
D. QQ

6. （ ）不属于虚拟光驱

A. Alcohol 120％
B. WinISO

C. ICQ
D. DAEMON

7. 下面的软件中，属于工具软件的是（ ）。

A. Windows
B. Linux

C. ACDSee
D. 以上都不是

8. （ ）不是多媒体播放软件。

A. RealPlayer
B. ACDSee

C. Winamp
D. 超级解霸

二、填空题

1. 压缩可以分为有损和_____压缩两种。

2. Web 下载方式分为 HTTP 与_____两种类型。

3. 从总体上讲，网络电视可根据终端分为三种形式，即_____平台、TV（机顶盒）平台和手机平台（移动网络）。

4. 聊天软件又称_____软件。

5. 压缩可以节省大量的_____,压缩文件经过_____才能使用。

6. 为了保证杀毒软件能够查杀当前的最新病毒,软件要定期_____。

7. 创建_____之后,就不需要解压缩软件来解压压缩文件了。

8. WinRAR 采用独创的_____,这使得该软件比其他同类 PC 压缩工具拥有更高的压缩率。

9. 下载(download)是通过网络进行传输文件,把互联网或其他电子计算机上的信息保存到_____的一种网络活动。

10. 迅雷看看播放器(又叫"迅雷影音")是一款即时流畅播放的在线影片的客户端软件,迅雷看看既可以在线观看迅雷的_____,又可以支持本地_____,并且在视频格式上基本上支持所有格式的视频文件的播放。

三、简答题

1. 请简述 Web 下载方式的工作原理。

2. 请简述视频编解码技术。

3. 请简述盗 QQ 号一般采用的手段。

4. 请简述 DVD-R/RW 和 DVD+R/RW 的区别。

5. 试列举两种常用压缩软件的名称。

习题参考答案

习题一

一、选择题

1. C　　2. C　　3. D　　4. C　　5. A　　6. D　　7. B　　8. D　　9. C　　10. D　　11. C

12. A　　13. A　　14. A　　15. B　　16. B　　17. D　　18. B　　19. D　　20. C　　21. D　　22. C

23. C　　24. B　　25. C　　26. C　　27. B　　28. C

二、填空题

1. 128　　2. 255　　3. 6.325　　4. 9.125

5. 1010110.11101　　6. 100101110111100.10101101　　7. 66.64　36.D　　8. 55.44　2D.9

三、判断题

1. ×　　2. √　　3. √　　4. ×　　5. √　　6. ×　　7. ×　　8. √　　9. √　　10. √

四、简答题

1. 消息是人们通过感觉器官对客观事物存在的方式和运动状态以及主观思维活动的表述,是用文字、符号、数值、语言、音符、图形、图像、视频等数据表述的主观思维活动。消息可以表述为数据的集合。

2. 数据处理是利用计算机对各种类型的数据进行采集、组织、整理、编码、存档、分类、排序、检索、维护、加工和统计等一系列操作过程。

3. 信息处理系统 IPS 是指人机交互计算机应用系统,是指由计算机硬件、通信网络操作系统、数据库管理系统软件、应用程序、人员组成的系统。

4. 模拟信号是一种随时间连续变化的物理量,例如:电话线上传输的语音信号、模拟电视的图像信号和伴音信号都是模拟信号。数字信号是一种离散的脉冲序列,用脉冲序列表示二进制数据流的信号是数字信号。

5. 信息编码特指对表述消息的数据编码,包括各种文字编码、数值编码、语言编码、声音编码、气味编码、音乐编码、活动图像编码和静止编图像码等。

6. (1) $(1111011.01)_2$　　$(173.2)_8$　　$(7B.4)_{16}$　　$(100100011.00100101)_{8421BCD}$

　　(2) $(11111100.101)_2$　　$(374.6)_8$　　$(FC.A)_{16}$　　$(1001010010.011000100101)_{8421BCD}$

习题二

一、选择题

1. A　　2. B　　3. A　　4. D　　5. C　　6. A　　7. B　　8. C　　9. C　　10. B　　11. C

12. A　　13. D　　14. A　　15. C　　16. A　　17. D　　18. D　　19. C　　20. A　　21. B　　22. C

23. D　　24. C　　25. B　　26. B　　27. B　　28. A　　29. A　　30. A　　31. B　　32. A　　33. A

34. B　　35. A　　36. B　　37. A　　38. C　　39. A　　40. B　　41. A　　42. A　　43. C　　44. B

二、填空题

1. 冯·诺伊曼　存储程序　　2. 存储器　控制器　输入单元　输出单元　运算器　控制器　CPU

3. 晶体管　大规模集成电路　　4. 时钟频率　前端总线频率　Cache

5. RAM　ROM　1024　8192　10　　6. 10001011　213　8B　　7. 程序　　8. 内存　　9. 机器语言

10. 操作系统　　11. 字形　　12. 计算机字长　　13. 算术和逻辑计算　　14. 程序　　15. 汉字机内码

16. 112　　17. GB　　18. CPU 的时钟频率　　19. 汉字交换码　国标码

20. 数据总线　地址总线　控制总线　　21. 存储程序　程序控制　　22. 取指令　译码　执行

三、判断题

1. √	2. ×	3. ×	4. √	5. √	6. ×	7. √	8. ×	9. √	10. ×
11. √	12. √	13. √	14. √	15. ×	16. √	17. ×	18. √	19. ×	20. ×
21. √	22. ×	23. ×	24. ×	25. √	26. ×	27. ×	28. √	29. ×	30. ×
31. √	32. √	33. √	34. √	35. √	36. √	37. √	38. √	39. √	40. √
41. ×	42. √	43. √	44. √	45. ×	46. √	47. √	48. √	49. √	50. √
51. √	52. ×	53. √	54. ×	55. ×	56. √	57. ×	58. √	59. ×	60. √

四、多项选择题

1. BCDEF	2. AGH	3. BC	4. BC	5. ABC	6. BC	7. ABCD	8. EFGH
9. EFGH	10. ABCD	11. AB	12. ACDEF	13. AC	14. CDE	15. ACD	16. BC
17. ABE	18. BDE	19. ABF	20. CFH	21. ABCD	22. ABC	23. ABD	24. ABCD
25. ABD	26. BCE	27. BCD	28. ABD				

习题三

一、选择题

1. D	2. A	3. C	4. A	5. C	6. D	7. B	8. A	9. B	10. A	11. B
12. D	13. B	14. D	15. B	16. A	17. A	18. C	19. B	20. A	21. B	22. B
23. C	24. B	25. D	26. B	27. B	28. C	29. C	30. C	31. B	32. D	33. B
34. C	35. C	36. C	37. D	38. A	39. A	40. B	41. A	42. B	43. C	44. D
45. D	46. B	47. A	48. B	49. C	50. B	51. B	52. B	53. C	54. A	55. D
56. B	57. A	58. C	59. C	60. A	61. C	62. D	63. A	64. B	65. D	66. A
67. D	68. B	69. C	70. B	71. D	72. C	73. D	74. C	75. D	76. D	77. B
78. C										

二、填空题

1. 应用程序　2. 桌面　3. 图形　4. 255　5. Alt＋F4　6. 文档　7. 双击　8. DEL

9. 磁盘碎片管理程序　10. 我的电脑　11. 添加与删除程序　12. 打开 13. 窗口图标

14. Exit　15. 删除　16. 开始　17. 附件　18. 任务栏　19. 磁盘

20. 资源管理器　21. 剪切　22. 回收站　23. 取消　24. Shift　25. 全部选定

26. 自动排列　27. 开始　28. Alt＋PrintScreen　29. Printscreen　30. 控制面板

31. 文件夹列表　32. 任务栏空白处　33. 平铺式　34. 当前　35. 传递信息

36. 程序　37. 编辑　38. 文件　39. 3　40. 文件　41. 前台、后台

42. 还原　43. 查找　44. 树型　45. 撤销　46. 启动　47. Ctrl＋Z

48. 工具\文件夹选项　49. 文件　50. 快速复制或移动　51. 没有　52. 移动

53. 最小化　54. Enter　55. Esc　56. 单击　57. 子　58. 安装

59. 暂存　60. 启动程序　61. 显示　62. 查看

习题四

一、选择题

1. A	2. C	3. D	4. D	5. B	6. A	7. C	8. D	9. C	10. C	11. C
12. D	13. B	14. D	15. A	16. A	17. D	18. B	19. A	20. D	21. C	22. C
23. C	24. B	25. C	26. C	27. B	28. B	29. A	30. D	31. C	32. A	33. B
34. B	35. A	36. D	37. D	38. D	39. B	40. C	41. B	42. A	43. A	44. C
45. D	46. C	47. D	48. A							

二、填空题

1. 粗体、加粗倾斜　2. Ctrl　3. 表格　4. 页面　5. 回车键"Enter"　6. 格式工具栏

7. Ctrl＋P　8. Esc　9. 插入、符号　10. 段落　11. 可以

12. 保存文件　　13. Ctrl＋C 、CTRL＋V14. 实线　　15. 位置处、最小化　　16.长宽

17. 名称、位置、类型　18. 分栏　19. 保存　20. 打印

三、简答题

1. 答：①同时打开 Word 文档和 Excel 工作表；②在 Excel 工作表中，选用数据系列；③"常用"→"复制"；④在 Word 中，单击"编辑"→"选择性粘贴"；⑤粘贴链接（链接形式）或粘贴（嵌入形式）；⑥在"形式"→"Microsoft Excel 图表对象"⑦"确定"。

2. 答：视图菜单→大纲视图→输入文档标题（默认一级标题），子文档标题→给每个子标题指定标题样式。

3. 答：合并单元格，选定要合并的多个单元格→表格菜单→合并单元格；拆分单元格，选定要拆分的一个或多个单元格→表格菜单→拆分单元格→输入需拆分的行数；列数可选填，拆分前合并单元格→确定。

4. 答：单击表格→格式菜单→边框底纹→边框→选择边框设置方式→选择：线型、颜色、宽度、等设置→确定。

5. 答：插入剪贴画：确定插入点→插入菜单→图片→剪贴画→在图片选项卡中选择所需类别→选择图片→插入剪辑→关闭剪贴画插入对话框。插入图片文件：确定插入点→插入菜单→图片→来自文件→查找范围→找到文件路径→单击"插入"。图片格式有：图片大小、图片位置、环绕方式、裁剪图片、添加边框、调整亮度和对比度等。图片格式设置：单击图片→弹出图片工具栏→点击所需修饰按钮→在对话框中进一步设置也可拖动图片上的 8 个句柄，改变图片的大小尺寸。

6. 答：确定插入点→单击绘图工具栏：插入艺术汉字→在艺术字库中选用式样→输入艺术字文字→设置字体、字号、加粗、倾斜效果→确定。

7. 答：设置书签：①将插入点定位在要设置书签的位置；②单击"插入"菜单中的"书签"命令；③在"书签名"文本框中输入书签名；④单击"添加"按钮。

定位书签：①单击"编辑"菜单中的"定位"命令，打开"查找和替换"对话框中的"定位"选项卡；②在"定位目标"列表框中选择"书签"选项；③在"请输入书签名"列表框中选择要定位到的书签；⑤单击"定位"按钮，关闭对话框，插入点将迅速移到该书签位置。

习题五

一、选择题

1. B	2. C	3. C	4. D	5. D	6. C	7. D	8. B	9. B	10. D	11. C
12. D	13. C	14. B	15. D	16. A	17. A	18. A	19. C	20. D	21. B	22. C
23. D	24. B	25. C	26. A	27. B	28. C	29. A	30. C	31. D	32. C	33. D
34. B	35. C	36. C	37. B	38. C	39. A	40. A	41. C	42. B	43. C	44. D
45. D	46. D	47. B	48. D	49. A	50. D	51. B	52. A	53. B	54. B	55. C
56. B	57. C	58. A	59. B	60. C	61. C	62. B	63. B	64. B	65. B	66. A
67. A	68. B	69. D	70. B	71. D	72. B	73. A	74. D	75. A	76. B	77. C
78. A	79. D	80. A	81. D	82. B	83. A	84. B	85. A	86. B	87. B	88. C
89. B	90. D	91. B	92. C	93. B	94. A	95. C	96. C	97. A	98. B	99. B
100. D	101. A	102. D	103. C	104. D	105. D	106. C	107. A	108. B	109. B	110. C
111. D	112. D	113. B	114. C	115. C	116. B	117. B	118. C	119. B	120. B	121. B
122. D	123. B	124. C	125. D							

二、填空题

1. XLS　　2. ！　　3. 标题栏　4. Ctrl＋PageDown　5. Ctrl＋A　6. 2　7. F4

8. ＝A2＋$c7，＝e3＋$c8　9. E、F、G　10. Ctrl＋Shift＋；　11. ctrl＋；

12. 活动单元格　13. 靠左　14. 255　15. Alt＋Enter　16. 绝对引用

17. ：　　18. Ctrl＋Home　19. 0，空格　20. ＝　21. 65536，256

22. 当前　23. XLS　24. A1＋A2＋A3　25. 插入函数　26. ＝SUM(C3:F3)

27. 64　　28. 独立图表

习题六

一、选择题

1. B 2. D 3. B 4. B 5. C 6. D 7. B 8. D 9. D 10. A 11. D 12. A
13. A 14. C 15. A 16. D 17. A 18. D 19. D 20. C 21. D 22. D 23. A 24. B
25. C 26. C 27. B 28. B 29. A 30. B 31. B 32. B 33. D 34. B 35. B

二、填空题

1. 观看放映　　2. 插入　　3. 粘贴　　4. 另存为　　5. 打印　　6. 选中
7. F5　　8. 确定　　9. F1　　10. 普通视图　　11. 填充颜色
12. 过渡、纹理、图案 13. 自定义动画 14. WINDOWS 15. 视图　　16. 当前
17. PPT　　18. 幻灯片放映　　19. 文本框　　20. 根据内容提示向导

习题七

一、选择题

1. D 2. D 3. C 4. C 5. D 6. B 7. C 8. A 9. B 10. A
11. C 12. D 13. A 14. A 15. A 16. B 17. B 18. A 19. A 20. A

二、填空题

1. 图形　图像　动画　　2. 集成性　实时性　交互性　　3. 波形文件　音乐
4. 冗余压缩法(或无损压缩法/熵编码)　熵压缩法(或有损压缩法) 5. 使用对象　开发方法　多媒体数据
6. 内容和功能　组织和编辑　　7. 点对点视频会议系统　多点视频会议系统
8. 用户接口　数据模型　体系结构　　9. 视频音频信号获取技术　多媒体数据压缩编码和解码技术
视频音频数据的实时处理和特技　视频音频信号输出技术
10. 音频的录制与播放　编辑与合成　MIDI 接口　CD-ROM 接口及游戏接口
11. 数码相机拍摄　扫描仪扫描　屏幕抓取　用计算机绘制
12. 交互性　　13. 存储　　14. 电信　电脑　电器　　15. 数据量大　数据类型多
16. 数字化 17. 压缩 18. 波形编码 19. PCM 编码 20. 运动图像 21. 文字　图形

三、简答题

1. 答:多媒体数据的特点是数据量巨大、数据类型多、数据类型间区别大、多媒体数据的输入和输出复杂。

2. 答:图形一般指用计算机绘制的画面,如直线、圆、圆弧、任意曲线和图表等;图像则是指由输入设备捕捉的实际场景画面或以数字化形式存储的任意画面。图像都是由一些排成行列的像素组成的,一般数据量都较大。而图形文件中只记录生成图的算法和图上的某些特征点,也称矢量图。相对于位图的大数据量来说,它占用的存储空间较小。(解答时需从产生方法、组成、数据量等方面比较。)

3. 答:超文本定义为由信息结点和表示结点间相关性的链构成的一个具有一定逻辑结构和语义的网络。超文本的主要成分是结点和表示结点间关系的链构成的信息网络。

4. 答:JPEG 是适用于连续色调、多级灰度、彩色或单色静止图像的数据压缩标准。MPEG 视频压缩技术是针对运动图像的数据压缩技术。为了提高压缩比,MPEG 中帧内图像数据和帧间图像数据压缩技术必须同时使用,这是和 JPEG 主要不同的地方。而 JPEG 和 MPEG 相同的地方均采用了 DCT 帧内图像数据压缩编码。

5. 答:产生失真的原因主要有:(1)信号频带宽,但采样频率不够高,数字音频信号发生混叠;(2)模拟音频信号幅度太大,超过了量化器范围。前者的解决方法是选择与信号相匹配的采样频率;后者的解决办法是可以调整音源的输出幅度或调节采集卡输入放大器的增益,也可选用音频卡的 line 输入端,而不用 microphone 输入端。

6. 答:多媒体视频会议系统的结构大致分为四个部分:多媒体信息处理计算机及其 I/O 设备、多点控制器、数字通信网络接口和控制管理软件。

习题八

一、单选题

1. C 2. C 3. A 4. C 5. A 6. A 7. C 8. A 9. A 10. B 11. C
12. B 13. D 14. A 15. B 16. B 17. C 18. D 19. A 20. C 21. D 22. C

23. D　24. D　25. C　26. C　27. B　28. B　29. A　30. A　31. A　32. A　33. D
34. C　35. A　36. D　37. B　38. B　39. A　40. D　41. A　42. D　43. B　44. A
45. C　46. C　47. C　48. C　49. C　50. A　51. C　52. B　53. A　54. D　55. C
56. B　57. A　58. B　59. D　60. C　61. B　62. A　63. D　64. D　65. A　66. C
67. A　68. C　69. A　70. A　71. C　72. A　73. D　74. D　75. B　76. C　77. D

二、填空题
1. 字段　记录　　　　2. Mdb　　　　　3. 数据表　　　4. 自动计数　　5. 嵌入　链接
6. 输入选项　　　　　7. 非结合型　计算型　8. 工具箱　　　9. 组合框　　　10. 窗体设计
11. 升序和降序　　　12. OLE 对象　　　13. 任何操作　　14. 节　　　　　15. 字段数据类型
16. 字段　　　　　　17. 系编号　学号　系编号　18. 表格式窗体　19. 自动创建窗体：纵栏式
20. 提供说明信息　　21. 窗体页脚　　　22. 主键　　　　23. 记录　　　　24. 窗体
25. 查询　　　　　　26. 记录　字段　一个　　27. 设计数据表　　28. 表　查询
29. 窗体页眉　主体　窗体页脚　　　　　30. 数据表视图　SQL 视图

三、判断题
1. ×　2. √　3. ×　4. ×　5. ×　6. ×　7. √　8. √　9. √　10. √　11. √　12. √
13. ×　14. √　15. ×　16. ×　17. ×　18. √　19. √　20. √　21. ×　22. √　23. ×　24. √

习题九
一、选择题
1. B　2. B　3. D　4. A　5. D　6. C　7. C　8. C　9. A　10. A
11. D　12. C　13. C　14. B　15. B　16. C　17. B　18. C　19. D　20. B
21. D　22. D　23. A　24. C　25. C　26. C　27. B　28. A　29. B　30. B
31. A　32. C　33. C　34. C　35. C　36. D　37. B　38. B　39. D　40. B
41. A　42. C　43. C　44. C　45. D　46. A　47. D　48. C　49. C　50. C
51. C　52. C　53. B　54. A　55. D　56. A　57. C　58. A　59. B　60. B

二、多项选择题
1. A、B　　　2. A、B　　　3. A、B、D　　4. B、C、D　　5. A、B、C　　6. B、C、D
7. A、C、D　　8. A、B、D　　9. A、B、C　　10. A、C、D　　11. A、B、C　　12. A、B、D
13. A、B、C、D　14. A、B、D　15. A、C、D　　16. A、B、D　　17. A、C、D　　18. A、B、D
19. A、B、D　　20. A、B、C

三、填空题
1. 通信子网、资源子网　　　2. 开放系统互联参考模型　　3. 网络协议　　4. 局域网、城域网、广域网
5. DNS,FTP,Telnet　　　6. 信息交换、资源共享、分布式处理　　7. 计算机网络协议　　　8. 带宽
9.计算机网络体系结构　　　10.物理层、数据链路层、网络层、运输层、会话层、表示层、应用层
11. 协议、接口　12. 数据链路层、运输层　13. TCP、UDP　14. IP　　15. UDP
16. 网络号、主机号　　17. 广播、网络　　18. IP 地址、域名　　19. 128　　　20. 通用域、国家域
21. 域名服务器　22. ICP　23. 上网、通话　24. ADSL　25. 单向　26. CATV　27. 浏览器
28. URL　　　29. HTTP　　30. 超链接、HTML、HTM　31.全文检索搜索引擎、分类目录搜索引擎
32. 下载、上传　　33. 非匿名访问、匿名访问　　34. SMTP 服务器,POP3 服务器

习题十
一、选择题
1. D　2. C　3. D　4. D　5. D　6. B　7. C　8. B　9. C　10. A
11. A　12. D　13. D　14. A　15. A　16. A　17. C　18. D　19. C　20. D
21. C　22. D　23. A　24. C　25. A　26. B　27. D　28. C　29. D　30. C

二、填空题
1. 主页　　　　　　　2. GIF,JPEG,PNG　　　　3. <!-- , -->

4. 超链接　　　　　5. 表格　　　　　6. 我的家园　bx.gif　450　350

三、判断题

1. ×　　2. ×　　3. √　　4. ×　　5. ×　　6. ×　　7. √　　8. ×　　9. ×　　10. √

五、操作题

1. 答案略　　　　　2. 答案略　　　　　3. bgcolortable/table

习题十一

一、选择题

1. D	2. A	3. D	4. B	5. D	6. D	7. C	8. C	9. D	10. B
11. C	12. C	13. C	14. C	15. A	16. C	17. D	18. A	19. C	20. C
21. B	22. C	23. C	24. B	25. C	26. A	27. D	28. B	29. D	30. C
31. C	32. D	33. D	34. B	35. B	36. C	37. A	38. B	39. B	40. C
41. C	42. D	43. C	44. A	45. B	46. D	47. A	48. B	49. C	50. D
51. C	52. C	53. B	54. D	55. A	56. B	57. B	58. C	59. B	

二、填空题

1. 人为编制　计算机功能或者毁坏数据　自我复制　计算机指令或者程序代码

2. 引导型病毒　文件型病毒　混合型病毒　　　3. 传染性

4. 可信计算机系统评价准则　　　　　5. 密文　加密过程　解密过程

6. 需要宿主程序的威胁　彼此独立的威胁　　　7. 陷门、逻辑炸弹、特洛伊木马、蠕虫、细菌、病毒

8. 密钥　　　　　9. 对称加密算法　非对称加密算法　Hash算法

10. 不对称　　　　　11. 包过滤型　网络地址转换—NAT　代理型　监测型

三、多选题

1. ABCDEF　　2. ABCDEF　　3. ABCD　　4. ABCDF　　5. ABCDE

6. ABCDE　　7. ABD　　8. ABC　　9. ABCE　　10. ACD

四、判断题

1. √　　　　2. ×　　　　3. √　　　　4. √　　　　5. √

五、简答题

1. 答:计算机安全是指计算机的硬件、软件和数据受到保护,不因偶然和恶意的原因而遭到破坏、更改和泄露,系统连续正常运行。

2. 答:计算机病毒指编制或者在计算机程序中插入的破坏计算机功能或者破坏数据,影响计算机使用并且能够自我复制的一组计算机指令或者程序代码。

3. 答:密码技术涉及信息论、计算机科学和密码学等多方面知识,它的主要任务是研究计算机系统和通信网络内信息的保护方法以实现系统内信息的安全、保密、真实和完整。

4. 答:又称公钥数字签名、电子签章,是一种类似写在纸上的普通的物理签名,但是使用了公钥加密领域的技术实现,用于鉴别数字信息的方法。可用于用于辨别数据签署人的身份,并表明签署人对数据信息中包含的信息的认可。

习题十二

一、选择题

1. D　　2. B　　3. C　　4. D　　5. A　　6. C　　7. C　　8. B

二、填空题

1. 无损　　2. FTP　　3. PC　　4. IM　　5. 存储空间　解压缩　　6. 升级

7. 自解压压缩文件　　8. 压缩算法　　9. 本地电脑上　　10. 在线视频资源　资源的播放